Josef Egl

Hunde aus Nachbar's Garten

Satiren

Der Autor setzt sich in diesem Buch auf humorvolle Weise mit den Tücken des Alltags auseinander.

Ob es um die unfreiwillige Betreuung von Pflegehunden, um Wunderkinder, die uns vor Neid erblassen lassen, oder um ganz alltägliche Situationen des Alltags, die jeder von uns schon einmal durchlebt hat, geht. Stets gelingt es dem Autor die humorvollen Seiten hervorzuheben, und den Leser ein paar Stunden zum Schmunzeln zu bringen.

© 2018 Josef Egl
Herstellung und Verlag
BoD – Book on Demand Norderstedt
ISBN 978-3-7460-6013-2

Vorwort

Seit einer Stunde versuchte Mama Krokodil ihren Jüngsten ins Wasser zu locken. „Komm doch, Berti, komm!", rief sie immer wieder und schlug dabei auffordernd mit dem Schwanz ins Wasser, dass es spritzte. Aber Berti weigerte sich hartnäckig: „Nein, ich will nicht." Dabei rannen ihm Tränen übers Gesicht, die später einmal in der Literatur unter der Bezeichnung ‚Krokodilstränen' eine beliebte Redewendung werden sollten.

Mama Krokodil wurde indes immer nervöser, weil sich sämtliche Krokodile aus der Nachbarschaft um sie versammelt hatten, um den kleinen Feigling zu begaffen. Ein Krokodil, das nicht ins Wasser will, hat man so was je gehört?

„Wer weiß, mit wem die alte Schlampe es wieder getrieben hat", ließ sich Strulli, der dicke Krokodilkoloss von der Nachbarsandbank, der schon immer vergeblich scharf auf Mama Krokodil war, vernehmen, „wahrscheinlich mit einem Leopard. Katzen sind ja bekanntlich wasserscheu."

„Recht geschieht ihr. Das kommt davon, wenn man mit seinesgleichen nicht zufrieden ist."

„Da will sie was besseres sein und dann bring sie ein wasserscheues Krokodil zur Welt. Ich könnt mich totlachen."

Berti wurde von all den Gehässigkeiten immer trauriger. War er früher das lustigste Krokodil im ganzen Fluss so wurde er mit der Zeit das Traurigste, bis man ihn überhaupt nicht mehr lachen sah. Und an die Stelle seiner früheren Heiterkeit trat nun Verbitterung. Fragte man seine Mutter, wie es ihm geht so sagte sie nur: „Man hat ihn totgelacht."

Mama Krokodil brach schließlich die Versuche, ihren Kleinen ins Wasser zu bringen ab. Das heißt aber nicht, dass sie aufgab. Nein, sie wendete sich an den berühmtesten Psychiater in Amerika, nämlich Ally Gator, der schon viele aussichtslose Fälle erfolgreich behandelt hat. Nach eingehender Untersuchung sprach er zu ihr:

„Ihr Sohn ist nicht wasserscheu. Nach eingehender Untersuchung kann ich mit absoluter Sicherheit sagen, dass Berti möglicherweise leicht seekrank wird. Es ist dabei nicht das Wasser selbst, welches ihm zu schaffen macht. Es ist die stundenlange Schaukelei, wenn er auf Beute lauert, die ihm so zusetzt. Kurz gesagt, von der Schaukelei wird ihm schlecht, dass er am liebsten kotzen würde.

„Und was kann man dagegen machen?" wollte Mama Krokodil wissen.

„Am besten an Land jagen!"

Mama Krokodil war fassungslos. Sie selbst liebte es, wenn sie vom Wasser leicht hin und hergewiegt wurde. Soviel sie wusste liebten das alle Kinder. Warum sonst legt man sie in eine Wiege? Sie konnte ihren Sohn nicht mehr begreifen. Im Gegensatz zu mir, ich kann Berti sehr gut verstehen. Ich werde im Meer des Lebens auch immer hin und her geschaukelt, dass mir manchmal ganz schwindlig wird dabei. Ich habe aber festgestellt, dass in solchen Situationen eines hilfreich ist. Nämlich Humor. Wenn man die Stürme des Lebens mit etwas Humor nimmt, fällt einem alles leichter. Wenn man sich im Fernsehen eine Komödie ansieht oder ein lustiges Buch liest, fallen viele, wenn auch nicht alle, Sorgen von einem ab. Vielleicht ist das der Grund, warum ich ein lustiges Buch geschrieben habe.

Berti hat kein lustiges Buch geschrieben. Er ist in die Sahara ausgewandert, weil es dort kein Wasser gibt. Dafür ist es dort sehr heiß. Zu heiß für kurze Krokodilbeine. Er hat sich deshalb ein Kamel zugelegt, auf dem er reitet. Aber auf dem wurde ihm wieder schlecht. Sie wissen schon, wegen der Schauckelei auf dem Kamelrücken. Irgendwann wollte er wieder zurück zum Fluss an dem seine Mutter lebt. Seine Krokodilsfreunde lachen zwar noch immer über ihn. Aber er weiß, dass da etwas ist, was ihm keiner mehr nehmen kann, und dann lächelt er über seine Freunde. Er war nämlich schon einmal in Amerika, während die anderen noch nie über den kleinen Flussabschnitt, an dem sie lebten, hinausgekommen sind.

Die Glocke des Quasimodo

Als Volk der Dichter und der Denker ist es unser aller Pflicht, unserem Nachwuchs so viel Wissen als möglich zu vermitteln. Nur mit einer erstklassigen Schulausbildung haben unsere Kinder die Möglichkeit, später eine Arbeit zu finden und unsere Rente zu bezahlen.

Neulich saß ich auf unserer Terrasse und las gerade in der Zeitung über das schlechte Abschneiden der deutschen Schüler bei der PISA-Studie. Teilweise war unser Nachwuchs genauso schief gewickelt wie der berühmte Turm dort steht. Verärgert über das schlechte Abschneiden unserer Kleinen zündete ich mir eine Zigarette an.

Plötzlich stand Quasimodo, der Sohn unseres Nachbarn, einem Landwirt, vor mir. Eigentlich heißt er Viktor. Aber für mich ist er Quasimodo. Nicht weil er etwa hässlich wäre oder einen Buckel wie der berühmte Glöckner von Notre-Dame hätte, sondern weil ständig eine große Rotzglocke aus seiner Nase baumelt. Er pflanzte sich vor mir auf und sprach in seinem rustikalen bayerischen Dialekt: „Gei, Du bist a Stinkstiefe?" Ich war etwas konsterniert über seine Offenheit, besann mich aber sogleich. Ein anderer hätte ihm jetzt wahrscheinlich eine Watschn gegeben. Ich allerdings, als intelligenter Mensch, habe so etwas nicht nötig und so belehrte ich ihn: „Zuerst sagt man Guten Tag, bevor man erwachsene Menschen beleidigt." Sogleich zeigte meine Bemühung in punkto Erziehung erste Früchte. „Griaß Di, gei Du bist a Stinkstiefe?" Aber so leicht reißt mir der Geduldsfaden nicht. „Wieso", wollte ich wissen, „bin ich ein Stinkstiefel?" „Weil …", gab er mir zur Antwort „… der Lehrer hat gesagt, wer raucht, verpestet die Umwelt und is a Stinkstiefe." „Aber Dein Papi raucht auch, ist der auch ein Stinkstiefel? wollte ich wissen, worauf der Kleine ungeniert sagte: „Mama sagt scho." „Weil er raucht?", wollte ich wissen. „Nein, weil er die Gummistiefel nicht auszieht, wenn er aus dem Stall kommt."

Mir war sofort klar, dass ich dem kleinen PISA-Versager eine Lektion erteilen musste. „Dein Lehrer in der Schule soll Dir lieber etwas über Geographie beibringen." „Das tut er ja", trotzte mir der Rotzglockenbesitzer entgegen. Da hatte er aber bei mir keine Chance. „Also, dann sag mir, wie die Hauptstadt von Portugal heißt?". „Mei", antwortete er, „die heißt Lissabon!"

Da kam er bei mir aber schön an und ich klärte ihn auf. „Da haben wir ´s, Du kleiner Dummkopf, die Hauptstadt von Portugal heißt nämlich Porto. Sie ist auf Grund ihrer Größe die Hauptstadt, weil sie sich von Portugal bis nach Italien durchzieht. Das italienische Wort ‚fino' bedeutet auf Deutsch Ende. Darum heißt die Stadt dann in Italien ‚Portofino', also Ende von Porto. Nur damit Du weißt, wie groß diese Stadt überhaupt ist".

„Hehe, und was ist mit Monaco, he? Dann müsste die Stadt ja durch Monaco gehen.", erdreistete sich der kleine Besserwisser zu bemerken. Ich konnte es kaum fassen, der Kerl wagte es doch tatsächlich mir zu widersprechen. Aber ich war fest entschlossen, ihm seinen Größenwahn auszutreiben.

„Monaco, das solltest du eigentlich wissen, ist eine Enklave. Eine Enklave ist eine Stadt, die von einer anderen Stadt oder einem anderen Land umgeben ist. Es würde mich wirklich interessieren, was ihr in der Schule überhaupt lernt."

„Und Barcelona, was ist damit? Da müsste sich ja Porto über die ganze spanische Küste hinziehen. Wie soll das gehen?", wandte er abermals ein, wenn auch schon arg verunsichert.

„Hab ich gesagt, dass sich Porto an der Küste entlang zieht? Porto geht mitten durchs Land."

„Dann ist ja Porto auch eine Enklave"

„Siehst du", gab ich zur Antwort, „jetzt hast du es verstanden."

Das schien ihn dann doch zu beeindrucken und er zog beschämt von dannen. Wie schön zu wissen, dass man den Kindern durch sein Wissen überlegen ist und nicht durch Anwendung physischer Gewalt.

Am nächsten Tag, als ich ihm dann wieder begegnete, kam er gleich auf mich zu und schrie: „Du bist doch a Stinkstiefe, und zwar ohne Griaß Di!" Da platzte mir doch der Kragen und ich fuhr ihn an:

„ Warum bin ich schon wieder a Stinkstiefe, ich hab heute noch gar nicht geraucht!" Und mit weinerlicher Stimme presste er heraus: „Du bist a Stinkstiefe, weil die Hauptstadt von Portugal doch Lissabon heißt und weil mir der Lehrer wegen Dir a Watschn gegeben hat."
Meiner Meinung nach hat er die Watschn auch verdient. Zu Erwachsenen sagt man eben nicht ,Stinkstiefe', und wie schon gesagt: Ich für meinen Teil komme ohne körperliche Züchtigung aus.

Der komische Doktor

Der Poindecker Alois war schon ein gestandenes Mannsbild. Es gab nicht leicht was, wovor er sich gefürchtet hätte. Keiner Rauferei war er aus dem Weg gegangen. In seiner Jugend freilich. Jetzt ist er zu alt dafür. Sein Kreuz spielt halt nicht mehr mit. Aber früher war er schon ein wüster Geselle. Gerade darum kann keiner verstehen, warum der Alois so eine panische Angst vor dem Doktor hat. Eine Spritze fürchtet er wie der Teufel das Weihwasser. Lieber hätte er sich einen Maßkrug auf dem Schädel zerschlagen lassen.
Krankheiten, so ist es nun einmal, nehmen aber überhaupt keine Rücksicht darauf, ob einer den Doktor fürchtet. Es ist ihnen wurscht. So war es auch beim Loisl. Eigentlich mit einer robusten Natur ausgerüstet, suchte ihn im letzten Winter eine Grippe heim, sodass er gleich 10 heilige auf einmal um Hilfe anrief. Leider vergeblich. Nicht einer war bereit oder imstande ihm zu helfen. Da die Grippe ihn bereits so geschwächt hatte, dass er das Bett kaum noch verlassen konnte, blieb ihm nichts anderes übrig, als einen Doktor aufzusuchen.
Seine Frau, die Lisbeth und seine Tochter Annerl mussten ihn dabei begleiten. Gerade die Anwesenheit seiner Tochter Annerl war eine große psychologische Hilfe die Angst vor dem Doktor zu überwinden. So hoffte er jedenfalls.

Jetzt saßen sie im Wartezimmer des Arztes, die Frau und das Mädchen etwas gelangweilt, der Loisl eher gereizt, weil seine beiden Begleiterinnen so einen gelangweilten Eindruck machten. Endlich wurde er aufgefordert, sich ins Sprechzimmer zu begeben. Langsam stand er auf und sah seine Frau mit einem flehenden Blick an. „Wos is? Kimmst net mit?" fragte er sie. „Na einigeh muaßt scho alloa." „Owei wenn ma's braucht, hots koa Zeit", brummelte er vor sich hin und schlurfte betont langsam ins Sprechzimmer.

Die Untersuchung selbst war keine große Sache. Die Grippe grassierte im Ort und in der Umgebung, sodass der Doktor schon bei seinem Anblick merkte, was dem Alois fehlte. Also verschrieb er ihm Tabletten und Zäpfchen. „Jetzt pass auf Poindecker", erklärte er ihm, „ die Tabletten nimmst dreimal am Tag. Immer nach einer Mahlzeit schluckst eine runter. De Zapferl nimmst einmal in der Früh nach dem Aufstehen. Host des verstanden?" Der Alois war überglücklich, dass er keine Spritze kriegte und antwortete: „Freilich hob i verstanden. Nach jeder Mahlzeit eine Tablette und in der Früh nach dem Aufstehen schluck i so a Zapferl."

„Nein, nein", korrigierte ihn der Medikus. „Die Tabletten musst Du schlucken. Das Zäpfchen musst Du rektal einführen."

„Ach so, dann is ja alles klar." Damit verließ der Lois das Sprechzimmer. Draußen empfing ihn seine Frau: „Und woaßt jetzt, was'd macha muaßt?"

„Nach dem Essen muaß i Tabletten schlucken, und in da Fruah muaß i a Zapferl nehmen." Dabei zeigte er seiner Frau die Zäpfchen, die ihm der Doktor mitgegeben hatte.

„Du", sagte seine Frau, „ de Zapferl sand aber gscheid groß. Glaubst, dass de schlucken kannst?"

„De muaß ma net schlucka, de muaß ma rektal einführen."

„Was isn nacha des?"

„Des woas i a net."

„Dann geh nomoi nei zum Dokta. Der solls gscheit erklärn."

Der Alois ging also noch mal ins Sprechzimmer. Er klopfte nicht an, der Arzt hatte bereits einen neuen Patienten und war etwas ungehalten. „Was ist denn jetzt noch?"

„Mei Herr Dokta, rektal einführen. Was moanans denn damit?"

„Ja, damit meine ich, dass du sie anal einführen musst."

„Aha", sagt der Alois und ging wieder.

Draußen wartete seine Frau: „Und? Woast jetzt was'd macha muaßt?"

„Freili, de muaß ma anal einführen."

„Ah so. Ja und wos hoast jetzt des?"

„Mei des hot er net gsagt. Wahrscheinlich moant er, dass ma s´die Annerl einführen muss."

Annerl, seine Tochter fing zu weinen an: „I mog aber nix einführen. Und scho gar nit bei Dir."

„Wieso net?"

„Erst letzte Woch hast gsagt, wann du daherin neie Sittn eiführn willst, dann fangst a paar. Na, na i führ nix mehr ei."

„Hor jetzt zum plärren auf und geh mit mir noch mal nei und lass Dir erklären wia du des macha muaßt."

Er packte Annerl unterm Arm und schleppte sie ins Sprechzimmer, wo eine Patientin gerade beginnen wollte sich zu entkleiden.

„Herr Dokta, entschuldigen's, aber Sie müssn meim Annerl erklären, wie sie die Zapferl einführen soll."

„Himmel, Herrgott, Sakrament. Nicht das Annerl soll sie einführen. Du sollst sie anal einführen."

„Bittschön Herr Dokta, i vasteh net."

„Poindecker steck sie Dir einfach in den Arsch."

Der Alois verließ fluchtartig das Sprechzimmer. Seine Frau erwartete ihn draußen. „Und hat er's Dir erklärt?"

„Na. Ausigschmissn hat der mi, der Lackl."

„Des is vielleicht a komischer Dokta!"

11

Der Bobpilot

Einer meiner augenscheinlichsten Fehler ist wohl der, dass ich immer die falschen Fragen zur falschen Zeit stelle. Immer wenn ich glaube, dass ich eine Frage aus Diskretionsgründen nicht stellen sollte, wird mir mangelnde Anteilnahme unterstellt. Mein Nachbar Martin behauptet das, weil ich ihn neulich nicht gefragt habe, wie es ihm geht. Weil ich diesen Fauxpas wieder gutmachen wollte, fragte ich den nächstbesten Menschen: „Wie geht es Ihnen?" Der berühmte Schauspieler empfand das aber als aufdringlich und ließ mich von der Bühne werfen. Dabei ist uns diese Art von Taktgefühl in die Wiege gelegt. Selbst Kinder haben ein Gespür dafür.

Es gibt nichts Gesünderes als einen Spaziergang. So wird es jedenfalls behauptet. Natürlich muss man seinen inneren Schweinehund überwinden und das bequeme Sofa, auf dem man sich eben noch genüsslich geräkelt hat, verlassen. Meinen inneren Schweinehund überwindet in der Regel unser Hund. Er besteht auf seinem täglichen Spaziergang und das mehrere Male am Tag und immer zur selben Zeit. Damit die Zeiten auch genau eingehalten werden, hat ihn die Natur mit einer inneren Uhr ausgestattet.

Gerade wenn es auf der Couch am gemütlichsten ist, stimmt er sein Wolfsgeheul an, um mich an meine Pflichten als verantwortungsvoller Hundehalter zu erinnern. Seine Wolfssonate ist zweistimmig und das schafft er ganz alleine. Da steht man gerne auf und tut etwas für seine Gesundheit.

Als ich neulich wieder unterwegs war, sah ich in der Nachbarschaft den Michi und den Basti eine Schneeburg bauen. Beim Näherkommen bemerkte ich, dass Basti schrecklich lädiert war. Sein ganzes Gesicht war eine einzige Schramme. Er sah aus zum Gott erbarmen.

Gerade als ich fragen wollte, ‚Mensch, Basti was ist denn Dir passiert?' hörte ich, wie er zum Michi sagte: „Wetten, der fragt mich auch gleich wieder ‚Basti, was ist denn Dir passiert?'. Seinem Tonfall war deutlich anzumerken, wie sehr ihn die Frage, die ihm sicher schon oft gestellt wurde, nervte. Geistesgegenwärtig dachte ich: `Du kleiner Lauser. Dich frage ich jetzt extra nicht`. Irgendwie fühlte ich mich in meinem Stolz getroffen. Andererseits konnte ich ihn verstehen, ich mag es ja selbst nicht, wenn die Leute allzu neugierig sind.

Außerdem erinnerte ich mich an einen ähnlichen Fall. Damals hatte ein kleiner Bub, Pepi glaube ich hieß er, auch einen Unfall, der ihm deutlich anzusehen war. Wohl tausend Mal wurde er gefragt: „Mensch Pepi, was ist denn Dir passiert?" Das führte schließlich zu einem Trauma, von dem ihn selbst die besten Psychiater nicht mehr befreien konnten. Schließlich wollte Pepi überhaupt keine Fragen mehr beantworten, was seine Lehrer in der Schule schier zur Verzweiflung trieb. Heute ist Pepi Regierungssprecher einer politischen Partei, wo ihm sein noch immer anhaltendes Trauma wertvolle Dienste leistet.

Nein, das durfte Basti nicht passieren. Ich tat ganz einfach so, als würde ich die Blessuren in seinem Gesicht gar nicht bemerken und begann ein harmloses Gespräch mit Michi über die Schule und überhaupt, wie es ihm geht. Basti stand daneben, trat von einem Fuß auf den anderen und sah mich verlangend an, als wollte er sagen ‚Mensch, warum fragst Du mich nicht, was mir passiert ist?' Doch ich unterdrückte meine Neugier eisern.

Plötzlich öffnete der Michi den Mund und sagte: „Schau mal, ich habe einen Zahn verloren." „Denk Dir nichts", tröstete ich ihn „der wächst bald wieder nach." Da hielt es der Basti nicht mehr länger aus. Auch er öffnete seinen Mund: „Schau mal, ich habe auch einen Zahn verloren und damit Du erst nicht zu fragen brauchst, was mir passiert ist, sage ich es Dir lieber gleich. Es war beim Bob fahren. Ich bin abgerutscht, kam dann quer zum liegen und bin mit dem Gesicht über den gefrorenen Schnee gerutscht. Bist Du jetzt zufrieden?" Um seine Schilderung zu verdeutlichen, begab er sich auf alle Viere und robbte auf seinen Knien und Ellbogen, das Hinterteil möglichst hoch und das Gesicht im Schnee über den Boden. Und damit Du es genau weißt", fuhr er fort, „gehen mir die ständigen Fragen auf die Nerven. Einem jeden muss ich es erklären. Mir tun ja allmählich schon die Knie weh."

„Tja lieber Basti", sagte ich „tut mir leid, dass ich so neugierig war."

Der König ist tot, es lebe der Clown

Über eines sollte man sich klar sein. Otto Witte war ein notorischer Lügner. Aber er legte immer äußersten Wert darauf, dass nachfolgende Geschichte der Wahrheit entspricht. Er legte unglaublichen Wert darauf, dass sein Grabstein eine besondere Inschrift enthält. Dieser Wunsch ging in Erfüllung. Otto Witte liegt begraben in Hamburg und jeder kann es lesen.

„Mensch, det darf doch nicht wahr sein. Du bist och aus Berlin? Darf ick ma vorstellen: Otto Witte ist der Name. Otto für dich; unter diesen Umständen ist das „Du" wohl Ehrensache. Komme och aus Berlin, jenauer jesagt aus Pankow." Otto Witte war die Überraschung förmlich ins Gesicht geschrieben. Der von ihm Angesprochene, erhob sich artig von seinem Stuhl und stellte sich ebenfalls vor: „Gestatten, Max Schlepsig, Max sozusajen, jeboren und aufjewachsen in Berlin, Kreuzberg. Is mir eine Ehre dich unter diesen Umständen kennen lernen zu dürfen! Darf ick mir die Fraje erloben, wie es dich hierher verschlagen hat?"

„Habe mir erlobt, einen Herrn zu einem sajenhaften Geschäft zu überreden. Konnte nicht ahnen, dass der Kerl so humorlos ist und mir gleich anzeigt. Und du, werter Max, wat machst du an diesem ungastlichen Ort?"

„Habe einem Torero die Hand jedrückt!"

„Is det strafbar?"

„Ick hab sie ihm mitten in die Fresse jedrückt. Wußte nicht, dass der hier so was wie eine Berühmtheit ist. Den Widerling haben se glatt lofen lassen und nur mir einjesperrt."

„Darf man vielleicht erfahren, wat der Auslöser dieser janzen Jeschichte war?"

„Es ging um Chantal, einer süßen kleinen Französin; ich wollte dem Herrn lediglich erklären, dat ick det Mädel zuerst jesehen

14

habe. Leider war er begriffsstutzig, so dat ick jezwungen war, meiner Erklärung Nachdruck zu verleihen."

„Und Chantal?"

„Die Schlampe hat sich, während ick am Erklären war, mit einem Engländer aus dem Staub jemacht."

Diese Unterhaltung fand im Sommer 1910 in einer Gefängniszelle in Barcelona statt. An dem beschwingten Ton meiner Erzählung kann man sicher erkennen, dass beide ihren Gefängnisaufenthalt nicht besonders ernst nahmen. Und der Erfolg gab ihnen Recht. Es bedurfte einer nicht einmal allzu kostspieligen Bestechung eines Wärters und die beiden waren wieder auf freiem Fuß, wo sie sich einem Zirkus anschlossen. Otto als Clown, Max als Schwertschlucker. Die beiden wurden Freunde und tingelten mit dem Zirkus durch ganz Europa. Was sie zum Leben brauchten, verdienten sie im Zirkus, den Luxus verdienten sie sich durch Gaunereien. Das Ganze ging bis zum Jahre 1913.

Im Sommer 1913 saßen sie auf der Terrasse eines Cafes in Durazzo, Albanien. Otto sah sich mit verschleiertem Blick die Adria an, Max blätterte in einer hiesigen Tageszeitung. Genau genommen sah er sich die Bilder an. Max verstand nicht ein Wort Albanisch. Plötzlich sprang er wie von der Tarantel gestochen auf: „Mensch, Otto, det musst de dir ankieken. Det darf doch nicht wahr sein."

Zu der Zeit saßen in London gerade die Diplomaten der europäischen Großmächte an einem Tisch und verhandelten darüber, wer der neue König von Albanien werden sollte. Ein Jahr zuvor hatte sich Albanien von der lästigen Besatzungsmacht Türkei getrennt und seine Unabhängigkeit erklärt. Gesucht wurde ein neuer Regent für das Land. Die Engländer bestanden darauf, dass es ein Engländer sein muss, da sie die meiste Erfahrung besaßen, wie man ein Kolonialreich regiert. Die Deutschen meinten, dass einem wenig organisierten Land wie Albanien, gerade die deutsche Gründlichkeit am meisten weiterhelfen könnte. Die Franzosen hingegen waren

15

davon überzeugt, dass nur sie die Probleme eines mediterranen Landes begreifen können, da sie selber ein mediterranes Land sind. Kurz und gut, die Großmächte konnten sich nicht einigen. Auf die Idee, man könnte die Albaner fragen, was die denn wollten, kamen sie aus unerfindlichen Gründen nicht.

Die Albaner hatten nämlich eine eigene Vorstellung, wie dieses Problem zu lösen sei. Sie wollten sich ihren neuen König selbst aussuchen. Ehrlich gesagt, sie hatten ihre Wahl bereits getroffen. Ihre Wahl war auf Prinz Halim Eddine, einen Neffen des Sultans von Istanbul gefallen. Er war sogar Moslem, wie die Menschen in Albanien auch. Natürlich gab es da ein kleines Problem. Wie sagt man einem Mann, dass man ihn zum König haben will, wenn man auf der anderen Seite seinem Volk gerade den Laufpass gegeben hatte. Die Situation war so verzwickt, dass in Albanien sogar die Presse darüber berichtete und ein Portrait des Prinzen in der Zeitung darbot.

Nun, genau diese Ausgabe hielt Max Schlepsig in seinen Händen an jenem Tag. „Kiek dir det an Otto, der sieht ja jenau so aus wie du. Da wird doch der Hund in der Pfanne verrückt." Damit schob er seinem Freund die Zeitung hinüber. Lange Zeit betrachtete Otto das Foto von Halim Eddine. Der verschleierte Blick war von ihm gewichen. Er war zurückgekehrt in die Realität. Plötzlich huschte ein Lächeln über seine Lippen. Und Max, der Otto gut kannte, konnte nicht umhin, mitzulächeln.

Man mag von Otto halten was man will, aber es gelang ihm in sage und schreibe 6 Wochen Albanisch so gut zu erlernen, dass er sich an seichten Unterhaltungen beteiligen konnte. Damit hatte er Punkt eins seines Plans bereits erfüllt. Punkt zwei war es, sich aus der Staatsoper in Wien zwei orientalische Uniformen schicken zu lassen. Eine Phantasieuniform für ihn und eine Generaluniform für Max. Vom Zirkus, in dem sie bisher auftraten und von dem sie wussten, dass er nach Istanbul weiterreisen würde, trennten sie sich. Dann gaben sie einem Ex-Kollegen ein Telegram mit, das er in Istanbul an die albanische Regierung schicken sollte. Der Inhalt des Telegrams war:

Halim Eddine fühlt sich sehr geehrt, von dem albanischen Volk für eine derart edle Aufgabe auserkoren zu sein. Er bedankte sich in dem Telegram für das Vertrauen, das die Bevölkerung von Albanien in ihn setzte und dass er alles daran setzen würde, sich dieses Vertrauens als würdig zu erweisen. Gleichzeitig ließ er das albanische Volk wissen, wann er in diesem Land, welches ihm so viel Liebe zukommen lassen würde, die er natürlich zu erwidern gedachte, eintreffen würde.

Anschließend begaben sich die beiden Komplizen auf die Reise nach Griechenland, genauer gesagt auf die Insel Saloniki, wo die Fähre aus Istanbul nach Venedig ebenso Zwischenstop machte wie auch in Durazzo. Besagte Fähre bestiegen die beiden und kamen fahrplanmäßig in der albanischen Hafenstadt an.

Der Empfang war überwältigend. Das ganze Land schien sich am Hafen versammelt zu haben. Aus tausenden von Armen wehten ihnen Miniflaggen, sowohl türkische als auch albanische, entgegen.

Empfangen wurden sie von Essad Pascha dem Kommandeur der albanischen Armee und provisorischen Machthaber. Mehr als unterwürfig und mit schlechtem Gewissen schritt er dem Prinzen entgegen. Er war es doch schließlich, der die Abspaltung von der Türkei mit aller Macht vorangetrieben hatte. Seine Tage, davon war er überzeugt, waren gezählt.

Da kam der zukünftige Regent auch schon auf ihn zu. Hoch gewachsen und in ein prächtiges Gewand gehüllt, einen roten Fez auf dem Kopf und einem gewaltigen Schnurrbart, der das ganze Gesicht dominierte. Hinter ihm, ein General, unauffällig zwar, aber jede Bewegung des zukünftigen Herrschers mit den Augen akribisch verfolgend. Als aber Essad Pascha die Orden, die an der Brust des künftigen Herrschers hingen, sah, waren selbst die leisesten Hoffnungen auf ein Weiterleben in diesem Land dahin geschmolzen wie die Eiswürfel in der albanischen Julisonne.

Aber konnte es möglich sein? Durfte er seinen Ohren Glauben schenken? Der Prinz kam auf ihn zu, legte ihm beide Hände auf die Schultern und sprach: „Werter General, ich habe schon viel von Ihnen gehört, darf ich auch weiterhin hoffen, dass Sie Ihrem Land so treu dienen, wie Sie es in der Vergangenheit taten?" Mein Gott, schoss es Essad Pascha durch den Kopf, kann es möglich sein, dass es Menschen von solcher Größe gibt. Menschen, die dann verzeihen konnten, wenn das Vaterland diese Verzeihung am dringendsten brauchte?

„Gebieten Sie, Erlauchtester, und Sie werden sehen, dass ich ihre Erwartungen nicht enttäuschen werde", er hauchte es mehr, als er es sagte. Nie im Leben hätte er geglaubt, dass diese Demonstranz überirdischer Noblesse noch gesteigert werden konnte. Sofort wurde er eines besseren belehrt. Denn der zukünftige Herrscher trat jetzt vor ihn ans Mikrofon und sprach: „ Bürger von Albanien, Freunde, denn als solche betrachte ich euch und nicht als Untertanen. Es ist an der Zeit, euch über die drei vordringlichen politischen Entscheidungen zu informieren. Zum ersten haben wir beschlossen, die Staatskasse an uns zu nehmen, um jeden treuen Diener dieses Landes nach Gebühr entlohnen zu können. Zweitens ist es uns ein Anliegen, den Harem nicht aus den Kreisen der Adligen auszuwählen, sondern Mädchen zwischen 18 und 25 Jahren aus dem einfachen Volk zu berufen und somit dem einfachen Volk unsere uneingeschränkte Solidarität zu bekunden. Drittens, meine Freunde, erkläre ich hiermit dem Volk von Montenegro den Krieg."

Die Albaner waren außer sich. Der erste Punkt war logisch. Natürlich mussten die Staatsdiener bezahlt werden, und ohne Staatskasse war das ja schlecht möglich. Dass er sich aber Mädchen aus dem einfachen Volk holte, war zuviel für die meisten. Nicht einer von ihnen hätte geglaubt, dass es in den gehobenen Kreisen Menschen von solch erhabenem Charakter geben könnte. Völlig aus dem Häuschen waren sie aber, als er Montenegro den Krieg erklärte. Endlich, endlich, endlich konnte man es diesem verhassten Nachbarstaat zeigen. Jahrhundertelange Demütigungen konnte man endlich vergelten. Bislang war an so etwas ja nicht einmal zu denken, weil Montenegro zahlenmäßig zu stark war, aber jetzt mit der Türkei im Rücken... die sollen sich auf etwas gefasst machen.

Die Straßen hallten wider von Jubelrufen. Einer versuchte den anderen zu übertrumpfen. Dieser neue Herrscher, da waren sich alle einig, den hatte ihnen Allah in all seiner Weisheit persönlich geschickt.

Nach dem offiziellen Empfang wurden dem neuen König seine Gemächer zugewiesen, am Abend gab es ein Banquet, bei dem die Spitzenköche des Landes danach trachteten, sich gegenseitig zu übertrumpfen. Nur eines war auffällig. Der neue Regent und sein Adjutant verschlangen zwar Unmengen an kulinarischen Leckerbissen, zogen sich aber danach ungewöhnlich schnell in ihre Gemächer zurück. Der Grund war denkbar einfach. Als Muslime, die sie zu sein hatten, war es ihnen nicht gestattet, Alkohol zu trinken. Zumindest nicht in der Öffentlichkeit. In ihre Privatgemächer hatten sie jedoch ausreichend davon eingeschmuggelt. Daran taten sich die beiden nun gütlich. Außerdem trafen bereits die ersten Anwärterinnen auf die Haremsgemeinschaft ein. Diesem Problem galt an diesem Abend und auch an den nächsten beiden Tagen ihre volle Aufmerksamkeit. Max Schlepsig hatte die Vorauswahl zu treffen. Otto Witte war es vorenthalten, die endgültige Entscheidung zu treffen, wem die Ehre zuteil wurde, in den Harem aufgenommen zu werden.

Die Leibgarde, die ihnen zugeteilt worden war, tat ihr möglichstes, dass der neue König in diesem Punkte nicht gestört wurde. Und der „König" wusste sich zu revanchieren. Viele Goldstücke aus der Staatskasse flossen in die Taschen der treuen Leibgarde. Charakterlich gestärkt durch diese royale Hinwendung erkannte so mancher Gardist seinen inneren Kern wahrer Menschlichkeit.

Aber wie es nun einmal ist im Leben. Nichts währt ewig. Es war nur eine Frage der Zeit, bis der wahre Halim Eddine eine Botschaft an das albanische Volk richtete und wissen wollte, was das Aufsehen um seine Person zu bedeuten habe. Er fühle sich zwar sehr geehrt durch die Symphatiebekundungen von Seiten Albaniens, allerdings habe er nur eine sehr blasse, eigentlich überhaupt keine Erinnerung an irgendeinen Besuch in besagtem Land. Kurzum, die Frage ist: „Ich war noch nie bei Euch. Was wollt Ihr eigentlich von mir? Habt ihr sie nicht mehr alle?"

Essad Pascha sah sich mit einer unangenehmen Pflicht konfrontiert. Aber an der Echtheit der Botschaft war kein Zweifel. Kurzerhand schickte er sich an, die wahre Identität der augenblicklichen Regenten gründlicher zu untersuchen. Seine Situation war natürlich eine heikle. Also beschloss er, das Problem mit der Wucht seiner Autorität zu lösen. Ganz allein machte er sich auf in die königlichen Gemächer. Lediglich die drei Leibgardisten, die den König von Anfang an schützten, waren anwesend. Kurzerhand rekrutierte er sie.

Otto und auch Max waren noch immer damit beschäftigt, die richtigen Haremsdamen auszuwählen, als plötzlich ohne anzuklopfen die Leibgarde, angeführt von Essad Pascha, in ihren Gemächern erschien.

„Nehmt die Betrüger fest!", befahl Essad Pascha.

Otto Witte hatte aber schon damit gerechnet, dass sich diese Komödie nicht ewig aufrechterhalten lassen würde und konterte: „Meine getreuen Gardisten, nehmt diesen Verräter fest. Er ist ein Agent der Montenegriner und will den Krieg hintertreiben."

Daraufhin stürzten sich die drei Leibgardisten auf den armen Essad Pascha und verprügelten ihn fürchterlich. Hätte Otto Witte nicht eingegriffen, hätten sie ihn womöglich totgeschlagen.

„Hört auf", schrie Otto „und bringt ihn ins Verlies, die Gerichte sollen ihm seine wohlverdiente Strafe zuweisen."

Welch eine peinliche Situation für Essad Pascha, dass gerade der, den er verhaften wollte, sich als sein Lebensretter entpuppte. Noch während man Essad Pascha ins Verlies schleppte, verließen Otto und Max die königlichen Gemächer. Selbst die Schönheiten, die ihren voller Ungeduld entgegenfieberten, interessierten sie plötzlich nicht mehr. Lediglich mit der Staatskasse bewaffnet eilten sie in den albanischen Hafen auf der Suche nach einem Fährmann, der sie nach Italien übersetzte. Und wieder hatten sie Glück. Aber schon etwas verwöhnt vom Glück, führten sie einen aufwendigen Lebensstil. Die albanische Staatskasse, üppig wie sie war, reichte nicht ewig.

Letztlich landeten sie wieder beim Zirkus. Der eine als Clown, der andere als Schwertschlucker.

Viel, viel später ging Otto Witte´s Wunsch in Erfüllung. Auf seinem Grabstein steht noch heute: „Otto I. König von Albanien"!

Immer schön sauber bleiben

Vor kurzem erschien in unserem Gemeindebrief, das ist ein Rundschreiben der Gemeinde an alle Bürger, eine Beschwerde über herumliegenden Hundekot. Bei unserem letzten Spaziergang im Dorf habe ich allerdings eine Entdeckung gemacht, die mich an der Dringlichkeit dieses Problems zweifeln ließ. Gewiss liegt hier und da Hundedreck herum. Bestimmt sogar zuviel. Aber der Dreck ist nach einer Woche Dünger, während der Plastikmüll bis zu seiner Auflösung 200 Jahre braucht. Deshalb glaube ich nicht, dass Hunde das Hauptproblem sind.

Über zwanzig Jahre ist es jetzt schon her, dass ich von der Stadt aufs Land gezogen bin und ich muss sagen, dass ich die Entscheidung nie bereut habe. Während die Leute in der Stadt an ihrer Anonymität ersticken, gehen die Menschen hier noch aufeinander zu. Wenn die Menschen in der Stadt miteinander ein Problemchen haben, laufen sie zum Rechtsanwalt oder zur Polizei, um den anderen, der ihnen übel mitgespielt hat, für immer hinter Gitter zu bringen. Bei uns ist das anders. Bei uns laufen die Menschen zuerst zum Bürgermeister und der sorgt dann für klare Verhältnisse. Das ist auch wesentlich demokratischer. Wenn nämlich über ein bestimmtes Problem besonders viele Beschwerden eingehen, wird das Thema im Gemeindebrief veröffentlicht, selbstverständlich gespickt mit Verhaltensregeln und unter Berücksichtigung der aktuellen Gesetzeslage. Ein jeder weiß so immer ganz genau, wie er sich zu verhalten hat, um ein akzeptables Mitglied der Gemeinschaft zu sein.

Diesen Gemeindebrief erhalten wir dann einmal im Monat. Der letzte Brief behandelte den Hundedreck. Ein Problem, welches auch mich als Hundehalter betraf, wenn auch nur am Rande, denn ich wohne zum Glück ein paar Kilometer außerhalb. Viele Bürger beschwerten sich über den Hundedreck auf und neben den Straßen. Man findet so viele Häufchen, dass man schon gar nicht mehr nach draußen gehen möchte, klagten sie, nur weil ein paar unverantwortliche Hundebesitzer ihren Kötern gestatteten, überall ihr Geschäft zu verrichten.

Meine Frau und ich wollten natürlich wissen, ob die Verschmutzung unserer Straßen durch die Hunde tatsächlich derartige Ausmaße angenommen hatte und beschlossen, unseren sonntäglichen Spaziergang im Markt zu genießen, sofern nach den Schilderungen im Gemeindebrief von Genießen überhaupt noch die Rede sein konnte. Wir achteten peinlich genau darauf, dass unser Hund seine Geschäfte noch vorher in unserem Garten erledigte. Und zwar alle Geschäfte, das große und die kleinen. Dann machten wir uns auf den Weg.

Parallel zur Zufahrtstraße in den Ort verläuft ein Wanderweg, auf dem man gefahrlos wandern kann. Aber so sehr wir unsere Augen auch anstrengten, wir konnten nirgendwo einen Hundehaufen entdecken.

„Also, ich sehe nichts", sagte meine Frau zu mir.

„Na ja", erwiderte ich, „wir sind ja noch nicht in der Ortsmitte. Dort wird es dann wohl schlimmer sein. Wenn die schreiben, dass zu viel Hundedreck herumliegt, dann wird das schon stimmen."

„Vielleicht können wir den Dreck bloß nicht sehen, weil er unter einer der Plastiktüten verborgen ist."

Gut möglich, aber unter welcher? Der ganze Straßengraben bis zum Ort hinauf war ja voll von Plastiktüten. Am meisten fielen die Chipstüten auf, sie waren die größten. Aber da waren auch Tüten für Erdnussflips, Salzstangen, Salzbrezeln, Erdnüsse, Paranüsse, Pistazien, Butterkekse, Nusskekse, Schokokekse, Scherzkekse aber auch für Knabbereien, die ich noch nie gekauft habe. Die Tüten für Gummibärchen fielen nur auf, weil sie so farbenfroh sind. Sonst hätten wir die gar nicht gesehen. Eine für das Auge angenehme Abwechslung boten die Flaschen, die aus den Tüten hervorragten. Manche mit dem Hals andere wieder mit dem Boden. Einige aus Plastik andere aus Glas. Die meisten der Plastikflaschen boten einen traurigen Anblick. Sie waren zerbrochen oder zerbeult und ihre Farbe schon sehr verblasst. Aber bei einigen anderen war das Etikett noch so farbenfroh, als kämen sie gerade aus dem Supermarkt.

Aber es waren die Glasflaschen, die sich mehr als alle anderen dem Trend der Globalisierung angepasst hatten. Neben Wodkaflaschen aus Russland lagen Rumflaschen aus Tschechien, die mit den Strohrumflaschen aus Österreich einen erbitterten Konkurrenzkampf austrugen. Besonders gefreut habe ich mich über die Weinflaschen aus Deutschland, weil gerade die deutschen Weine oft sehr unterschätzt werden. Aber auf dem Hügel vor dem Bushäuschen dominierten ohne Zweifel die Flaschen aus Rumänien, Ungarn und Frankreich . Weine aus Kalifornien sind seit der Amtszeit von Bush nicht mehr so gefragt, und waren klar in der Unterzahl. Manche von den Weinflaschen lagen unter den Plastiktüten, manche darauf und einige waren von den Tüten umwickelt.

Plötzlich rief meine Frau: „Du Schuft!" Ich war ganz perplex und wusste nicht, was sie meinte.

„Was ist denn", fragte ich kleinlaut.

„Da schau doch mal. Die Teufelschips gibt es ja immer noch. Du hast gesagt, die gibt es nicht mehr. Du hast mich belogen. Du liebst mich nicht mehr!"

Sie hatte Recht. Vor uns lag eine Tüte mit der Aufschrift ‚Teufelschips'. Angeblich wurden sie aus dem Sortiment genommen, weil sie den Verbrauchern zu scharf waren. Aber meine Frau liebt derart scharfes Zeug. Sie war untröstlich, dass sie seit Jahren auf ihre bevorzugte Marke verzichten musste. Vielleicht hatte sie ja Recht und ich hatte beim Einkauf nur nicht sorgfältig genug gesucht. Vorsichtshalber hob ich die Tüte auf.

„Ha", triumphierte ich, „schau selber. Die Chips sind seit 6 Jahren abgelaufen. Die Tüte muss schon seit Jahren hier herumliegen". Ein hässlicher Ehekrach konnte gerade noch einmal vermieden werden.

Als wir plötzlich vor einem mannshohen Berg leerer Konservendosen standen, wurden wir schon etwas ärgerlich. Dass hier jede Menge Tüten herumlagen, konnten wir noch verstehen. Man isst seine Chips. Die Tüte ist leer und man weiß nicht wohin damit. Also lässt man sie fallen. Das gleiche gilt für Wein. Man hat die Flasche leer getrunken. Man weiß nicht wohin damit – Genau. Aber Konservendosen, die früher Katzenfutter, Hundefutter oder Gulasch beinhalteten. Wer, frage ich mich, füttert seine Katze auf der Hauptstraße? Das musste wirklich nicht sein. Wir schoben die obersten Dosen beiseite, um nachzusehen, ob nicht darunter vielleicht der gefürchtete Hundedreck verborgen sei. Aber wir fanden nur ein Plakat. Darauf stand: ‚Willkommen in Bayern. Genießen Sie unsere herrliche Natur und atmen Sie unsere saubere Luft'. Das Plakat versprach nicht zuviel. Ich sah nirgendwo Dosen oder Tüten herumfliegen. Und selbst wenn. Selbst beim stärksten Sturm ist die Luft bei uns immer noch sauberer als in der Stadt, wo die Menschen den ganzen Tag Nanopartikel einatmen müssen. Ich habe jedenfalls noch nie gehört, dass einer eine Coladose eingeatmet hätte.

Im Bushäuschen befand sich ein Abfalleimer und ich beschloss einige der Tüten von der Straße zu entfernen. Eine gute Idee, dachte ich. Unser Markt hat siebentausend Einwohner und wenn jeder nur 5 Tüten im Jahr beseitigt, so wären das fünfunddreißigtausend Tüten, und das Willkommensplakat wäre nicht nur zu 50% sondern zu 100% richtig. Leider bekam ich die Tüte, die ich ausgewählt hatte aber nicht vom Boden los, weil der Kaugummi, mit dem sie am Asphalt festgeklebt war, schon versteinert war. Und so ließ ich es bleiben.

Meine Frau bemerkte dazu: „Vielleicht haben sie die Tüten hier absichtlich verstreut, damit man nicht ständig auf ausgespuckte Kaugummis tritt?"

„Warum nicht", antwortete ich, „der Schwejk Josef würde jetzt sagen ‚Alles hat eben seinen tieferen Sinn'".

Zu spät bemerkten wir, dass wir die Dosen von dem Dosenberg sehr ungeschickt entfernt hatten. Sie kullerten nämlich allesamt auf den Wanderweg, der vorher schon ein ziemlich schmaler war, und versperrten uns den Weiterweg. Wir beschlossen also umzukehren.

Gerade als wir uns auf den Rückweg gemacht hatten, kam uns ein älterer Mann entgegen. Und weil der Wanderweg so schmal war, konnten wir nicht richtig ausweichen und unser Hund wollte an ihm hochspringen. In letzter Sekunde konnte ich ihn noch zurückreißen. Vielleicht war der Mann erschrocken, berührt hat ihn unser Hund jedenfalls nicht, weil er sofort zu brüllen begann: „ Da kommen's immer mit ihre Sauhund daher. Sie springen an einem hoch und scheißen überall hin. Schleicht's euch nach Hause, Bagage!"

Weiter kam er allerdings nicht, weil er auf eine Piccolosektflasche getreten war, die unter seinem Gewicht wegrollte. Diese Piccoloflaschen sind auch sehr schwer zu sehen, weil sie so klein sind. Er landete dabei sehr unsanft auf seinem Hosenboden.

„Hat der ein Glück gehabt", sagte ich zu meiner Frau, „stell Dir vor, er wäre auf Hundedreck ausgerutscht."

„Fii", gab sie mir Recht, „das wäre wirklich eklig gewesen". Und zum Hundehasser: „ Findest du das nicht auch?"

„Au", gab er zur Antwort, viel leiser als er eben noch gewesen ist. Damit verließen wir ihn.

„Tja, jetzt sind wir extra hier her gefahren, um Hundedreck zu finden. Und was haben wir gefunden? Nichts."

„Scheiße."

„Eben nicht."

Ein eingespieltes Team

Lange haben die kleinen Läden gegen die Supermärkte ihr Existenzrecht verteidigt. Leider ist es für sie ein ungleicher Kampf gegen einen übermächtigen Gegner, bei dem David obendrein der Einsatz seiner Schleuder versagt ist. Er hat die Pfeil und Schleudern des wütenden Geschicks zu erdulden und wird ertrinken in einer See voll Plagen, die er durch Widerstand nicht enden kann.

Klein, gramgebeugt und das graue Haar hinter dem Kopf zu einem Knoten gebunden, steht Frau Edith Schmatke wackelig vor der kleinen Metzgerei. Zum Glück hat sie einen Gehstock in der rechten Hand, auf den sie sich jetzt stützen kann, um nicht zu fallen. Mit der linken hält sie ein Einkaufskörbchen, gerade mal groß genug für einen Laib Brot. Aber heute will sie mit der Metzgereiverkäuferin abrechnen. Die war schon überfällig, mit der hatte sie nämlich noch nie etwas zu tun. Zur moralischen, vor allem aber verbalen Unterstützung, war sie in Begleitung ihrer Freundin, Frau Mönnigheim. Frau Luise Mönnigheim, auch grau behaart, aber ohne Knoten, machte einen nicht ganz so zerknautschten Eindruck.

Vor drei Jahren erst waren sie aus Berlin nach Passau übersiedelt. Sofort hatten sie aneinander Gefallen gefunden und waren dicke Freundinnen geworden. Seither haben sie sich von Stadtteil zu Stadtteil durchgearbeitet und unbeliebt gemacht. Die Metzgerei Haller, vor der sie jetzt standen, hatten sie noch nie beehrt. Sie empfanden das als eine ärgerliche Unterlassungssünde. Hinter der Theke wartete ein etwa 16 jähriges Mädchen, namens Hilde und noch in der Ausbildung, auf Kundschaft. Das Mädchen war hübsch und das wurmte die alten Damen noch mehr. Sie empfanden es als Ungerechtigkeit, dass eine so junge Göre lieblicher anzusehen war als sie mit all ihrer 70 jährigen Lebenserfahrung.

Artig warteten sie, bis der letzte Kunde das Geschäft verlassen hatte, der der Armen hätte beistehen können. Dann betraten sie hintereinander, so als ob sie nichts miteinander zu tun hätten die

Metzgerei. Honigsüß lächelte Edith's lippenloser Mund das Mädchen an, während ihre Schlangenaugen ihr Opfer bereits zu hypnotisieren begannen.

Da ihr die bayrischen Namen für die verschiedenen Wurstsorten nicht so geläufig waren, verlangte sie nach Käse, genauer gesagt, sie wollte 300 Gramm Edamer.

„Bedaure, aber der Edamer ist aus", entschuldigte sich die Verkäuferin, nicht ahnend, dass Frau Schmatke mit Vorbedacht nach Edamer verlangt hatte.

„Entschuldigen sie, liebes Kind, aber sie können doch nicht behaupten, dass sie Käse führen, wenn sie nicht einmal eine gängige Sorte wie Edamer im Angebot haben!"

„Für gewöhnlich haben wir ja Edamer, nur eben heute ist er aus. Tut mir ja leid."

„Davon dass es ihnen Leid tut, habe ich jetzt auch nichts. Wissen sie, für einen alten Menschen ist das Einkaufen nicht mehr so einfach. Da muss man sich schon darauf verlassen können, dass in den Geschäften zumindest das Grundsortiment erhältlich ist."

„Wie gesagt, es tut mir Leid."

„Es tut ihr schon wieder Leid. Wer ist eigentlich für diese Schlamperei verantwortlich? Sie nehme ich doch an."

„Nein, die Einkäufe macht der Chef."

„Diese jungen Dinger", mischte sich jetzt Luise in das Gespräch ein, „haben doch keine Ahnung vom Geschäft. Die sind doch mit den geschäftlichen Aufgaben völlig überfordert. Das einzige, was sie lernen ist, die Schuld auf einen anderen schieben."

„Wir hätten heute Gouda im Angebot. Er ist dem Edamer vom Geschmack her sehr ähnlich und diese Woche besonders günstig", machte die Verkäuferin einen letzten lendenlahmen Versuch, sich noch aus der Situation zu retten.

„Jetzt hörn sie sich das an, Frau Nachbarin, jetzt will sie mir ihren liegen gebliebenen Gouda andrehen. Es interessiert mich gar nicht, wie lange ihr Gouda übers Verfallsdatum ist, aber eines sollten Sie wissen, bei dem Beruf, den Sie zu erlernen versuchen. Bei Wurstplatte „Parisienne" reicht man ausschließlich Edamer. Ihnen mag es egal sein, ob Sie bei ihren Gästen in Ungnade fallen, aber es gibt Menschen, die Ihren Gästen ein Mindestmaß an Respekt erweisen. "

Man muss sich die Situation folgendermaßen vorstellen: Die Verkäuferin ist mittlerweile so bleich wie die Weißwürste vor ihr in der Theke. Ernsthaft denkt sie darüber nach, ihre Lehre als Metzgereiverkäuferin abzubrechen und stattdessen Automechanikerin zu werden. Luise Mönnigheim hält das für den idealen Zeitpunkt, der Kleinen den Rest zu geben.

„Respekt", fügte sie ergänzend hinzu, „ erwarte ich von der heutigen Jugend schon lange nicht mehr, man ist ja schon froh, wenn man von denen nicht überfallen und zusammengeschlagen wird."

Inzwischen schickt sich Edith Schmatke an, den Laden zu verlassen: „Wenn Sie mir nicht helfen können, muss ich mich eben anderswo umsehen. Guten Tag."

Auch Luise Mönnigheim wendet sich dem Ausgang zu: „So wie sie eben diese Dame behandelt haben, glaube ich nicht, dass ich hier Kunde sein möchte. Leben Sie wohl."

Hintereinander, im Gänsemarsch, streben sie auf die Metzgerei Hofer in der nächsten Seitenstraße zu. Niemand, der sie sieht, käme auf die Idee, die Beiden seien ein eingespieltes Demoralisationsteam. Wieder späht Edith durch das Schaufenster ins Innere der Metzgerei, und wartet den richtigen Zeitpunkt ab, um mit der Verkäuferin allein zu sein. Dann betreten die Zwei hintereinander wie völlig Fremde den Laden. Eine einzige Sekunde genügt Edith, um die Auslage nach Schwachstellen zu durchforsten. Regungslos mustert sie die 18-jährige Metzgereiverkäuferin Monika, doch die erwidert gelassen ihren Blick. Ja mehr noch, sie scheint sogar amüsiert zu sein. Die Alte kneift ihre Augen zu einem schmalen Schlitz zusammen, was ihr ein schlangenhaftes Aussehen verleiht. Ein probates Mittel, das sich in der Vergangenheit bestens bewährt hat, aber diesmal scheint sie es mit einem harten Brocken zu tun zu haben. Währenddessen betrachtet die Mönnigheim teilnahmslos den Boden und tut so, als ob sie das alles nichts anginge.

„Bitte junges Fräulein, sind Sie doch so nett und geben sie mir 300 Gramm Gouda", wendet sich die Schmatke schließlich an den Lehrling.

„Tut mir Leid", entgegnete Monika, „aber der Gouda ist aus. Wenn sie vielleicht mit Edamer vorlieb nehmen möchten. Man sagt, der schmeckt sehr ähnlich."

„Geht das schon wieder los", die Schmatke war mit ihren Nerven am Ende. „Sagen Sie einmal junges Fräulein, ist es denn hier in Bayern wirklich nicht möglich, dass sie ein vollständiges Grundsortiment zur Verfügung haben. Wie stellen Sie sich das bitte vor? Edamer zur „Wurstplatte Parisienne?" Ha! Wenn ich das meinen Gästen vorsetze, bin ich gesellschaftlich erledigt, und zwar für den Rest meiner Tage."

Wie aufs Stichwort kam ihr ihre Freundin zu Hilfe: „Geben Sie sich keine Mühe. Sie werden den jungen Leuten von heute keine Manieren beibringen können. Da fehlt es schon vom Elternhaus her."

„Ich bitte Sie. So etwas wie Wurstplatte Parisienne gibt es doch überhaupt nicht. Das haben sie sich doch eben ausgedacht!"

„Aber natürlich gibt es eine Wurstplatte Parisienne, junges Fräulein" beharrt die Alte und wird dabei etwas rot, weil sie sich ertappt fühlt. „Und das A und O ist dabei, dass die Wurst- und Käsesorten stimmig sind!"

„Nun, wenn es so ist, dann empfehle ich Ihnen Romadur. Dann ist zumindest der Geruch stimmig."

„Das hat damit zu tun, dass Sie mich in eine peinliche Situation bringen und wie es scheint völlig uneinsichtig sind."

„Aber ich wollte Ihnen doch nur eine Alternative zum Gouda vorschlagen."

„Darum geht es ja liebes Kind", mischte sich jetzt Luise wieder in das Gespräch ein, die es einfach nicht ertragen konnte, wenn Kunden so schlecht bedient werden. Sie fühlte sich genötigt zu dozieren: „Es gibt nun einmal keine Alternative zu Gouda, wenn man „Wurstplatte á la Parisienne" zubereiten will. Aber ihr jungen Dinger braucht heutzutage ja nichts mehr lernen. Zu meiner Zeit …"

„Aber …"

„Unterbrechen Sie mich bitte nicht."

„Das Personal hat eben keinen Anstand", kam ihr Edith wieder zu Hilfe, „nicht einmal ausreden können sie einen lassen."

„Genau, das sag ich doch", Luise hatte sich in Rage geredet. „Also, so etwas wie sie wäre zu meiner Zeit ihre Stelle schnell wieder losgeworden."

Monika war durchaus schlagfertig und konnte sich bislang gut gegen vorwitzige Kunden behaupten. Sie hatte keine Ahnung, dass die beiden ein Team waren, aber sie nahm die Herausforderung sportlich an.

„Glauben Sie, wir merken nicht, dass Sie uns nur Ihren Ladenhüter andrehen wollen. Sagen Sie mal, liebes Kind, wie lange ist Ihr Edamer schon übers Verfallsdatum, falls Sie sich daran noch erinnern können?"

„Jedenfalls nicht so lange wie ihr beide. Übrigens ist Edamer ein Käse der Spitzenklasse, falls Sie sich daran noch erinnern können? Ich meine ja nur. So im Laufe der Jahrhunderte vergisst man ja direkt wie etwas damals geschmeckt hat."

„Sehen Sie sich das an", wandte sie sich an ihre Nachbarin, „jetzt grinst sie auch noch. Das ist doch die Höhe, was man sich heute alles bieten lassen muss. Kennt ihre Unverschämtheit denn überhaupt keine Grenzen. Guten Tag wünsch ich noch." Damit drehte sie sich um und verließ das Geschäft.

„Also ich kann dieser Dame nur beipflichten. Wie Sie ihre Kunden behandeln ist würdelos. Ich sehe mich auch gezwungen, meine Einkäufe künftig anderswo zu tätigen." Nach dieser abschließenden Bemerkung folgte sie ihrer Freundin auf die Straße, wo die Beiden das euphorische Gefühl, etwas geleistet zu haben, genossen.

Die beiden Verkäuferinnen Hilde und Monika, die in Wahrheit Schwestern waren, schüttelten verständnislos den Kopf. Lustlos gingen sie für den Rest des Tages ihrer Arbeit nach, ständig von Selbstzweifeln geplagt. Hilde, die jüngere, ob sie die richtige Berufswahl getroffen hatte und Monika fragte sich ernsthaft, ob sie die beiden alten Schachteln nicht doch zu höflich bedient hatte. Abends nach Feierabend saßen sie gemeinsam an einem Tisch und erzählten sich die Vorkommnisse des Tages. Natürlich kamen sie auch auf das Krawallpärchen zu sprechen. Ihre Niedergeschlagenheit verwandelte sich in unbändige Wut.

Das Hochgefühl der Befriedigung bei den beiden älteren Damen hielt nicht ewig an. Zwei Wochen nach diesem Zwischenfall verlangte es sie wieder nach einem Opfer, ähnlich wie ein Süchtiger wieder Drogen braucht, wenn der Rausch verflogen ist. Diesmal suchten sie die zwei Metzgereien in umgekehrter Reihenfolge auf.

In unglaublich hochnäsigem Ton wandte sich die Mönnigheim, die heute den Vorreiter spielte, an Monika: „Ich dachte, ich gebe Ihnen noch eine zweite Chance. Ich hoffe, sie werden mich heute freundlicher bedienen." Weiter kam sie nicht.

Monika ergriff das Metzgerbeil, mit dem sie sonst die Koteletts zerlegte und kam auf die Beiden zu: „Da sind sie ja, die zwei Radauhexen. Auf euch habe ich schon gewartet. Ihr kommt mir gerade recht!"

Die beiden erkannten den Ernst der Lage, machten schleunigst kehrt und rannten, mit den Ellbogen flatternd, wie verletzte Vögel, und um Hilfe schreiend aus dem Laden. Den Emmentaler, den Luise diesmal wirklich brauchte, mussten sie am anderen Ende der Stadt kaufen, denn im Supermarkt, der sich im gleichen Stadtviertel befand, hatten sie bereits Hausverbot.

Die Zeitmaschine

Es gibt einige wenige Menschen, die sind wirklich nicht zu beeinflussen. Andere wiederum lassen sich leicht beeinflussen, so wie ich zum Beispiel. Wenn man etwas Neues hört, lernt man dazu und kann seine Einstellung korrigieren. Also wird man durch neu erworbenes Wissen beeinflusst. Ich habe das immer für eine positive Eigenschaft gehalten. Diejenigen, die nichts dazulernen wollen, Verzeihung diejenigen, die sich nicht beeinflussen lassen, halten ihre

Einstellung aber für Charakterstärke und blicken auf uns übrigen geringschätzig herab. Solltest du, lieber Leser zu denen gehören die gerne dazulernen, gilt für dich folgendes. Wenn du also gleich von einer Zeitmaschine hörst, sag nicht: So was gibt es nicht. Lern lieber dazu.

Menschen, die sich nicht beeinflussen lassen, gibt es eigentlich gar nicht. Von wenigen Ausnahmen einmal abgesehen. Tom, Haushaltsvorstand einer befreundeten Familie, ist so eine Ausnahme. Natürlich sieht er etwas auf mich herab, wie das alle Unbeeinflussbaren tun. Aber er darf das. Schließlich ist er ein Genie, behauptet er jedenfalls. Woher er weiß, dass er ein Genie ist, wollte ich einmal wissen, da sagte er mir: „Ein Genie weiß so etwas instinktiv." Schon damals, als er mit 10 Jahren der Schule den Rücken gekehrt hatte, weil sie ihm dort nichts mehr beibringen konnten, fühlte er sich zu Höherem berufen. Außerdem, und das wisse er nicht nur aus sicherer sondern auch aus instinktiver Quelle, war er kein gewöhnliches Genie, sondern ein verkanntes.

Neulich waren wir bei Tom und seiner Frau Gabi, beide rüstige Endfünfziger, zum Essen eingeladen. Tom ist der ortsansässige Kunstmaler, der über die Ortsgrenzen hinaus kaum bekannt ist, obwohl er schon 500 Bilder gemalt hat. Eigentlich heißt Tom Gisbert, aber da er täglich seinen internationalen Durchbruch erwartet, hat er sich von seinem deutschen Namen getrennt. „Stell Dir vor", raunte er mir zu, „ich erhalte einen Großauftrag aus Amerika und die US-Boys können meinen Namen nicht aussprechen. Das könnte sich zu einer Katastrophe ausweiten. Finanziell meine ich." Damit hatte er völlig Recht. Die Amerikaner hatten bei der letzten Fußball-WM schon Probleme mit dem Hölzenbein.

Die Wohnung der beiden war so bescheiden, dass sie jeden Extrempuritaner in Entzückung versetzt hätte. Man könnte auch sagen, sie lebten in ärmlichen Verhältnissen und das obwohl Tom noch nie ein Bild verkaufen konnte. Auch das Mahl war für meinen Geschmack eher karg. Es gab Schwarzbrot mit Quark-Schnittlauchaufstrich. Zum Hinunterspülen frisches Leitungswasser.

„Den Schnittlauch", bemerkte er stolz, „zieht meine Frau selber im Garten, den Quark hat sie vom Bauern nebenan, weil sie bei seiner Herstellung geholfen hat. Es ist sozusagen alles selbst hergestellt, nicht so ein Gelumpe wie man es im Supermarkt kaufen kann. Was heißt kaufen kann, kaufen muss, hätte ich sagen sollen. Die haben doch schließlich nichts anderes." „Und das Brot?" wollte ich wissen. Die Frage machte ihn sichtlich verlegen: „Nun, das Brot hat sie vom Haushaltsgeld abgespart. Ihr seid uns lieb und teuer. Da haben wir keine Kosten und Mühen gescheut."

An dieser Stelle drohte das Gespräch zu verflachen, wahrscheinlich, weil sich mein Gaumen weigerte, kulinarische Superlative gebührend anzuerkennen. Aber da merkte ich, wie Gabi den Tom am Bein anstupste. „Nun sag's ihm doch schon endlich", zischte sie ihm ins Ohr. Sie hatte wohl nicht damit gerechnet, dass ich über ein außerordentlich gutes Gehör verfüge. „Was soll er mir sagen?" forschte ich nach. „Weißt du, Tom ist zu bescheiden", erklärte sie mir. Wahrscheinlich liegt es an meinem Temperament, dass ich sie an dieser Stelle unterbrach, „Wieso bescheiden, ich dachte, er ist ein Genie." „Ha, ha man merkt, dass du keine Ahnung hast", erwiderte sie, „gerade Genies sind es, die sich durch neokonspirative Konvulsionen in ungeahnte Höhen aufschwingen, nur um dann durch Ignoranten, wie du einer bist, zurück auf den Boden der Realität geschmettert zu werden. Dabei arbeiten sie ausschließlich zum Wohle der gesamten Menschheit. Hast du eine Ahnung, wie sich mein Mann peinigt, nur um Menschen wie dir ein besseres Leben zu ermöglichen?". „Also über den genauen Tagesablauf bin ich jetzt nicht informiert", gab ich zu.

„Na ja, macht nichts. Er wollte dich nur um einen kleinen Gefallen bitten. Deshalb hat er sich ja auch in die Unkosten gestürzt, weil er dachte, du wärst sein Freund. Aber ich sehe schon, das ist ja zuviel verlangt." „Ja, ja, wirkliche Freunde findet man nur selten", pflichtete Tom ihr nun bei.

Ich kann ja alles vertragen. Nur nicht, dass man mich als einen schlechten Freund bezeichnet. „Jetzt hört aber auf", herrschte ich sie an, „ihr habt mich ja um überhaupt keinen Gefallen gebeten. Was wollt ihr eigentlich von mir?"

„Haben wir das nicht gesagt?"

„Nein", brüllte ich.

„Oh".

Wieder war es Gabi, die den Gesprächsfaden wieder aufnahm. „Du musst wissen, Tom ist nicht nur ein begnadeter Maler. Tut mir leid, aber der bescheidene Eindruck trügt. Er ist auch noch ein genialer Erfinder."

„Ist nicht wahr?"

„Doch."

„Und was hat er erfunden?"

„Eine Zeitmaschine."

Da musste ich jetzt erst einmal schlucken.

„Kuck, wie der schluckt", sagte Tom zu Gabi, „ich habe doch gleich gesagt, es ist hoffnungslos."

„Also jetzt mal Klartext ihr beiden, was wollt ihr von mir?"

„Es geht darum", meldete sich jetzt Gabi wieder zu Wort, „dass Tom jemanden sucht, der die Maschine testet."

„Warum macht er das nicht selbst?"

„Nun weißt du", Gabi wusste jetzt nicht so recht, was sie sagen sollte, „ ein Kopf wie seiner, ich weiß nicht so recht, wie ich das sagen soll, er muss präserviert werden. Was ich damit sagen will, so ein Kopf muss der Welt erhalten bleiben."

„Du meinst also, es ist gefährlich?"

„Aber nein, es ist überhaupt nicht gefährlich", meldete sich jetzt Tom wieder zu Wort, „was Gabi versucht dir zu erklären, ist, dass ich jemanden brauche, der die Zeitmaschine testet, während ich von außen den Vorgang beobachte. Das hilft mir bei einer möglichen Fehlerbehebung."

„Ich weiß nicht, ich glaube nicht, dass ich das kann."

„Nun stell dich nicht so an", befahl er mir, dann packte er mich unterm Arm, wie ein Lehrer einen sechsjährigen Schüler und zerrte mich ins Nebengebäude, in dem sich seine Werkstatt befand. Die beiden Frauen folgten uns in respektvollem Abstand. Zweimal kam ich an den Türschwellen ins Stolpern, aber dank seines kräftigen Zangengriffs fiel ich nicht zu Boden. Dann standen wir vor seiner Zeitmaschine. Nun was soll ich sagen? Auf den ersten Blick machte sie nicht viel her. Sie war aus massivem Eichenholz gefertigt und sah aus wie ein Kleiderschrank, nur etwas kleiner und auch etwas klobiger. Sie besaß nur eine Tür und wenn man die öffnete, sah man darin links und rechts zwei schmale Sitze. Nun konnte ich auch seine Erregung verstehen. Kleiderschränke, vor allem so kleine erschrecken mich schon seit Jahren nicht mehr. Irgendwelche Drähte oder scharfkantige Gegenstände waren nicht zu erkennen. Deshalb sagte ich ihm, dass es mir eine Ehre sei, ihm als Tester für seine Zeitmaschine behilflich sein zu können.

„Dann musst du mir jetzt nur noch erklären, wie das Ding funktioniert."

„Es ist ganz einfach. Du nimmst auf einem der beiden Sitze Platz. Wenn die Tür geschlossen ist – das ist ganz wichtig, warum erklär ich dir gleich – kann es losgehen. Du konzentrierst dich auf eine bestimmte Epoche bis dich das Gefühl überkommt, dass du in der entsprechenden Zeit bist. Direkten Kontakt kannst du zu den Menschen in einer anderen Zeit nicht aufnehmen, aber du kannst durch das Loch an der Decke eine kleine Kamera schieben und das filmen, wie die Menschen früher gelebt haben. Verdammt, beinahe hätte ich es vergessen. Die Tür muss auf jeden Fall geschlossen bleiben. Das ist nämlich eine Art Sicherheitsmaßnahme, die ich eingebaut habe. Wird sie geöffnet, wirst Du automatisch in die Jetztzeit zurückbefördert. Deshalb kannst du mit der Reise auch erst beginnen, wenn ich von außen die Tür geschlossen habe."

Es war für mich schon einigermaßen beruhigend, dass er auch an die nötigen Sicherheitsmaßnahmen gedacht hatte. Die Umsicht, mit der er zu Werke ging, ließ mich für einen kurzen Augenblick glauben, dass er vielleicht doch ein Genius ist.

„Also gut", sagte ich, „fangen wir gleich an. Machen wir uns auf die Reise."

Da lächelte er mich an, so wie man ein schwachsinniges Kind anlächelt und sagte: „Aber doch nicht hier. Was willst Du denn hier

35

filmen? Einen leeren Schuppen oder eine Wiese vielleicht? Nein, morgen bevor der Berufsverkehr einsetzt, bringen wir die Maschine nach Passau und platzieren sie an der Zentralkreuzung. Dies ist nämlich ein Ort, der schon seit 1000 Jahren ziemlich belebt ist. Wenn dann der Verkehr einsetzt, bist du längst weg und du kommst erst wieder zurück, nachdem sich der Abendverkehr beruhigt hat. Alles klar soweit?"

„Klar ist alles klar", erwiderte ich, „ist ja auch nicht kompliziert."

Am nächsten Tag um 5 Uhr morgens machten wir uns auf den Weg und bereits um 5.30 war die Zeitmaschine startklar. Tom drückte mir die Hand und schaute mir fest in die Augen: „Ich weiß, du schaffst das. Ich hab ein gutes Gefühl. Also dann, Hals und Beinbruch."

Ich betrat die Maschine und Tom schloss die Tür. Um mich ganz auf mein Inneres beschränken zu können, schloss ich die Augen und konzentrierte mich auf das 15. Jahrhundert. Warum gerade auf das 15. Jahrhundert kann ich nicht sagen. Es kam mir einfach in den Sinn. Dann wartete ich auf das Gefühl, das mich überkommen sollte, wenn ich am Ziel meiner Reise angekommen war. Als sich dieses Gefühl auch nach längerer Konzentrationszeit nicht einstellen wollte, dachte ich, dass ich es vielleicht übersehen haben könnte. Ich öffnete die Augen, nahm die Miniaturkamera, die mir der Erfinder mitgegeben hatte und versuchte sie durch die kleine Öffnung an der Decke zu schieben. Dann krachte es plötzlich fürchterlich. Plötzlich war ich in einem dunklen Tunnel und wurde in ein strahlendes Licht gezogen. Es war das weißeste Licht, das ich je gesehen hatte, aber es blendete mich nicht. Plötzlich sah ich einen Engel, der auf mich zukam. Er strahlte unendliche Liebe aus und lächelte mich an wie nur Engel lächeln können. Dann hub er an und sprach zu mir: „Also du bist so blöd, du glaubst echt jeden Scheiß, den man dir erzählt." Überwältigt von den Ereignissen fragte ich ihn: „Bin ich jetzt tot?" „Wenn du meinst, dass du hier bleiben kannst, muss ich dich enttäuschen. Nachdem was du dir da eben geleistet hast, müssen wir dich wieder zurückschicken. Du hast nämlich noch viel zu lernen, bevor wir dich hier oben brauchen können"

Dann kam ich zu mir und befand mich im Krankenhaus. Das alles war jetzt vor einem halben Jahr. Die diversen Arm- und Beinbrüche sind gut verheilt. Nur die Brustquetschung macht mir noch hin und wieder zu schaffen, vor allem wenn das Wetter umschlägt.

Nächste Woche sind wir wieder bei Tom und Gabi eingeladen. Es gibt leckere Quark-Schnittlauch-Häppchen. Anschließend will er mir seine neueste Erfindung zeigen. Es handelt sich um ein Antigravitationsfahrzeug, welches nur einen Liter Benzin auf 1000 km verbraucht. Zum Starten muss man es nur an den Rand eines steilen Abhangs stellen. Dann würde er mir von hinten einen kleinen Schupps geben, der wie ein Katalysator wirkt. Die Aufgabe des Testpiloten besteht dann darin, das Fahrzeug am Fuß des Abhangs sanft abzufangen und es in die Horizontale zu bringen. Na ja, ansehen kann ich es mir ja einmal.

Tante Berta

Der Dalai Lama hat einmal gesagt, wer zuhört kann etwas lernen. Wer spricht, gibt Gelerntes an andere weiter, lernt aber selber nichts dazu. Wenn das stimmt, kann man von Tante Berta viel lernen, sie selber hatte leider nie Gelegenheit etwas zu lernen, vermute ich jetzt einmal. Ihre wahre Größe erkennt man daran, wie erpicht sie darauf ist, dass wir nicht dumm sterben. Besucht sie uns vielleicht deshalb so oft?

Tante Berta hat nach dem Tod ihres Mannes Alois vor 25 Jahren nie wieder geheiratet. Allein ist es ihr aber zu Hause zu langweilig und wenn es ihr zu langweilig wird, besucht sie uns. Neulich war es wieder so weit. Meine Frau stand in der Tür und sagte: „Du ahnst nicht, wer uns am Wochenende besuchen kommt."

„Doch nicht etwa Berta?"

„Doch."

„Warum hast Du ihr nicht gesagt, dass wir verreisen?"

„Wie denn? Unser Auto ist doch in der Werkstatt."

„Das weiß sie doch nicht."

„Doch. Sie hat sich vorher erkundigt. Unseren Hausarzt hat sie auch angerufen und ihn nach unserem Befinden ausgefragt."

„Sie geht eben auf Nummersicher. Na wenn schon, dann lass sie halt kommen."

„Gut, ich lass sie kommen", entgegnete meine Frau und starrte mit ausdruckslosem Blick auf die gegenüberliegende Wand. „Aber sieh zu, dass du sie so schnell wie möglich wieder los wirst. Diese Heulsuse macht mich immer wütend."

Am Samstag war es dann soweit. Es klingelte und Tante Berta stand vor der Tür.

Sie begrüßte mich, indem sie sich nach meinem Befinden erkundigte. Aber ich wusste, dass dies nur eine rhetorische Frage war, und ersparte ihr eine Antwort, die sie sowieso nicht zur Kenntnis genommen hätte. Ich führte sie stattdessen ins Esszimmer, und bat sie dort Platz zu nehmen. Alle meine Freunde und Bekannten wissen, dass ich in der Regel versuche, durch nichts sagende Floskeln, das Eis zu brechen. Es ist eine sehr raffinierte Technik, bei der man auf das Stichwort wartet, das dem Gespräch die Richtung weist. Auch wird das Niveau des Themas maßgeblich im positiven Sinn beeinflusst. Bei Tante Berta hat das noch nie funktioniert.

„Welche Freude, dass du uns besuchen kommst. Erst neulich .."

„Weil du gerade von neulich sprichst", fiel sie mir sofort ins Wort, „Du glaubst nicht, was mir neulich passiert ist. Ich hatte mit dem Auto eine Panne. Und was glaubst Du, wer stehen geblieben ist, um mir zu helfen? Der Neulinger Hans. Wirklich, so wahr ich hier sitze. Der Neulinger Hans. Mei, dem geht's vielleicht schlecht. Seine Frau ist ihm davon und seinen Buben haben sie von der Schule verwiesen. Er selber schaut auch nicht gut aus. Ich glaub er sauft zu viel."

Ja, ja der Neulinger Hans. Endlich erfuhr ich, was aus ihm geworden ist.. Schade, dass ich ihn nie kennen gelernt habe, sonst hätte ich schon so etwas wie Anteilnahme empfunden. So nach einer halben Stunde versuchte ich, dem Gespräch eine andere Wendung zu geben. Ich wusste vom Neulinger Hans inzwischen mehr als die NSA von

Angela Merkel. Mit banalen Themen war Tantchen nicht beizukommen. Um ihre Aufmerksamkeit zu erregen, griff ich ein hochaktuelles Thema auf.

„Mensch Tante, hast du das von dem Jahrhunderthochwasser gehört?"

„Natürlich habe ich davon gehört! Also was du Hochwasser nennst. Aber du warst ja nicht dabei, als wir 1949 überschwemmt wurden. Knöcheltief sind wir im Wasser gestanden. Ihr jungen Leute habt ja keine Ahnung, was wir damals alles durchgemacht haben. Wir hatten nicht die technischen Geräte wir ihr. Ihr braucht ja nur auf den Knopf zu drücken und alles ist wie es vorher war. Übrigens, köstlich diese Kekse. Man kann sagen was man will, aber meine Rezepte sind die besten. Zum Glück habe ich deiner Frau das gegeben, bei dem sie nichts falsch machen kann."

2013 war das Wasser über 2 m in den Häusern und ich wollte Tante Berta gerade fragen, ob denn die Leute im Jahr 1949 die Knöchel so hoch trugen, dass anscheinend nicht einmal die Knie nass wurden, da sie ja nur bis zu den Knöcheln im Wasser standen. Leider verpasste ich den Zeitpunkt, meine Bedenken zu äußern, da fuhr sie auch schon fort.

„Uns hat ja damals keiner geholfen. Wie denn auch? Alle hatten wir unter dem Hochwasser zu leiden. Da musste schon jeder selber sehen, wo er bleibt."

„Wenn …"

„Ja wenn der Lois nicht so faul gewesen wäre, wäre es ja nicht so schlimm gewesen. Aber so blieb alles an mir hängen."

„Eine schwache …"

„Ja eine schwache Stunde hat genügt und schon war ich mit ihm verheiratet. Ich beklag mich ja nicht. Er konnte sehr lustig sein. Am liebsten hat er den Kindern seine Zaubertricks gezeigt."

„Da kann ich …."

„Da kannst du mit ihm nicht mithalten, ich weiß. Das Zaubern ist nicht jedem gegeben. Wenn er nicht so viel getrunken hätte, wäre er bestimmt noch am Leben und ich wäre nicht so allein."

„Hatte er nicht …"

„Nein, er hatte nicht auf mich gehört. Tausend Mal habe ich zu ihm gesagt ‚Lois' habe ich gesagt ‚wenn du so weiter säufst, dann hast du nicht mehr lange'. Und so ist es ja dann auch gekommen."

An dieser Stelle beginnt sie immer zu heulen, und ich sehe mich genötigt, sie zu trösten.

„Schade …"

„Du hast völlig Recht. Schade, dass er keine Lebensversicherung hatte. Da wäre ich wenigstens finanziell abgesichert gewesen."

„Vielleicht …"

„Nein, nein, nix vielleicht, ganz sicher ist das. Erst letzte Woche habe ich mit dem Klessinger geredet und der hat auch gesagt, ‚Berta' hat er gesagt ‚wenn du deine Frau absichern willst, musst du eine Lebensversicherung abschließen.' Der ist Beamter, die wissen so was."

„Aber bloß ein Briefträger."

„Beamter bleibt Beamter. Die Beamten, die wissen schon, wovon sie reden. Du gönnst es mir nur nicht, dass es mir auch einmal etwas besser geht. Ich komme dich besuchen, weil es mich interessiert, wie es dir geht, und dann muss ich mir so was anhören."

Jetzt heult sie schon wieder und auch lauter als gerade eben.

„Nein, ich meinte …"

„Ja genau, du meintest, dir geht es gut und wie es den anderen geht ist nicht so wichtig."

„Du verstehst mich falsch. Ich …"

„Ich weiß schon, dass ich dich immer falsch verstehe, weil ich nicht so gescheit bin, wie du."

Ich hasse Zynismus, wenn er gegen mich gerichtet ist.

Also herrsche ich sie an: „Jetzt hör aber auf!"

„Du willst, dass ich aufhöre zu leben. Du willst mich im Grab sehen."

Ihr Heulen hatte meine „Ist mir wurscht"-Haut längst durchstochen und näherte sich gefährlich dem sensiblen Kern meines Selbst. Meine Frau heulte auch schon. Ich fragte mich, heulte sie aus Mitgefühl oder hatte sie Angst, dass ich mich zu irrationalen Zugeständnissen hinreißen lassen würde? Ich spürte bereits die ersten Angstschweißperlen auf der Stirn. Jetzt half nur noch die Flucht nach vorne. Ich musste ihr begreiflich machen, dass keiner ihr den Tod wünschte.

Also sprach ich zu ihr: „Liebe Tante, keiner wünscht …."

„Keiner wünscht", nahm sie mir das Wort aus der Hand oder aus dem Mund, ich war mir nicht ganz sicher, „keiner wünscht, dass ich noch länger lebe. Das ist es ja gerade, was mich so unglücklich macht."

„Nein Tante, im Gegenteil, jeder …"

„Jeder will mich im Grab sehen, das weiß ich doch. Aber, dass du auch? Ich glaube, du weißt gar nicht was du mir da antust."

„Tante, bitte, ich habe dich …"

„Ja, das stimmt, du hast mich bis jetzt immer falsch eingeschätzt. Dabei habe ich dich in meinem Testament als meinen Alleinerben eingetragen. Du musst nämlich wissen, ich habe auch Gefühle und die sind nicht aus Pappe. Mein Lebtag …."

Jetzt mischte sich meine Frau, der Tante das Wort abschneidend, was man eigentlich nicht tun sollte –ich werde sie dafür später tadeln-, in das Gespräch ein: „Schon möglich, dass deine Gefühle nicht aus Pappe sind, aber all deine Hinterlassenschaft ist es. Sogar deine chinesische Keramikskulptur ist aus Pappe." Die Tränen auf ihrem Gesicht waren zu Granit eingetrocknet. Wie Brunhild sich dereinst über König Gunter beugte, war sie jetzt über Tantchen gebeugt, und ich hatte schon Angst, dass sie sie jetzt gleich in den Schrank hängt, wo Tantchen dem Hungertod preisgegeben wäre.

„Bitte tu mir einen Gefallen", nie zuvor habe ich meine Frau so sprechen gehört. „ und vermache alles, was du hast, wem immer du willst. Aber bitte vermache es nicht uns. So, hier hast du noch ein Stück Kuchen, den ich extra für dich gemacht habe. Aber bitte ersticke nicht daran, sonst heißt es hinterher, wir wären an deinem Tod schuld."

Damit hob sie Tante Berta aus dem Stuhl, klemmte ihr ein Riesenpaket Kuchen unter den Arm und schob sie zur Türe hinaus.

Ich hatte mittlerweile ernsthafte Bedenken, dass die Situation eskalieren könnte, und versuchte zu retten, was noch zu retten war.

„Tante Berta", rief ich ihr nach, „ich möchte …."

41

„Ich weiß", schrie sie zurück, „du möchtest, dass ich dich wieder besuche."

„Aber nur …"

„Genau, ich komme aber nur, wenn mir deine Frau wieder so leckere Plätzchen macht wie heute."

Zuverlässige Mitarbeiter dringend gesucht

Das Zentralcafe hat etwas, was andere Cafes in Passau nicht haben. Es verfügt nämlich über sehr große Fenster, von denen aus man einen herrlichen Blick über den Ludwigsplatz hat. Der Ludwigsplatz ist der zentrale Verkehrsknotenpunkt, der beim Beobachter keine Langeweile aufkommen lässt. Irgendetwas geschieht dort immer. Gute Autofahrer schelten schlechte Autofahrerinnen. Gute Autofahrerinnen brüllen schlechten Autofahrern ungebührliche Beleidigungen hinterher. Hupkonzerte reißen Penner, die verschlafen haben, dass die Ampel schon auf Grün umgeschaltet hat, aus den Träumen. Und wenn man Glück hat, sieht man manchmal auch einen Auffahrunfall, manchmal mit und manchmal ohne tätliche Auseinandersetzungen. Kurz, es ist das ideale Cafe für jeden, der ohne Begleitung ist und den plötzlich die Lust auf ein koffeinhaltiges Heißgetränk überkommt. Ich bin nicht der einzige, der das weiß. Auch alle anderen Fenstertische sind nur von einer Person besetzt, nicht gerade zur Freude des Cafebetreibers, aber das ist sein Problem.

Ich war noch ein junger Mann, gerade 20 Jahre alt, als ich an einem Samstag allein durch die Fußgängerzone schlenderte und ich plötzlich bemerkte, dass mein Koffeinpegel die untere Grenze zu unterschreiten drohte. Warum nicht, dachte ich bei mir, gehst du eben ins Zentralcafe und schaust, ob sich was tut auf dem Ludwigsplatz. Also betrat ich mein Lieblingscafe, begab mich an einen leeren Fenstertisch und bestellte ein Weißbier, weil Koffein doch sehr ungesund und normales

Bier für einen Frühschoppen absolut ungeeignet ist. Aber an diesem Tag waren lauter Musterfahrer unterwegs. Der Verkehr auf dem Ludwigsplatz verlief so reibungslos wie schon lange nicht mehr. Gerade wollte ich mir ein Kreuzworträtsel holen, um die Langeweile zu vertreiben, da betrat Herbert Falter das Cafe. Als er mich sah, kam er auf mich zu und fragte mich, ob er sich zu mir setzen dürfe. Das war mir sehr recht, weil Kreuzworträtsel, wenn sie sehr einfach sind und ich alles weiß, doch sehr langweilig sind. Fast so langweilig wie die Rätsel, die so schwierig sind, dass ich überhaupt nichts weiß.

Der Falter Herbert gehört ja schon lange zu meinem Bekanntenkreis. Irgendwie kann er mich gut leiden. Jedenfalls setzt er sich immer an meinen Tisch, wenn wir uns zufällig über den Weg laufen. Ich mag ihn auch, zumindest schätze ich seine direkte Art und weil er ohne Umschweife immer gleich zum Thema kommt. Außerdem ist er immer vorteilhaft bekleidet und hat unglaubliche Beziehungen, nicht nur zu Künstlern vom Film, Musik und Kabarett, sondern auch bis in die höchsten politischen Kreise. Schon deshalb kann man so einem Mann nur mit ausgesuchter Höflichkeit begegnen.

Wie üblich verzichtete er auf einleitende Floskeln und sagte: „Gut, dass ich dich treffe. Ich habe gerade einen neuen Geschäftszweig erschlossen und suche noch fähige Mitarbeiter. Wenn du auf Provisionsbasis arbeitest, kannst du bei mir ein Vermögen verdienen. Wenn du Lust hast, können wir gerne einmal darüber sprechen."

Mit Menschen, die meine Talente zu schätzen wissen, spreche ich immer gern. Das sagte ich ihm auch und wollte wissen, um was es sich handelte.

„Das kann ich dir im Moment noch nicht sagen", erwiderte er, „weil ich noch nicht genau weiß, ob ich dich für den neuen Geschäftszweig oder besser für den alten Geschäftszweig einsetzen werde. Hauptsache ich weiß, dass du grundsätzlich Interesse hast. Ich komme dich sonntags besuchen und gebe dir Bescheid. Passt das?"

„Du arbeitest auch am Sonntag?"

„Ich hab leider keine andere Wahl. Die Geschäfte gehen so gut, da bleibt mir während der Woche für so was keine Zeit. Also, wie sieht es aus? Bist du zu Hause?"

„Klar, wenn ich weiß, dass du kommst, gerne!"

In meiner damaligen Situation konnte ich ein Vermögen gut gebrauchen. Deshalb blieb ich am Sonntag – für den Erfolg muss man natürlich Opfer bringen – zu Hause. Als er abends um 20 Uhr noch nicht erschienen war, kamen mir allmählich erste Bedenken, ob Herbert unseren Termin noch einhalten würde. Also rief ich bei ihm zu Hause an, um mich nach seinem Verbleib zu erkundigen. Seine Mutter war am Telefon. Ein klares Zeichen, dass er nicht nur ein erfolgreicher, sondern auch sehr sparsamer Mensch, schließlich sparte er die Miete für eine eigene Wohnung, war.

Seine Mutter war ganz anders als er. Er war immer sehr ruhig, lässig ja fast blasiert, wenn ich mit ihm sprach. Seine Mutter war eher aufbrausend dafür aber genauso direkt wie er.

„Ja was glauben denn Sie. Wissen Sie nicht, dass heute Sonntag ist?", brüllte sie durchs Telefon. „Wie viel soll denn der arme Bub noch arbeiten? Der hat ja eh eine Sechs-Tage-Woche, und da wird er am Sonntag auch noch gestört. Haben Sie denn überhaupt kein Verständnis für andere? Wenn Sie was von ihm wollen, rufen Sie ihn morgen im Büro an!"

Ich habe ihn dann vorsichtshalber nicht angerufen, weil seine Büronummer die gleiche wie zu Hause war. Im Übrigen hatte ich ja eine Arbeit. Dort verdiente ich zwar kein Vermögen aber Geld allein macht sowieso nicht glücklich. Sagt man jedenfalls.

Während der nächsten zwei Jahre dachte ich manchmal an ihn und dass seine Geschäfte wirklich außergewöhnlich gut laufen müssen, weil ich ihm nicht mehr begegnet war. Unverhofft tauchte er dann in dem Pub auf, in dem ich öfter verkehrte. Es war auch wieder ein Samstag, ich weiß es noch genau. Als er mich sah, kam er sofort auf mich zu und setzte sich zu mir.

„Mensch, das ist eine Freude, dass ich dich wieder einmal treffe!"

„Geht mir genauso, wie geht es dir?"

„Du hast ja keine Ahnung. Ich könnte mich tot schuften. Ich komme gar nicht mehr zum Verschnaufen vor lauter Arbeit. Die Geschäfte gehen momentan so gut, dass ich zu überhaupt nichts mehr Zeit habe. Mensch, da hab ich eine Idee. Wie wär's, wenn du bei mir anfängst.

Das wäre eine echte Entlastung für mich, ich bin ja schon kein Mensch mehr. Ich weiß zwar nicht, was du jetzt machst, aber bei mir verdienst du in jedem Fall das Doppelte. Wie sieht's aus? Hast du Lust?"

Klar hatte ich Lust. Das Doppelte zu verdienen ist immer reizvoll.

„Gut", sagte er, „am besten, ich schau morgen mal bei dir vorbei und erklär dir alles. Einverstanden?"

Natürlich war ich einverstanden. Aber als ich ihn fragte, ob er noch bei seiner Mutter wohne, war er allerdings leicht irritiert.

„Wieso, spielt das eine Rolle?", wollte er wissen.

„Nein, nein", sagte ich, „ich frag nur interessehalber." Zum Glück hatte ich zwei Tüten Paprikachips zuhause, so dass mir das Warten diesmal nicht so schwer fiel. Um acht Uhr abends hatte ich das Gefühl, dass ich ihn vielleicht anrufen sollte. Zweimal hatte ich den Hörer schon in der Hand, aber dann traute ich mich doch nicht. Könnte ja sein, dass seine Mutter wieder Telefondienst hatte.

Fünf Jahre sollten diesmal vergehen, in denen ich nichts mehr von ihm hörte. Dann trafen wir uns bei der Hochzeit eines gemeinsamen Freundes. Der Zufall wollte es, dass wir am selben Tisch saßen. Im Laufe des Abends kamen wir darauf zu sprechen, was er denn so treibe.

„Entsetzlich", sagte er, „ich weiß überhaupt nicht mehr wo mir der Kopf steht. Ich habe soviel Arbeit, dass ich sie alleine gar nicht mehr bewältigen kann. Aber gute Mitarbeiter sind ja kaum zu finden."

Wie wär's", fragte er mich schließlich, „hättest du keine Lust bei mir anzufangen? Die Verdienstmöglichkeiten, die ich dir bieten kann findest du sonst nirgends. Garantiert."

„Lust hätte ich schon", erwiderte ich, „aber nur wenn das Angebot auch ernst gemeint ist!" Ich war nämlich der Meinung, dass ich gerade bei ihm ein Recht darauf hatte, zu erfahren, ob seine Offerte seriös war oder nicht. Schließlich war ich nicht mehr ganz so sicher wie früher, dass er seine Termine auch einhalten würde.

„Mach dir keine Sorgen, das ist mein voller Ernst. Ich suche schon seit zwei Monaten händeringend jemanden, der mich unterstützt und dem ich vertrauen kann.

„OK", sagte ich, „wenn das so ist."

„Ich schau in den nächsten Tagen mal bei dir rein!" Ich war sehr froh, dass wir keinen Termin ausgemacht hatten. Ich wollte nicht wieder einen ganzen Tag mit Warten verbringen. Diesmal hatte ich das Gefühl, dass er wirklich kommen würde. Eine innere Stimme sagte mir, dass er diesmal kommen würde. Und diese innere Stimme trog mich nicht.

Schon zwölf Jahre nach der Hochzeitsfeier läutete es an der Tür und als ich öffnete, stand der Falter Herbert in Lebensgröße vor mir. Er war vor Freude überwältigt und musste mich umarmen. Ich führte ihn ins Haus und wir setzten uns an einen Tisch um über alte Zeiten zu plaudern. Irgendwann erzählte er mir dann: „Weißt du, ich habe immer noch das alte Problem, dass ich keine zuverlässigen Mitarbeiter finden kann. Schade, dass du nicht bei mir anfangen willst. Weißt du noch, damals wollte ich dich so gerne einstellen. Nein, ehrlich, dich hätte ich mit Kusshand genommen."

„Aber ich wollte doch bei dir anfangen. Du hast dich nicht gemeldet."

„Wirklich? Das kann ich kaum glauben, dass mir solche Fehler passieren. Aber das ist nicht so schlimm. Wir können ja nachholen, was damals nicht geklappt hat. Ist aber auch ein bisschen deine Schuld, du hättest bei mir anrufen und mich erinnern können. Bei dem Stress, den ich habe, kann man schon mal was vergessen."

Er hatte Recht. Ich sah es ein. Wenn einem ein Bombenjob angeboten wird, muss man selber auch aktiv werden. Vorsichtshalber fragte ich ihn: „Wie geht es eigentlich deiner Mutter? Lebt sie noch?"

„Was hast du eigentlich immer mit meiner Mutter? Sehe ich aus wie ein Muttersöhnchen? Aber bitte, es geht ihr gut, sie kocht für mich und nimmt ab und zu für mich Telefongespräche entgegen. Zufrieden?"

„Ja.", log ich.

„Du wirst aber mit ihr nichts zu tun haben. Nächste Woche arbeite ich einen Provisionsvertrag für dich aus und bring ihn dir vorbei." Damit verließ er mich. Mit ihm verließ mich auch das Gefühl, dass er wirklich kommt.

Lange Zeit habe ich nichts mehr von ihm gehört. Aber letzte Woche sind wir uns zufällig in der Passauer Fußgängerzone begegnet. Er strahlte übers ganze Gesicht als er mich sah und kam auch gleich auf mich zu.

„Ich habe eine tolle Neuigkeit für dich", kam er wie gewohnt gleich zur Sache, „es war wirklich Glück, dass das mit der Arbeit damals nicht geklappt hat. Ich mache jetzt etwas anderes, das ist viel besser. Wenn du jetzt bei mir anfängst, kannst du zehnmal so viel verdienen wie beim alten Geschäft. Wie sieht's aus? Hast du Lust?"

„Nein!"

„Warum nicht?" Nie zuvor habe ich einen Mann gesehen, der so erschüttert war. Meine Antwort musste ihn wirklich getroffen haben.

„Tut mir leid, Herbert. Aber ich gehe nächste Woche in Rente und das Thema „Arbeit" habe ich abgehakt."

Das Wunderkind

Wie gut kann ich mich noch an die Klosterschwester erinnern, die mir damals, als 10 Jährigem, Klavierunterricht erteilt hat. Ich war zuvor schon zwei Jahre von einer weltlichen Amateur-Lehrerin unterrichtet worden und alle bescheinigten mir ein gewisses Talent und beinahe hätte ich es selber geglaubt. Aber Schwester Inamorata erkannte sofort meine mangelnde Begabung und richtete ihren Unterricht so ein, dass ich als 11 Jähriger freiwillig darauf verzichtete in Horowitz' Fußstapfen zu treten und fortan lieber Fußball spielte. Heute, einige Jahrzehnte später, denke ich, Schwester Inamorata wäre besser Fußballtrainerin gewesen.

Wenn ich mich recht erinnere, war dieser Tag im Juni ein besonders schöner. Die Sonne schien, war aber nicht zu heiß, gerade einmal, dass man schon auf den Pullover verzichten konnte und nur mit einem T-Shirt bekleidet in der Fußgängerzone flanieren konnte. Ich war so gut aufgelegt, dass mir sogar die sympathisch waren, die ich sonst nicht leiden konnte. Nur so ist es zu erklären, dass es mir nichts ausmachte, als mich plötzlich jemand von hinten am Kragen zupfte. Eigentlich kann ich es überhaupt nicht leiden, wenn mich jemand am Kragen zupft, aber an diesem Tag schwebte ich scheinbar auf einer Wolke aus Nächstenliebe. Als ich mich umdrehte, erkannte ich in dem Zupfer Andreas Meier.

Die Nachbarn hatten es mir schon gesagt, dass Andi irgendetwas von mir wollte. Deshalb war ich in letzter Zeit sehr vorsichtig, um ihm nicht zu begegnen. Bedauerlicherweise hatte ich vergessen, dass um diese Zeit seine Mittagspause zu Ende war und er auf dem Weg zurück in die Bank war, in der er arbeitete.

„Mensch, gut dass ich dich treffe", kam er auch gleich zur Sache, „seit Monaten versuche ich schon, dich zu erreichen. Du musst mir unbedingt einen Gefallen tun".

"Um was geht es?", erkundigte ich mich.

„Überall erzählen die Leute, dass du ein so guter Klavierspieler bist. Ich habe beschlossen, dass meine Tochter auch Klavier spielen lernen soll. Nun hat sich herausgestellt, dass sie hochbegabt ist, ein Wunderkind mit anderen Worten. Deshalb wäre mir daran gelegen, dass du sie einmal anhörst und ihr die richtigen Anweisungen für die Zukunft gibst. Wir beide, meine Frau und ich sind mit ihrem Talent hoffnungslos überfordert. Allein der Gedanke, wir könnten daran schuld sein, dass sie es nicht bis zur Metropolitan schafft, macht uns nervlich fertig! "

„Ich fürchte, du bist falsch informiert", klärte ich ihn auf, „aber ich habe mit dem Unterricht als 11-Jähriger aufgehört. Ich kann eigentlich gar nicht spielen."

„Aber Du hast doch als Erwachsener wieder angefangen, oder etwa nicht?"

„Ja schon, aber nur für mich. Die Finger sind zu langsam und wenn sie doch einmal schnell genug sind, dann geht es ihnen wie den amerikanischen Revolverhelden: Sie verfehlen das Ziel! Nein wirklich, tut mir leid, aber ich fürchte, ich kann dir nicht helfen."

Andi biss die Zähne aufeinander, dass die Backenknochen hervortraten: „Du willst dich doch nur um die moralische Verpflichtung der Nachbarschaftshilfe herumdrücken. Gib es einfach zu, das wäre dann wenigstens ehrlich."

„Also gut", erwiderte ich, „wann soll ich kommen?" Mangelnde Hilfsbereitschaft lasse ich mir nicht vorwerfen, schon gar nicht von Andi Meier.

„Wenn du unbedingt kommen willst, wie wär's mit nächster Woche oder morgen oder noch besser, du schaust heute Abend kurz vorbei."

Unbedingt wollte ich zwar nicht kommen, aber ich sagte ihm auf alle Fälle für den heutigen Abend zu. Dann hätte ich es bald hinter mir.

Zu Hause informierte ich meine Frau, dass ich noch einmal kurz weg muss, um das Niveau der Weltkultur anzuheben. Ich erklärte ihr kurz den Sachverhalt, darauf fragte sie: „Und dafür braucht er ausgerechnet dich?" Der lauernde Unterton in dieser Frage war mir nicht entgangen, deshalb fiel meine Antwort auch etwas bissig aus: „Im Gegensatz zu dir hat der Meier die brachliegenden Talente, die in mir schlummern, erkannt und wird mir bis an sein Lebensende dankbar sein, dass ich sie ihm zur Verfügung stelle."

„Ha, ha, da lachen ja die Hühner", gab sie schnippisch zurück. Ich ließ mich davon aber nicht beeindrucken und machte mich auf den Weg und tat, was jeder andere Philanthrop an meiner Stelle auch getan hätte. Schließlich ging es darum einem kleinen Mädchen mit außergewöhnlichem Talent den Weg in die Zukunft zu ebnen.

Andi Meier bot mir zuerst einen Platz im Wohnzimmer an, weil er der Meinung war, dass ich seinen Sonnenschein erst einmal kennen lernen sollte, um mir ein Gesamtbild von Sabine, so der Name des Familienjuwels, machen zu können.

„So Bienchen", erklärte Andi in gerechtfertigtem Vaterstolz, „der Herr ist hier, um dein Talent zu bewundern. Wie wär's und du stellst dich eben kurz selber vor."

Die Kleine strahlte mich aus blauen Augen an. Ihr Antlitz war von blonden Locken umrahmt. Wäre da nicht die fliehende Stirn und die zu lange Nase gewesen, man hätte sie glatt für einen kleinen Engel gehalten. Ihre langen spindeldürren Beine passten auch eher zu einem

Storch als zu einem Himmelswesen. Ihre langen Finger hingegen waren schon eher das Markenzeichen eines begnadeten Pianisten. Auf einen Blick erkannte ich, die Kleine konnte mehr als nur eine Oktave greifen.

Dann sprach sie zu mir: „Mein Papa arbeitet auf der Bank. Dort muss er den ganzen Tag Geld zählen. Hauptsächlich kümmert er sich um Schecken und Wechseln. Du kannst Dir gar nicht vorstellen, wie viele Tausender im Laufe seiner Wechseljahre schon durch seine Finger geronnen sind. Seine Finger sind dadurch ganz schmutzig geworden, Geld ist nämlich sehr ungesund, musst Du wissen. Das kommt davon, weil es so viele Menschen in ihren Händen halten."

„Bienchen", wandte sich Andi mit verlegenem Lächeln an die Kleine, „der Herr ist nicht wegen mir hier. Er ist da um dein Talent zu bewundern. Warum spielst Du uns nicht etwas vor?"

Artig stand sie auf und verbeugte sich tief vor uns. Sie verbeugte sich nicht nur vor uns beiden sondern auch vor den beiden Seitenwänden, obwohl dort niemand saß. Stolz stieß mich der Vater an: „Wie ein kleiner Profi, nicht? Und dabei ist sie erst sechs Jahre alt. In ihrem Alter macht ihr das keine nach."

„Sie hören nun", verkündete das Wunderkind, „ von Wolfgang August Mozart das Adatschio. Gewidmet hat er dieses Stück seiner Tante Manontroppo." Darauf setzte sie sich ans Piano und ließ ihre Finger knacken. Um die Spannung ins Unerträgliche zu steigern, drehte sie sich noch einmal um und erklärte: „Mozart war mit einem reichen Innenleben ausgestattet, sonst hätte er diese wunderbaren Töne nicht alle hervorbringen können. Die ganze Welt ist heute noch von seiner Musik ganz benommen." Noch einmal foppte sie uns, indem sie Anstalten machte, mit dem Spiel zu beginnen. Aber noch einmal wandte sie sich ans Auditorium.

„Unglaublich, diese Souveränität, findest Du nicht auch?" Andi zerdrückte mit seiner Augenfalte eine Träne in tausendundein Minitröpfchen.

„Schon so mancher weibliche Fan", meldete sich die Virtuosin noch einmal zu Wort, „hat bei seiner Versenkung in Mozarts Musik seine Gesinnung verloren."

Dann nahm das Piano die volle Konzentration des Wunderkinds in Anspruch. Schon hatte sie ihre Hände über dem Musikinstrument erhoben, um ihm den ersten zarten Ton zu entlocken, als die kleine Göre, allmählich ging sie mir auf die Nerven, noch einmal aufstand, sich zu uns umdrehte, sich ein weiteres Mal tief nach drei Seiten verbeugte, die Plätze an den Seitenwänden waren immer noch unbesetzt und uns mitteilte: "Zuerst noch ein paar Lockerungsübungen."

Ihrer fest entschlossenen Miene war anzusehen: Diesmal macht sie Ernst. Sie begann ihre Lockerungsübungen mit einem Lied, welches zu ihrem Namen passte. Sie spielte: Sum, sum, sum; Bienchen sum herum!" Ein Hauch von Nostalgie umwehte mich. Ich hatte auch mit diesem Stück zu lernen begonnen. Damals, noch bevor mich Schwester Inamorata in die Klauen bekam.

Um den Musikgenuss nicht zu beeinträchtigen, flüsterte ich Andi zu: „Aber sie spielt mit beiden Händen die Melodie. Sie spielt keine Begleitung!"

„Ich hab dir doch gesagt. Sie ist ein Wunderkind. Sie ist über dieses Stadium schon weit hinaus. Wenn du ein Lied pfeifst, pfeifst du ja auch die Melodie und nicht die Begleitung."

In diesem Moment griff der aufgehende Stern fürchterlich daneben. „Kein Wunder", Andis Augen funkelten mich wild an, „wenn dauernd einer dazwischen quatscht, kann so was ja gar nicht ausbleiben."

Ab diesem Moment hielt ich mich eisern zurück. Vielleicht lag es an meiner eisernen Zurückhaltung, vielleicht war die Kleine auch konditionell noch nicht so weit. Aber die Fehler häuften sich mit zunehmender Spieldauer. Zu Andi gestikulierte ich, dass ich unschuldig bin, weil meine Lippen versiegelt waren. Dazu machte ich das entsprechende internationale Zeichen mit zusammengepressten Daumen und Zeigefinger quer vor dem Mund. Und weil dies der Wahrheit entsprach, konnte er dem nichts entgegensetzen. Allmählich richtete sich sein Zorn auf sein Wunderkind.

„Kannst du dich denn nicht konzentrieren, verdammt juchee. Da gibt man einen Haufen Geld für den Klavierlehrer aus und was kommt dabei heraus? Sag doch selbst Josef, kann man von einer achtjährigen nicht verlangen, dass sie wenigstens die Anfängerstücke fehlerfrei spielt."

Bienchen rannen inzwischen die ersten honigsüßen Tränen aus ihren blauen Augen.

„Scheiß Klavier!", brüllte sie in unsere Richtung. Die wildesten Gedanken jagten durch meinen Kopf. Sollte Schwester Inamorata vielleicht einen unehelichen Sohn haben? Und ist ihr Sohn vielleicht jetzt der Klavierlehrer der armen Sabine? Dann nützt auch das größte Talent nichts.

Aber Papa Meier war jetzt in Fahrt. „Hast du das gehört?", brüllte er mich an, als ob ich „Scheiß Klavier" gesagt hätte. „Hast du gehört, was diese Rotzgöre eben gesagt hat? Verstehst Du jetzt, warum ich ihre Ausbildung so vorantreiben muss. Der Balg wird nächsten Monat elf Jahre alt und beherrscht noch nicht einmal die einfachsten Stücke. Dabei bekommen nur die Kinder das absolute Gehör, die mit acht Jahren das Adatschio spielen können." Ich war sehr froh zu hören, dass das Mädchen schon elf Jahre alt war, ich hätte sie schon beinahe für frühreif gehalten.

„Andi", unterbrach ich ihn. „Was wolltest du jetzt eigentlich von mir?"

„Du musst mir sagen, was ich machen soll, damit sie einmal in die Metropolitan hineinkommt?"

„Nichts leichter als das", gab ich zurück. „du kaufst ihr eine Eintrittskarte!"

Der kleine Unterschied

Selbstverständlich leben wir auf dem Land zufriedener als die Leute in der Großstadt. Die Kriminalität ist geringer und man wird seltener von einem Auto überfahren. Was aber das Wichtigste ist, wir werden nicht von Gewissensbissen heimgesucht, weil wir uns von 200 oder 300 Alternativen für eine entscheiden müssen.

Heute kommen uns die Königsbergers besuchen. Wir sind schon alle furchtbar nervös. Birgit, mit der ich einst zur Schule ging, und ihr Mann Sebastian, werden mit uns einen ganzen Tag verbringen. Hektik greift um sich, denn uns allen, also meiner Frau und mir, ist bewusst, dieser Abend muss ein Erfolg werden. Andernfalls könnte der Imageschaden für die Landbevölkerung desaströse Ausmaße annehmen. Die ländliche Bevölkerungsschicht hätte auf unabsehbare Zeit das Gesicht verloren, und wir wären dafür verantwortlich. Das Problem war nämlich: Birgit und Sebastian kamen aus der Großstadt. Aber nicht aus irgendeiner Großstadt sondern aus Berlin, der größten Großstadt Deutschlands. Und es war auch nicht irgendein Besuch, sondern ein Revanchebesuch. Wir waren nämlich vor zwei Monaten für ein Wochenende bei Ihnen zu Gast in Berlin und sie hatten keine Mühen gescheut, uns ihre Heimatstadt von der glanzvollsten Seite zu präsentieren. Wir waren einigermaßen unter Zugzwang. Irgendwie waren wir von Ehrgeiz ergriffen, das was wir in Berlin erlebten noch zu überbieten. Dieser Ehrgeiz machte uns aber auch ein wenig verzagt.

„Vielleicht ist es ihnen bei uns zu langweilig! Was machen wir, wenn es ihnen bei uns nicht gefällt?", wollte meine Frau wissen.

„Keine Angst!", beruhigte ich sie, „wir werden etwas auf die Beine stellen, was sie beeindrucken wird."

„Du weißt schon, dass Berlin 3,5 Millionen Einwohner hat. Ich kann mir schon die Schlagzeile vorstellen: Zwei Niederbayern leiden an Größenwahn. Das heißt 3,5 Millionen Menschen werden über uns lachen."

"Aber viele Einwohner sind Migranten und einige von denen sprechen kein Deutsch. Die werden nie erfahren, was überhaupt passiert ist. Die musst du von den 3,5 Millionen abziehen."

„Es ist mir egal, was die in Berlin über uns denken. Aber wenn unsere Nachbarn erfahren, wer für die Lachnummer verantwortlich ist. Ich mag gar nicht daran denken. Wir werden sogar die Lebensmittel beim Versandhandel kaufen müssen, weil sie in den Geschäften mit Eiern nach uns werfen!"

„Uruguay soll ein tolles Einwanderungsland sein. Günstige Preise, niedrige Kriminalität und sehr aufgeschlossene Menschen."

„Kannst du dich noch an Berlin erinnern? Wenn ich nur an die Oper denke, bekomme ich noch immer weiche Knie!"

Gemeinsam schwelgten wir in Nostalgie. Sie gaben damals in der Deutschen Oper Nabucco von Verdi und ich saß auf dem Platz direkt unter dem Balkon, in dem erst von einigen Monaten Brad Pitt gesessen hatte. Aber die Nähe des Stars war noch immer deutlich spürbar und steigerte den Operngenuss in normalerweise unerreichbare Sphären. Vorher aßen wir in einem russischen Feinschmeckerlokal ein Abendmahl, welches beinahe unbezahlbar war. Für uns jedenfalls. Das Mittagessen am nächsten Tag, das Birgit zubereitet hatte, schlangen wir hinunter und schämten uns dafür. Es war nämlich exzellent. Ehrlich gesagt, schmeckte es sogar besser als der russische Borschtsch vom Vortag. Auch das Preis/Leistungsverhältnis schlug eindeutig zu Gunsten Birgits aus. Aber wir konnten es kaum erwarten, die Oldtimerparade am Alexanderplatz anzusehen. Unser ungebührliches Betragen wurde belohnt. Wir kamen rechtzeitig zu der Veranstaltung, um einen tollen Platz zu ergattern. Dann rollten sie auch schon an. Meisterwerke der Ingenieurskunst. Das neueste Modell stammte aus dem Jahr 1960. Die ältesten wurden noch vor dem ersten Weltkrieg gebaut und waren ein besonderer Augenschmaus. Immer neue Lawinen von Wagen rollten heran. Beim 687. Auto habe ich aufgehört zu zählen. Wir verließen die Veranstaltung kurz vor dem Ende, um nicht in den Stau zu geraten. Unsere Zeit war nämlich begrenzt und darum besonders wertvoll. Außerdem war es schon wieder Zeit fürs Abendessen, welches wir beim Lieblingsitaliener der Beiden zu uns nahmen. Meine Frau und ich bestellten Pizza. Das hatten uns die Russen mit ihren außergewöhnlichen Preisen eingebrockt. Ich für meinen Teil hatte an der Pizza nicht das Geringste auszusetzen. Sie war der Pizza unseres einheimischen Pizzabäckers absolut ebenbürtig, sowohl im Preis wie auch in der Qualität. Nach dem Essen berieten wir bei einem Glas Chianti, wie wir den Abend beenden wollten. Birgit schlug vor, einen Theaterbesuch zu machen, aber meine Frau, sie ist Musikliebhaberin, wollte lieber in ein Musical. Sebastian hingegen war der Meinung, dass wir uns das Fußballspiel Herta gegen Mailand nicht entgehen lassen sollten. Internationale Begegnungen sind in Berlin doch eher selten. Mir kam die ehrenvolle Aufgabe zu, zwischen den drei Alternativen zu entscheiden. Birgit sah mir etwas tiefer in die Augen als sonst und spekulierte auf meine Verliebtheit von damals in der Schule. Meine Frau ergriff meine Hand und schmiegte sich zärtlicher als gewöhnlich an mich. Sebastian lächelte mir selbstbewusst zu und vertraute auf meine Solidarität unter Männern. Jeder von den dreien rechnete fest mit meiner Unterstützung. In ihrem mehr als dringenden Blick stand: Bitte nimm mich. Es ist nicht fair, zwei Menschen in tiefste Depression zu stürzen, nur um einen glücklich zu machen. In meiner Verzweiflung, zwei von den dreien enttäuschen zu müssen, sagte ich schließlich.

„Warum bleiben wir nicht hier und plaudern noch ein wenig?" Jedem von den Dreien fielen 20 Steine á 3 kg von der Seele. Ich konnte sie förmlich plumpsen hören und fühlte mich um 180 kg leichter. Meine Frau schnurrte mir ins Ohr: „Ich wusste gar nicht, dass du so diplomatisch sein kannst." Sie kennt eben noch nicht alle Facetten meines Charakters. Vor allem von den guten Eigenschaften habe ich mir ein paar aufgespart, um sie von Zeit zu Zeit zu überraschen. An diesem Abend überzeugten wir die Beiden, dass sie uns baldmöglichst besuchen kommen müssen. Sie versprachen das auch und jetzt waren sie da und wir hatten einen Minderwertigkeitskomplex.

Unsere Nervosität verbargen wir geschickt hinter unserer Wiedersehensfreude. Zum Glück hatten wir noch den genialen Einfall, dass wir das Programm, welches sie uns in Berlin boten einfach kopieren wollten. Statt zu einem russischen Lokal führten wir sie zu unserem ungarischen Feinschmeckerlokal. Aber für sein Gulasch kamen selbst die Leute aus dem Nachbarsdorf herbeigeeilt. Einige Überredungskunst kostete es mich, die Mitglieder unserer freiwilligen Feuerwehr zu mobilisieren. Aber als sie hörten, dass wir Besuch aus unserer Hauptstadt erwarteten, erklärten sie sich bereit, fünf Mitglieder für die Blaskapelle abzustellen. „Ich kann dir leider nur die Hälfte meiner Männer zur Verfügung stellen, denn wenn es brennen sollte, habe ich keine Bereitschaft mehr.", entschuldigte sich der Kommandant. Trotzdem konnte man erkennen, dass sich die fünf mächtig ins Zeug legten und für den Rest der Truppe mitspielten, und bei dem italienischen Lied „Santa Lucia" legte Sebastian seinen Arm enger um Birgit, so wohlig war ihm ums Herz.

Dass wir einen adäquaten Ersatz für die Oldtimer-Schau hatten, war hingegen reiner Zufall. Unaufgefordert holten unsere drei Dorfjugendlichen ihre Mofas aus der Garage und zeigten unseren Besuchern, was sie draufhatten. Ihre Fahrmaschinen waren beinahe so alt wie die Oldtimer und Sebastian konnte nur ungläubig mit dem Kopf schütteln. Dann preschten die drei über die Wiese und sprangen von einer kleinen Naturrampe aus über den Bach. Den ersten beiden gelang dies hervorragend. Nur Hans, der als letzter an die Reihe kam, hatte die Geschwindigkeit falsch berechnet und krachte gegen die Uferböschung, sodass er sich mitsamt seinem Mofa überschlug. Den frenetischen Applaus, der nun folgte, hatte er sich wirklich verdient, weil er sich so geschickt abrollte, dass er unverletzt blieb. Die Stimmung wurde leicht getrübt, weil Hans von unseren Gästen Schadenersatz haben wollte. Schließlich sei er ja nur ihretwegen gesprungen. Aber ich machte ihm klar, dass er keinen ausdrücklichen Auftrag für den Sprung hatte. Und als ihm Sebastian eine Maß Bier bezahlte, waren die Wogen wieder geglättet, und Hans hatte, vom finanziellen Standpunkt aus betrachtet, sogar noch profitiert.

Um die Knackwürste, die wir abends an einen Holzspieß ins offene Lagerfeuer hielten, hätte uns jeder italienische 5-Sternekoch beneidet. Während wir die Delikatessen verzehrten, berieten wir, was wir mit dem restlichen Abend anstellen sollten.

Birgit fragte, ob es vielleicht ein Theater in der Nähe gibt. Aber meine Frau meinte, wir sollten stattdessen die Feuerwehrkapelle fragen, ob sie nicht ein wenig länger bleiben wolle. Ich hingegen informierte sie, dass unser örtlicher Fußballverein heute Abend gegen eine österreichische Provinzmannschaft antreten musste. "Und ich muss betonen", betonte ich mit Nachdruck, „sind internationale Begegnungen in Hutthurm eher selten." Wir baten diesmal Sebastian, eine Entscheidung zu treffen. Seine Frau kuschelte sich unfairerweise eng an ihn um ihn zu beeinflussen. Meine Frau warf ihm einen beinahe verliebten Blick zu, was mich irritierte. Schließlich war sie nie mit ihm auf die gleiche Schule gegangen. Ich für meinen Teil war mir sicher, dass er als Mann wusste, für welchen Vorschlag er sich zu entscheiden hatte. Natürlich wären die beiden Mädels enttäuscht. Aber meine Güte, das Leben bevorzugt den mit den besten Ideen. Das ist Evolution.

„Wisst ihr was", sagte er schließlich, „es ist gerade so gemütlich. Warum bleiben wir nicht einfach hier?" Nun, ich gebe zu, dass mich dieses fadenscheinige Ausweichmanöver leicht verärgerte. Etwas mehr Rückgrat hätte ich den Berliner Männern schon zugetraut. Trotzdem muss ich eingestehen, dass die Idee gar nicht so schlecht war. Genau genommen war sie sogar ziemlich gut. Ich habe mich in meinem ganzen Leben noch nie so amüsiert wie an jenem Abend. Im Laufe dieses prächtigen Abends flüsterte meine Frau mir ins Ohr: „Ich glaube, wir müssen doch nicht auswandern."

Zum Schluss gestanden uns die Beiden, dass es ihnen sehr gut gefallen hatte. „Ihr müsst eines wissen", sagte ich zu ihnen, „ihr in Berlin habt vielleicht Opernhäuser, Theater, unzählige Lokale und Restaurants und tausend andere Unterhaltungsmöglichkeiten. Aber ihr dürft eines nicht vergessen. Wir haben hier eine freiwillige Feuerwehr. Und genau das ist der kleine Unterschied!"

Der Blechkamerad

Unter den Reichen gilt man als Armer als ein minderwertiges Geschöpf. Das ist menschlich bedauerlich, das ist auch unfair, aber es ist so. Wir im Bayerischen Wald pflegen einen Umgang, der mehr von Fairness geprägt ist. Bei uns gilt der als minderwertig, der nicht alles an Haus und Auto selber macht. Dabei schrecken wir nicht einmal vor Installationen zurück, von denen wir gar nicht wussten, dass es sie gibt. Einige von uns haben erstaunliche Fähigkeiten. Immer wieder ist von einem Mann die Rede, der ein einbruchsicheres Schloß basteln wollte und dabei aus Versehen ein Perpetuum Mobile erfunden hat, das sogar beinahe funktioniert hat. Vielleicht ist das der Grund dafür, warum bei uns die Intellektuellen nicht das Ansehen genießen, das ihnen eigentlich zusteht. Oder haben Sie schon einmal einen Astrophysiker gesehen, der den Abfluss seiner Badewanne selber wechselt? Unsere Frauen wollen eben nicht zum Mars fliegen, sie wollen, dass es im Badezimmer nicht so stinkt.

„Du weißt schon, dass das Dach auf dem Balkon erneuert werden muss!" Mit diesen Worten trat meine andere Hälfte, die üblicherweise als die Bessere bezeichnet wird, an mich heran. „Ein anderer an deiner Stelle würde sich für so ein Dach schämen, aber dich bringt anscheinend gar nichts aus der Ruhe." Das stimmt überhaupt nicht. Ich mag gewiss meine Fehler haben, aber Phlegma gehört bestimmt nicht dazu. Leichtsinnigen Gemütern mag das vielleicht so vorkommen, weil ich Probleme, bevor ich zur Tat schreite, von allen Seiten gründlich durchdenke, statt übereilt einfach draufzuhauen, nur um hinterher feststellen zu müssen, dass der Schaden jetzt größer ist, als er zuvor war.

Also tat ich, was man in solchen Fällen immer mache. Ich besah mir zuerst das Dach und errechnete mit dem Taschenrechner den Koeffizienten aus Reparaturkosten, Alter des Dachs und Aufwand meines körperlichen Engagements. Das Ergebnis überraschte mich nicht. Die Panik meiner Frau war hoffnungslos übertrieben. Das Dach konnte durchaus noch zwischen einem und fünfeinhalb Jahren so bleiben wie es ist.

Daher sprach ich nachsichtig lächelnd und trotzdem meine Autorität demonstrierend zu meiner Frau „Mach dir keine Sorgen, aber ich habe mir das Dach gründlich angesehen und kann dir versichern, das Dach macht es leicht noch 10 weitere Jahre." Ich übertrieb absichtlich ein wenig, weil ich dachte, das würde meine Frau beruhigen. Meine Frau, die den autoritären Unterton scheinbar überhört hatte, sagte nur: „Papperlapapp, das Dach wird repariert und damit basta."

Vielleicht hatte sie ja nicht ganz Unrecht. Das Dach tropfte manchmal wirklich ein klein wenig. Zumindest bei leichtem Regen. Bei heftigem Regen halten wir uns ohnehin nicht auf dem Balkon auf, sondern ziehen uns ins Wohnzimmer zurück, wo es behaglich und trocken ist. Nur um meine Frau zu beruhigen, sah ich mir das Dach an. Wie nicht anders zu erwarten, machte das Dach einen stabilen Eindruck.

„Siehst Du, alles in bester Ordnung". Und um meinen Worten Nachdruck zu verleihen, hob ich das Dach mit meinen Handballen in die Höhe. Obwohl ich nur wenig Kraft aufwandte, um es nicht zu beschädigen, brach ein etwa tellergroßes Stück der Überdachung ab. Es war doch etwas morscher, als ich dachte. Na und, auch Fachleute irren bisweilen.

„Ja, ich sehe. Alles in bester Ordnung", bemerkte meine Frau schnippisch.

„Also gut, ich gebe zu, dass es wahrscheinlich doch keine zehn Jahre mehr gehalten hätte. Höchstens noch fünf".

„Ich würde eher sagen, es hätte schon vor fünf Jahren ausgewechselt werden sollen". Das morsche Dachstück in den Händen sah ich ein, dass es keinen Sinn machte, weiter auf meinem Standpunkt zu beharren und erklärte mich bereit, die Reparatur des Daches unverzüglich in Angriff zu nehmen. Das alte Dach entfernen war keine große Sache. Ich konnte es mit bloßen Händen abnehmen.

„Am besten wäre es, wenn du mit der Reparatur eine Fachfirma beauftragen würdest!", empfahl meine Frau.

„Wo denkst du hin. Für solche Kleinigkeiten brauch ich doch keine Firma, das mache ich selbst."

In dem bewundernden Blick, den sie mir darauf zuwarf, war auch Ausdruck von Scham, weil sie mich so unterschätzt hatte.

Nun stand ich mit Zollstock und Wasserwaage bewaffnet auf dem Balkon und maß nicht nur die Länge und Breite des geplanten Blechdaches sondern auch die Fallhöhe, sollte ich das Gleichgewicht verlieren. Die Dachgröße war, wie ich vorausgesehen hatte, kein Problem. Die Fallhöhe hatte ich völlig falsch eingeschätzt.

„Weißt du schon, wie du es machst?", rief mir meine Frau aus der Küche zu.

„Ja!" gab ich zur Antwort, „ich möchte nichts dem Zufall überlassen und werde vorsichtshalber eine zweite Expertenmeinung einholen."

Zum Glück erinnerte ich mich an Moritz Mauser, der mit mir einst in die gleiche Klasse gegangen ist, und nun ein florierendes Spenglergeschäft betrieb. Er war zwar damals etwas abergläubisch, aber dafür nie sonderlich an Geld interessiert. Er würde mir bestimmt ein faires Angebot machen.

Schon zwei Wochen nach meinem Anruf kam er, um den Schaden zu begutachten. Nachdem wir die üblichen Erinnerungen ausgetauscht hatten, fragte er mich mit Blick auf meinen Balkon. „Wie groß soll denn das Dach werden?"

„Na ja", sagte ich, „1,5 Meter mal 2,5 Meter. So dass er halt gerade den Balkon abdeckt."

„Das ist völlig unmöglich. So kleine Blechdachplatten gibt es ja gar nicht. Außerdem wäre die Einfahrt unter dem Balkon dann immer noch unbedacht."

„Das hab ich nicht bedacht!" gab ich zu.

„Du musst auch überlegen, dass du im Winter nicht mehr soviel Schnee räumen musst."

„Ja, das stimmt. Aber eigentlich wollte ich nur, dass der Regen vom Balkon abgehalten wird."

Nein, das geht nicht!" sagte er nach längerer Überlegungspause. „Das bringt Unglück!"

„Wieso?"

„Kannst du dich noch an Klaus Raitzner erinnern?"

„Ja, wieso?"

„Der wollte auch so ein kleines Dach. Und ein verantwortungsloser Spengler hat es ihm installiert, obwohl er dafür die kleinste Blechplatte, die es auf dem Markt gibt in der Mitte auseinander schneiden musste. Und weiß du, was geschah?"

„Nein!", gab ich zu.

„Er wurde vom Hund des Nachbarn gebissen."

„So ein Blödsinn. Kein Mensch wird von einem Hund gebissen, nur weil er ein kleines Blechdach haben will. Solche Anschuldigungen muss man erst einmal beweisen."

„Beweise willst du? Die kannst du kriegen. Der Hund seines Nachbarn darf nicht ins Haus und wenn es regnet, sucht er Schutz unter dem Raitzner-Dach. Das macht er immer so. Im vorigen Herbst, es war ein regnerischer Tag, hat sich Klaus aus Versehen ausgesperrt und musste auf die Rückkehr seiner Frau warten. Um nicht nass zu werden, stand er unter dem viel zu kleinen Dach. Der Hund seines Nachbarn wollte aber auch nicht nass werden. Und so entbrannte ein Kampf um die überdachte Stelle, die für beide leider nicht ausreichend war, und da hat der Hund eben zugebissen. Der Tierpsychologe hat gesagt, dass der Hund glaubte, ein Gewohnheitsrecht zu haben."

„Und du glaubst wirklich, dass das mit der Dachgröße zusammenhängt?"

„Aber selbstverständlich! Hast du gewusst, dass auf dieser Welt alles mit allem zusammenhängt?"

„Nein."

„Das ist aber so. Ich habe es erst neulich wieder in einer wissenschaftlichen Zeitung gelesen." Er dämpfte seine Stimme zu einem Flüstern, als gälte es ein Geheimnis preiszugeben und hob dazu mahnend den Zeigefinger. „Pass gut auf was ich dir jetzt sage. Er kann sein – es muss nicht – aber es kann sein, wenn in Hong Kong ein Schmetterling mit dem Flügel schlägt, dass dann eine Frau in Oberschlesien statt Drillingen siamesische Zwillinge bekommt. Was sagst du nun?"

„Dass sie Glück gehabt hat, und keine siamesischen Drillinge bekommen hat."

„Du bist nicht nur albern. Du bist auch makaber. Früher war ich ja auch so abergläubisch, wie du anscheinend immer noch bist. Aber mittlerweile richte ich mein Weltbild nach den neuesten wissenschaftlichen Erkenntnissen aus."

„Ehrlich gesagt, es ist mir egal ob ein Schmetterling in Oberschleißheim siamesische Drillinge bekommt."

„Du hättest es auch gar nicht besser verdient, als dass ich dir so ein Dach, das nur der Anfang vom Unglück sein kann einbaue. Aber ich tue es nicht. Und zwar meinetwegen Ich habe nämlich keine Lust, Unheil herauf zu beschwören."

„Wieso deinetwegen?"

„Ah, der Herr Besserwisser weiß es anscheinend nicht?"

„Was soll ich wissen?"

„Heinrich Mauritz, ein Kollege von mir, er hat eine Spenglerei im Nachbardorf, hat sich von einem Kunden überreden lassen, so ein kleines Dach zu installieren. Und weißt du, was dann passiert ist?"

„Nein!"

„Seine Schwiegermutter hat entsetzliche Zahnschmerzen gekriegt. Es hat sich herausgestellt, dass sich ein Weisheitszahn entzündet hatte, der sie so peinigte, dass sie die Wände hochgehen konnte! Was sagst du nun?"

„Ich kenne den Heinrich und weiß, dass er seine Schwiegermutter sowieso nicht leiden kann. Vermutlich hat er sich sogar darüber gefreut."

„Am Anfang schon. Aber seine Schwiegermutter hat ihre Tochter überredet, dass sie solange bei ihr wohnen darf, solange die Schmerzen anhalten. Und ihre Tochter hat eingewilligt. Sie zog also bei ihr ein, sie bekam das Kinderzimmer und der Sohn schlief zwischenzeitlich im Ehebett zwischen seinen Eltern."

„Ja und? Der Weisheitszahn wird gezogen und die Schmerzen sind vorbei. Ein paar Tage Unannehmlichkeiten, was soll's?"

„Der Weisheitszahn wurde gezogen. Schon vor fünf Jahren. Die Schmerzen sind weg aber sie wohnt immer noch dort. Nicht nur, dass der Bub inzwischen 21 Jahre alt ist, nein sie bestimmt auch, was es zu Essen gibt, wann Schlafenszeit ist und das Fernsehprogramm. Heinrich hat auf eigene Kosten das Dach des Kunden auf 15 mal 30 Meter vergrößert. Zum Glück, muss ich sagen. Tags darauf ist die Alte ausgezogen."

„Ui!"

„Gell, jetzt siehst du es selber. Und so einem Risiko willst du mich aussetzen?"

„Was schlägst du vor?"

Das Dach sollte mindesten 5 mal 15 Meter haben oder noch besser wäre es, wenn wir es über die gesamte Einfahrt bauen."

Der Kostenvoranschlag versetzte mich in einen Taumel, dass ich dachte, Muhamad Ali hätte mir einen Uppercut versetzt.

Auch meine bessere Hälfte meinte, ich sollte noch andere Angebote einholen.

Also rief ich den zweiten von drei Spenglern, die im Telefonbuch standen an.

„Wie groß soll das Dach sein?", herrschte er mich an.

„1,5 mal 2,5 Meter"!

„Passen sie auf. Wir sind eine seriöse Firma. Für derlei Spaßanrufe haben wir hier kein Verständnis. Gehabe sie sich wohl!"

Ich wollte keinen Spengler von außerhalb. Also rief ich auch noch den letzten an.

Nachdem ich ihm mitgeteilt hatte, was ich wollte sprach er zu der Person neben ihm, vermutlich seine Frau: „Schatz, stell dir vor. Hier will ein Verrückter ein Blechdach 1,5 mal 2,5 Meter. Kannst du dir das vorstellen?"

Eine Frauenstimme antwortete: „Vielleicht für das Puppenschloss seiner Tochter. bruhaha"

„Ich wollte wissen, was so was kostet?", mischte ich mich ein.

„Meine Frau hat mich gerade gefragt, ob ihre Tochter vielleicht eine feuchte Aussprache hat und ihre Puppen vor sich selber schützen möchte." Noch bevor ich mir eine adäquate Antwort ausdenken konnte hatte er bereits aufgelegt.

„Ein Dach 5 mal 15 Meter, das schaff ich nicht.", wandte ich mich an meine Frau.

„Du wolltest es doch eh nur 1,5 mal 2,5 Meter."

„Stimmt, aber da hatte ich die Fallhöhe noch nicht berechnet."

Plötzlich läutete das Telefon. Meine Frau hob ab. Der Ton, mit dem sie mit ihrem Gesprächspartner sprach, ließ nichts Gutes vermuten.

„Meine Mutter hat gerade angerufen", ließ sie mich wissen. „Sie hat entsetzliche Zahnschmerzen. Vermutlich hat sich ein Weisheitszahn entzündet. Und sie will wissen, ob sie nicht bei uns wohnen kann, bis die Schmerzen weg sind?"

Ich riss meiner Frau den Hörer aus der Hand und rief Moritz Mauser an: „Du kannst das Dach 5 mal 15 Meter installieren. Bitte fang gleich morgen an!!"

Das Beste, was es gibt auf der Welt

„Ein Freund, ein guter Freund, das ist das Beste, was es gibt auf der Welt!" Wer erinnert sich nicht an den Song der Comedian Harmonists. Es stammt aus einer Zeit, in der es noch Freunde gab. Heute gibt es solche Freunde nicht mehr. Das heißt, das stimmt nicht ganz. Natürlich gibt es auch heute noch solche Freunde. Nur nennen sie sich mittlerweile Manager oder persönlicher Berater. Sie sind stets für einen da und nehmen uns bereitwillig sowohl die Verantwortung als auch das Ersparte ab. Jeder, der nicht mehrfacher Millionär ist, tut also gut daran traditionelle Freundschaften zu pflegen.

Alles begann damit, dass meine Frau beim Frühstück zu mir sagte: „So ein Holzofen ist viel besser als eine Ölheizung. Er gibt eine angenehmere Wärme und die Räume trocknen nicht so aus!"
„Stimmt", pflichtete ich ihr bei! Glücklich ist der Mann, der eine Frau hat, deren Anliegen es ist das Heim behaglich zu gestalten.
„Aber ich habe ein Problem damit", fuhr sie fort.
„Das macht nichts",   unterbrach ich sie, „ich besorge dir Ofenanzünder. Damit bringt jeder den Ofen in Gang. Sogar du!"
„Dummkopf", antwortete sie, „das meine ich nicht. Mein Problem ist, dass ich nicht weiß, wo ich das Holz lagern soll. Die Container sind bereits voll und das restliche Holz liegt auf unserem Rasen. Geh also hin und kaufe einen neuen Container, aber einen aus heimischen Rohstoffen, der stabil ist und wenig kostet. Am besten den hier." Gleichzeitig schob sie mir einen Katalog über den Tisch, auf dem ein kleines, hölzernes Gartenhäuschen mit integriertem Holzlagerplatz feilgeboten wurde. Ich muss zugeben, das Ding sah nicht schlecht aus

und auch der Preis war höchst interessant. Also setzten wir uns ans Telefon und gaben unsere Bestellung auf.

Nach einer Lieferzeit von exakt einer Woche stellte eine Speditionsfirma ein Paket vor unserem Haus ab. Nachdem meine Frau und ich dreimal um das Paket herumgelaufen waren, kamen wir zu der Ansicht, dass dieses Paket nichts mit dem bestellten Gartenhäuschen zu tun hatte. Sofort holten wir uns den Katalog, um noch einmal die Beschreibung des Objekts durchzulesen. Und tatsächlich. Da stand es schwarz auf weiß. Das Häuschen wurde in Einzelteilen geliefert und war zur Selbstmontage gedacht. Nun, ich bin ein Mann der Feder. Handwerkliche Begabung ist nicht gerade das, worauf ich stolz sein kann. Meine Frau gleicht mir hierin wie ein Ei dem anderen.

„Kein Problem", sagte ich also zu ihr, „wir besorgen uns einfach eine Firma, die sowas aufstellt".

„Bist du verrückt? Weißt du nicht was so eine Firma kostet? Die verlangen mit Leichtigkeit doppelt so viel wie die ganze Hütte gekostet hat. Stell sie gefälligst selber auf!"

„Alleine? Ich glaube, du scherzt", gab ich zurück.

„Frag doch einen deiner Freude. Du hast doch so viele".

Im Geiste ging ich die Liste meiner Freunde durch und musste bedauerlicherweise feststellen, dass die Liste wesentlich kürzer war, als ich immer dachte. Schließlich sagte ich zu ihr.

„Also gut. Ich werde den Robert Vierlinger fragen."

„Bist du sicher?"

„Nein", gab ich zu. „Aber mir fällt gerade kein anderer ein. Und bei Robert weiß ich wenigstens, dass er Zeit hat".

Ganz sicher war ich mir nicht. Vor ungefähr fünf Jahren war der Kontakt zu ihm gerissen. Ich glaube, wir hatten uns damals fürchterlich gestritten, weil er so rechthaberisch ist. Aber vor diesem Zeitraum war er etwa 15 Jahre arbeitslos. Ohne ihm Schlechtes zu wollen, hoffte ich, dass er das noch immer war.

Also setzte ich mich ans Telefon und rief ihn an. Er war zwar überrascht, aber doch hocherfreut, dass ich wieder einmal von mir hören ließ. „Mensch", sagte er, „ich hatte schon Angst, dass du mir beleidigt sein könntest, wegen unseres Streits damals. Aber es war nicht meine Schuld. Du bist einfach zu rechthaberisch. Aber macht nichts. Hauptsache, es ist wieder alles gut." Ich erklärte ihm kurz, worum es sich handelte und er erklärte sich sofort bereit, mir zu helfen. Am kommenden Montag, versprach er mir, wolle er pünktlich um 8.00 Uhr zur Arbeit erscheinen.

Einen guten Freund erkennt man daran, dass er pünktlich zu vereinbarten Terminen erscheint. Robert war von diesem Schlag. Er hatte sich überhaupt nicht verändert. Er war noch immer der kauzige Schelm von früher, der für jeden Schabernack zu haben war. Er verkörperte sozusagen eine komödiantische Dreifaltigkeit mit Till Eulenspiegel als Vater, stellvertretend für den Sohn standen die 7 Schildbürger und darüber quasi als heiliger Geist schwebte maßlose Selbstüberschätzung eingebunden in ein Geflecht aus Cholerik und Sensibilität.

Er besah sich kurz das Paket, dann sagte er: „Überhaupt kein Problem. Das ist eine Sache von einer halben Stunde. Da haben wir leicht vorher noch Zeit, über die alten Zeiten zu reden."

Dann hieß er meine Frau zwei Flaschen Bier holen. Als sie zurück war, fragte sie ihn, ob er noch immer von der Stütze lebe. Er wies das entschieden von sich. Er lebe schon seit fünf Jahren nicht mehr von der Stütze.

„Freut mich für dich, dass du endlich Arbeit gefunden hast."

„Das stimmt auch nicht ganz", erwiderte er, „ich lebe seit fünf Jahren nicht mehr von der Stütze, weil ich seit fünf Jahren von Harz 4 lebe."

„Wie ist das möglich, dass ein so geschickter Handwerker keine Arbeit findet?" Manchmal stellt meine Frau wirklich peinliche Fragen, die leicht ins Auge gehen können. Wie leicht könnte er unsere Zusammenarbeit beenden, noch bevor sie überhaupt begonnen hatte, nur weil sie seine Gefühle verletzt hatte.

„Du musst wissen", erklärte er jedoch, nicht im Mindesten verletzt und für seine Toleranz mit einem zweiten Bier belohnt, „ich bin ein ehrlicher Mann. Das ist übrigens auch der Grund, warum ich euch für umsonst helfe. Schwarzarbeit kommt für mich nicht in Frage. Deshalb arbeite ich auch nur für Firmen, die sich streng an die deutschen Gesetze halten. Und die sind selten. Hier in unserer Gegend haben sie doch alle Dreck am Stecken. Ich könnte euch da Sachen erzählen, da würden euch die Augen übergehen."

„Ich dachte immer, dass die meisten Firmen hier einen guten Leumund haben", wandte ich ein.

„Ja aus der Sicht eines Laien vielleicht", korrigierte er mich, „aber ich als Fachmann sehe eben hinter die Kulissen. Ich rieche schon von außen, ob in dem Laden etwas faul ist. Nein meine Lieben, ihr könnt mir glauben, die sind alle korrupt. Aber nicht mit mir, sage ich immer. Dieses Spiel spiele ich nicht mit. Wo ich bin, muss Ordnung herrschen, anders ist Qualitätsarbeit auch gar nicht möglich. Ein paar ehrliche Firmen gibt es natürlich schon, aber die zahlen Hungerlöhne, für die es nicht lohnt zu arbeiten. Dass die sich nicht schämen, kann ich auch nicht begreifen. Ich bin weisgott nicht gierig, aber unter 3500 Euro netto geht bei mir gar nichts."

„Und die Firma, für die du früher gearbeitet hast?", wollte ich nun wissen, „war die auch korrupt?"

„Nein. Ich glaube, das war die einzige ehrliche Firma weit und breit. Leider hat sie bankrott gemacht".

„Das wusste ich nicht", gestand ich.

„Na ja. Sie waren selber schuld. Sie hätten damals auf meine Ratschläge hören sollen. Dann wäre das alles nicht passiert. Aber wenn der Chef gegen seine Mitarbeiter arbeitet, kann das nicht gut gehen. Jedenfalls nicht bei einer Zwei-Mann Firma. Trotzdem. Schade um die! So bring mir noch schnell ein Bier, aber dann müssen wir anfangen, sonst kommen wir heute zu nichts mehr."

Was dann geschah, war einfach unglaublich. Er schnappte sich meinen Zollstock und vermaß und schnitt die Einzelteile zurecht, dass es nur so eine Freude war. Eigentlich hatte ich gehofft, dass die Einzelteile schon zurecht geschnitten geliefert werden, aber er klärte mich auf, dass man sich bei diesen Fertigbauteilen nicht darauf verlassen könne. Lieber wolle er alles noch einmal kontrollieren, damit hinterher alles passt. Als ich ihm zu nahe kam, weil ich ihm helfen wollte, stieß er mich barsch zur Seite und erklärte mir bestimmt: „Nein, das geht nicht. Ich bin es gewohnt allein zu arbeiten, du würdest nur stören. Du kennst ja das Sprichwort ‚viele

Köche verderben den Brei', also geh beiseite. Ich bin es gewohnt, Qualitätsarbeit abzuliefern und dafür brauche ich Bewegungsfreiheit." Auch meine Frau, die hinter uns stand, war von seiner Vorgehensweise beeindruckt und ließ sich zu der Bemerkung hinreißen: „Wenn das so weitergeht, kann ich ja morgen schon die Hütte streichen"! Robert ist vor Schreck die Säge aus der Hand gefallen.

„Du willst was?", herrschte er sie an. „Du willst die Hütte streichen? Ja weißt du denn nicht, dass Holz ein Naturprodukt ist? Seine wahre Schönheit entwickelt es erst, wenn es schon verwittert ist. Erst wenn es grau, ja schon fast schwarz ist, erkennt man die ganze Pracht. Hast du je einen Kuhstall gesehen, der sich nicht im Laufe der Jahre schwarz verfärbt hat?"

„Aber das ist ja gar kein Kuhstall", versuchte sie sich zu verteidigen. Aber da kam sie bei Robert schön an.

„Blödsinn! Holz ist Holz, und das muss sich verfärben! Tut mir leid, aber unter diesen Umständen bin ich nicht mehr in der Lage, hier weiterzuarbeiten." Damit machte er Anstalten, uns zu verlassen. Das Werkzeug brauchte er nicht wegzulegen, da es ihm schon vorher vor Schreck aus der Hand gefallen war. Meine Frau sah mich verzweifelt an. Ihre Augen spiegelten die Panik wider, die sie befallen hatte. „Tu doch was!", flüsterte sie mir zu.

Wie ein begossener Pudel lief ich hinter dem Flüchtenden her. „Mensch Robert", rief ich ihm nach, „jetzt sei doch nicht so. Meine Frau hat das nicht so gemeint. Sie weiß halt auch nicht so genau, wie man mit Holz umgeht."

Meine Worte hatten ihren Zweck nicht verfehlt. Der Beleidigte drehte sich zu mir um und sprach: „Also gut. Aber ihr müsst mir versprechen, dass das Holz nicht behandelt wird."

„Wenn du darauf bestehst."

„Selbstverständlich bestehe ich darauf. Ich habe dir ja schon gesagt, dass ich nur Qualitätsarbeit abliefere. Am besten, wir machen einen schriftlichen Vertrag, nicht dass du es dir später noch einmal anders überlegst. Übrigens, was sind das für Säulen gleich daneben?"

„Das sind die Säulen für unseren Balkon", gab ich ihm bereitwillig Auskunft.

„Die müssen natürlich auch weg!", bestimmte er.

„Warum?"

„Weil sie mir nicht gefallen!"

„Aber sie stützen unseren Balkon!", erklärte ich.

„Unsinn! Balkone brauchen keine Stützen. Die sind mit dem Mauerwerk verankert! Weg damit oder sucht euch einen anderen, der euren Scheiß macht."

Um die Säulen tat es mir schon ein bisschen leid. Aber wenn sie der Errichtung unseres Gartenhäuschens im Wege waren, mussten sie eben weichen. Man kann halt nicht immer alles haben.

Robert setzte einen Vertrag auf, den meine Frau und ich unterschreiben mussten. Dann setzte er seine Arbeit mit unvermindertem Eifer fort. Gottlob war er nicht nachtragend. Bald war alles vorbereitet und wir konnten damit beginnen, die Hütte zusammen zu schrauben. Leider mussten wir feststellen, dass so gut wie nichts passte. Robert zermarterte sich das Gehirn, aber das Häuschen blieb ein windschiefes Gebilde, das sich nicht aufstellen ließ.

„Zeig mir doch mal deinen Zollstock!", bat er mich schließlich. Und nachdem er ihn betrachtet hatte sagte er: „Hab ich es mir doch gleich gedacht. Das ist ja ein Werbezollstock. Kein Wunder, dass nichts passt. Weißt du denn nicht, dass die ungenau sind. Die werden doch bloß zu Werbezwecken verteilt, aber doch nicht zum Arbeiten. Tut mir leid, aber die Hütte ist jetzt im Eimer. Aber es ist deine Schuld. Wenn du mir ungeeignetes Werkzeug gibst, darfst du dich nicht wundern, wenn hinterher nichts passt. Am Besten, du besorgst eine neue Hütte und nächste Woche bringe ich mein eigenes Werkzeug mit. Jetzt mach nicht so ein Gesicht. So schlimm ist das auch wieder nicht. Du wolltest sie doch eh für Brennholz. Wenn du die her geschnitten hast, hast du wenigstens schon etwas Holz, das du in der neuen lagern kannst."

Etwas Wut hatte ich schon im Bauch, als ich das neue Gartenhäuschen bestellte. Ein kleiner Trost war, dass die Lieferzeit diesmal etwas kürzer war. Sie kam nicht erst am Montag, sondern schon drei Tage vorher am Freitag. Weil uns am Samstag langweilig war, beschäftigten wir uns intensiv mit der Hütte. Dabei stellten wir fest, dass die vorgefertigten Teile doch ziemlich präzise geschnitten waren. Bis auf das Dach, das meiner Frau zu schwer war, konnten wir die Hütte fertig stellen.

„Das habt ihr beide gemacht?", fragte uns Robert, der am Montag pünktlich zur Arbeit erschien. Er konnte kaum glauben, was er sah. „Wisst ihr, ihr habt mehr Glück als Verstand, dass das mit eurem Werkzeug so hingehauen hat!"

Dann hoben wir zusammen das Dach auf die Außenwände. Anschließend scheuchte er mich wieder davon. „Den Rest mach ich lieber allein. Nicht dass noch einmal das gleiche Malheur passiert wie letzte Woche." Das wollte ich natürlich auch nicht und trat respektvoll zur Seite. Robert verband Dach und Wände mit den acht mitgelieferten Schrauben, dann wandte er sich an mich: „Siehst du genau eine halbe Stunde, wie ich gesagt habe. Wenn man es richtig angeht, ist so eine Hütte im Handumdrehen fertig."

Anschließend holte er seinen großen Vorschlaghammer aus dem Wagen. „Bin ich froh, wenn diese scheußlichen Säulen endlich weg sind."

„Muss das wirklich sein?", wollte ich wissen.

„Du, das war vereinbart. Soll ich dir den Vertrag zeigen?"

Das war nicht nötig. Ich wusste ja, was drin stand. Mit wuchtigen Hieben brachte er die erste Säule zum Einsturz. Verachtung lag in seinem Blick, als er den zweiten Schandfleck entfernte. Sekunden nach der zweiten Säule krachte auch der Balkon zu Boden. Anscheinend war er doch nicht mit dem Mauerwerk verankert.

„Das ist nicht so schlimm", meinte Robert dazu, „Balkone hat man heutzutage sowieso nicht mehr. Das ganze Viertel lacht schon über euch, weil ihr so krampfhaft an diesem prähistorischen Ding festhaltet. Am besten wir installieren vor der Tür ein Eisengeländer, damit niemand herunterfallen kann. Das ist modern und sieht gut aus. Du wirst staunen, wie deinen Nachbarn das Lachen vergehen wird."

Wir gingen sofort nach oben, um nach einer Möglichkeit zu suchen, das neue Geländer zu installieren. Nachdem er die Örtlichkeiten genauestens studiert hatte, sagte Robert: „Das ist jetzt zu dumm. Die Mauern sind auf die Balkonmaße abgestimmt. Wir brauchen sie enger zusammen, gleich neben der Tür".

„Genügt es nicht, wenn wir das Geländer mit der Außenwand verbinden?", fragte ich ihn.

„Man erkennt sofort, dass du ein Laie bist", tadelte er mich milde mit ironischem Lächeln. Und zu meiner Frau gewandt, fügte er hinzu: „Du hast Glück, dass du noch am Leben bist, bei so einem Mann. Nein, nein, wir brauchen in jedem Fall 40 cm lange Schrauben, damit das Geländer auch wirklich hält. Du willst doch sicher nicht, dass jemand zu Tode stürzt, oder?"

„Nein!", gab ich zu.

„Siehst du. Aber deine Mauer ist aber nur 30 cm dick. Die Schrauben würden also 10 cm in den Raum hineinragen. Es ist unumgänglich, wir müssen die beiden Mauern versetzen. Freu dich darüber. Du kriegst dafür ein größeres Wohnzimmer."

„Du könntest dir dann auch das größere Fernsehgerät anschaffen, das im jetzigen Wohnzimmer keinen Platz hatte.", kam ihm meine Frau zu Hilfe.

„Sie hat völlig Recht. Ich käme dann ab und zu vorbei, um Fußballspiele bei dir zu sehen." Wenn zwei gleichzeitig gegen mich argumentieren, konnte ich mich noch nie durchsetzen. Also war ich einverstanden.

Robert holte auch sofort seinen Vorschlaghammer, der irgendwo unter den Trümmern meines ehemaligen Balkons verschüttet war und machte sich daran, die beiden Mauern einzureißen. Uns schickte er nach draußen. „Ihr würdet mir bei der Arbeit nur im Weg sein", begründete er seine Maßnahmen.

Die Arbeit erstreckte sich über den ganzen Montag. Robert schuftete wie ein Wilder, während wir von unten sein Treiben beobachteten. Es war schon später Nachmittag, als plötzlich unser Haus fürchterlich zu ächzen begann. „Scheiße!", hörten wir drinnen jemanden rufen. Dann folgen die Geräusche von raschen Schritten wie von einem, der um sein Leben rennt. Sekunden später kam Robert aus dem Haus gerannt. Das Geräusch, das darauf folgte werde ich nie vergessen. Es war schrill und fuhr mir durchs Mark. Dann drehte sich das Dach um 45 Grad während es in sich zusammenkrachte. Lediglich die Mauer im Erdgeschoss blieb noch stehen. Alles übrige war ein einziger Trümmerhaufenn.

Wutentbrannt kam Robert auf mich zu. „Du bist wohl wahnsinnig. Du hättest mir doch sagen müssen, dass eine der beiden Wände eine tragende Mauer ist. Du hättest mich beinahe umgebracht."

Jetzt wo er es sagte, sah ich es auch ein. Uns Laien passieren solche Unterlassungssünden eben manchmal, entschuldigte ich mich bei ihm. Gleichzeitig bat ich ihn 1000-mal um Entschuldigung. Auch mir war der Schock in die Glieder gefahren.

Wenn ich bis jetzt noch daran gezweifelt hatte, dass Robert durch und durch ein Profi war, zerstreute er jetzt alle meine Bedenken. Er hatte den Schreck bereits überwunden, und mit bewundernswerter Souveränität gab er bereits die nächsten Anweisungen.

„Mit der Hand können wir das nicht wegräumen. Da brauchen wir einen Bagger. Geh gleich morgen in aller Früh hin und besorg einen. So schlimm ist das alles gar nicht. Du wirst sehen in ein oder zwei Tagen haben wir alles wieder aufgebaut."

Ich tat, wie mir geheißen und besorgte einen Bagger neuester Technik. Zu Hause wartete Robert bereits auf mich. Unverzüglich machte er sich ans Werk. Während er sich mit der Technik vertraut machte, bat er mich die Höhe der Wand auszumessen, damit er die Schaufel auf die richtige Höhe einstellen konnte. Ich gab sie ihm durch und sofort fing er mit den Aufräumarbeiten an. Anscheinend hatte er die Schaufel des Baggers zu niedrig eingestellt. Jedenfalls brachte er die Mauer des Erdgeschosses auch zum Einsturz. Es muss so eine Art Domino-Effekt gewesen sein, dass die eine Mauer im Erdgeschoss auch die drei anderen zum Einsturz brachte. Wie auch immer. Meine Frau und ich mussten uns mit dem Gedanken vertraut machen, dass unser Haus nicht mehr existierte.

Da kam auch schon Robert auf mich zu. „Ich weiß schon, wie das passiert ist. Du hast wieder mit deinem Zollstock gemessen, obwohl ich dir gesagt habe, dass der nicht genau ist. Tut mir leid, aber mit euch Amateuren kann man einfach nicht zusammenarbeiten. Ich hab auch keine Lust mehr, ehrlich gesagt. Ihr müsst selber sehen, wie ihr damit klar kommt."

Das konvulsive Schluchzen meiner Frau muss ihn scheinbar gerührt haben, denn er kam noch einmal zurück. „Pass bloß auf, dass die nicht hysterisch wird. So schlimm ist das doch gar nicht. Wir bauen das Haus ganz neu auf. Die neuen Häuser haben eine viel bessere Wärmedämmung. Denk an die Heizkosteneinsparung. Du hast die Kosten in längstens 100 Jahren wieder raus. Ehrensache, dass ich euch helfe. Ich hab das vorhin nicht so gemeint."

Nachdem sich meine Frau beruhigt hatte, erklärte ich ihr die Sachlage und da uns Robert versprochen hatte, beim Bau des neuen Hauses mitzuhelfen, beschlossen wir, Bayern zu verlassen.

Ich war für Kamtschatka, weil man dort so einsam lebt, und weil man dort das Brennholz einfach vor dem Haus lagern kann und sich keiner darüber beschwert. Aber meine Frau meinte, dass es ihr dort zu kalt sei. Wo wir letztendlich hinziehen, ist eigentlich nicht so wichtig. Hauptsache weg von Robert.

Alles was ich aus unserem ehemaligen Haus retten konnte, war ein Koffer mit meinen Anzügen. Robert war so freundlich und chauffierte uns zum Bahnhof. Er ließ es sich nicht nehmen meine Koffer höchstpersönlich aufzugeben, nur um sicher zu gehen, dass sie auch wirklich ankommen. „Schade", verabschiedete er sich, „dass ihr so weit weg zieht, sonst hätte ich euch beim Bau eures neuen Hauses helfen können."

„Das ist es ja gerade", erwiderte meine Frau. „Ähm, ich meine, das ist es ja gerade, was uns den Abschied so schwer macht." An unserem Zielort in Mecklenburg-Vorpommern angekommen, konnte mir kein Bahnangestellter sagen, wo meine Koffer abgeblieben waren. Na ja, vielleicht kommen sie ja noch. Und falls nicht, tröste ich mich, wie Robert mich getröstet hätte. „Das ist nicht so schlimm. Die waren ohnehin schon abgetragen."

Ali Baba und die 70 Bluträuber

Und plötzlich hört man ein zzzzzz und dann juckt es auch schon. Dann kratzt man sich bis es aufhört zu jucken, aber das macht nichts, denn mittlerweile juckt es schon wieder woanders, man hat bloß das zzzzz nicht gehört. Sofort kratzt man sich an der zweiten Stelle, wird aber nicht ganz fertig, weil die erste Stelle schon wieder angefangen hat zu jucken. Nach dem fünften Moskitostich hört man auf, an den Schlaf zu denken. Ab dem zehnten Stich wird man zum Kreuzworträtselfan.

Irgendetwas weckte mich aus dem Tiefschlaf. Es dauerte eine Weile, bis ich soweit wach war, zu erkennen, dass meine Frau so gegen 23.30 Uhr etwas von mir wollte.

„Steh selber auf wenn du Durst hast." Niemand kann unter solchen Umständen die von mir gewohnte Höflichkeit erwarten.

„Quatsch Durst", der Ton meiner Frau ließ darauf schließen, dass es sich um etwas Ernstes handeln musste.

„Was ist denn los?"

„Diese Biester bringen mich um den Verstand. Steh gefälligst auf und tu was!"

Wie sich herausstellte war eine ganze Horde Stechmücken über sie hergefallen. Und nun war sie eifersüchtig, weil mich die Plagegeister verschont hatten. Sie hatten sich in jener Nacht ausschließlich mit ihr beschäftigt. Manchmal verstehe ich meine Frau nicht. Ich hätte eigentlich Grund zur Eifersucht gehabt, weil die kleinen Blutsauger sie bevorzugten. Als ob mein Blut minderwertig wäre.   Andererseits musste ich ihr auch wieder Recht geben. Hinter uns am Kopfteil des Bettes saßen sie: Eine Mücke nach der anderen. Ein Zählung ergab, dass es genau 71 Stück waren. Der in der Mitte war ihr Anführer. Ich erkannte das am Respektsabstand, den die anderen hielten. Zusammengerechnet ein halber Liter Menschenblut. Mittlerweile war ich soweit wach, dass ich erkannte, dass meine Frau etwas blass war. Ihr Hilferuf war anscheinend doch gerechtfertigt. Der Blutverlust schien ihr zu schaffen zu machen.

Nachdem ich mir den nötigen Überblick verschafft hatte und den Ernst der Lage erkannte, nannte ich den Anführer in der Mitte Ali Baba. Die 70 anderen schienen seine Bluträuber zu sein, die nur auf sein Kommando warteten, um ihre Dracula-Gelüste auszuleben. Moment mal. Diejenigen, die von Dracula gebissen wurden verwandelten sich in Untote. Ob meiner Frau noch zu trauen war? Doch ja. Ich denke schon. Ich habe schon einige von diesen Biestern erschlagen, das sollte als Beweis genügen, dass sie zumindest sterblich waren.

„Worauf wartest Du", riss mich meine Frau in die Wirklichkeit zurück, „willst du vielleicht Wurzeln schlagen?"

„Gemach, gemach", gab ich zurück, „hier ist eine ausgeklügelte Strategie vonnöten, da kann man nicht einfach blind draufhauen, sonst erreicht man gar nichts. Also, wie würde van Helsing vorgehen?"

„Du sollst diese kleinen Blutsauger kalt machen und nicht hellsehen. Fang endlich an!"

„Ist ja schon gut. Wir müssen zuerst den Anführer ausschalten. Dann sind die restlichen führerlos und geraten in Panik. Dort sitzt er. Gleich, o Kobold liegst du nieder."

Und mit aller Kraft schlug ich nach dem Plagegeist. Wie ich immer sage: Ein Rechtshänder soll nicht mit der Linken zuschlagen. Das kann ja nichts werden. Der Übeltäter war verschwunden und mit ihm seine Räuberbande. Alles was ich erreicht hatte, war, dass meine linke Hand so schmerzte, dass sie für einen zweiten Schlag nicht mehr zu gebrauchen war. Für kurze Zeit verlor sich die ganze Bande in den Weiten des Schlafzimmers. Einige Minuten lang war nicht einer mehr zu sehen. Dann, wie aus dem Nichts, setzte sich Ali Baba hinter mir an meinem Kopfende an die Wand. Ich erkannte ihn sofort an seinem hämischen Grinsen. Aber um ihn zu erledigen, musste ich meine Position verändern. Lautlos wie ein Panther schlich ich um das Bett herum. Ohne Anlauf setzte ich mit einem eingesprungenen dreifachen Rittberger über meine Frau hinweg. Noch in der Luft erkannte ich, dass ich den Sprung viel zu kurz angesetzt hatte und schlug erst gar nicht zu, um das gleiche Malheur von vorhin zu vermeiden. Mit dem rechten Knie landete ich dabei im Solarplexus meiner Frau. Mit einem

Mark erschütternden Schrei stieß sie mich von sich weg. Dann krümmte sie sich mit schmerzverzerrtem Gesicht. Ich konnte im Moment darauf keine Rücksicht nehmen, sonst entwischte mir Ali ein zweites Mal. Ich würde mich später um sie kümmern.

Fast zwanzig Minuten musste ich warten, bis sich der elende Feigling wieder zeigte. Diesmal landete er über dem Kopfteil meiner Frau. Sie wimmerte nur noch leise, weil der ärgste Schmerz schon verflogen war. Ich legte meinen Finger an den Mund, um ihr anzudeuten, dass sie ganz leise sein muss, dann winkte ich sie zu mir herüber. Es fiel ihr sichtlich schwer, aber sie schaffte es. Man möchte gar nicht glauben, zu welchen Anstrengungen ein Mensch in Extremsituationen fähig ist. Um sie nicht wieder zu verletzen, war ich diesmal vorsichtiger und nahm zwei Schritte Anlauf. Meine Strategie war ziemlich intelligent aufgebaut. Ich würde mit einem Karatefussstoß nach rechts das Tier täuschen und gleichzeitig mit der rechten Faust nach ihm schlagen. Und damit es auch ganz bestimmt klappte, stieß ich den legendären Karateschrei „Kiei" aus. Dieser Schrei ist unglaublich wichtig. Er steigert das eigene Konzentrationsvermögen und lähmt dabei gleichzeitig den Gegner.

Ob ich den Blutsauger getroffen habe, vermag ich nicht mit Sicherheit zu sagen. Mit Sicherheit aber traf ich mit dem rechten Fuß den unteren Bettpfosten, der durch die Heftigkeit meines Schlages gegen den Schlafzimmerschrank geschleudert wurde und eine der Türen durchschlug. Mein Kampfschrei war nicht ganz ohne Wirkung. Meine Frau lag wie gelähmt im Bett und glotzte apathisch zur Zimmerdecke. Zum Glück, muss ich sagen. Denn in diesem Zustand konnte sie sicherlich keine Schmerzen empfinden. Nachher, wenn alles vorüber ist, werde ich sie wiederbeleben. Eigentlich war sie sogar besser dran als ich, denn mir schmerzten mittlerweile beide Hände.

Eigentlich heißt es, vergessen Moskitos nach einer Sekunde, was passiert ist. Für Ali Baba traf dies nicht zu, denn es dauerte eine geschlagene halbe Stunde bis ich ihn wieder sah. Diesmal saß er an der Wand neben dem Bett. Ich war sehr froh für meine Frau.

Es ist wesentlich besser, wenn man mit der Fliegenklatsche nach Insekten schlägt. Vor allem schont man seine Hände dabei. Also holte ich dieses praktische Mordinstrument um Graf Ali den finalen Stoß zu verpassen. Diese Fliegenklatschen sind unglaublich raffiniert konstruiert. Damit das Ungeziefer nicht außen herumfliegt, sind Löcher eingebaut. Die Löcher sind aber zu klein. Die Fliegen bleiben drinnen hängen und hauchen ihre Fliegenseele aus. Diese Stümper von der Schädlingsbekämpfungsindustrie haben aber nicht daran gedacht, dass Stechmücken kleiner sind als Fliegen. Ali Baba hatte überhaupt kein Problem damit, durch eines dieser Löcher zu entkommen. Nicht einmal seinen Saugrüssel konnte ich ihm knicken.

„Was meinst Du", wandte ich mich an meine Frau, „eine Stange Dynamit und wir erledigen sie alle auf einmal."

Die Gute war noch nicht in der Lage zu sprechen. Immerhin war sie schon wieder soweit, dass sie mir den Vogel zeigen konnte. Bei nochmaligem Überlegen kam ich auch zu dem Ergebnis, dass ich anfing, leicht zu übertreiben.

Möglicherweise hat die Idee mit dem Dynamit Ali psychisch stärker zugesetzt, jedenfalls ließ er sich plötzlich nicht mehr blicken. Ich kroch unters Bett. Ich verrückte die Möbel. Sogar den schweren Eichenschrank. Aber ich konnte ihn nirgends entdecken. So gegen fünf Uhr morgens dachte ich, dass es vielleicht Zeit ist, nachzusehen, wie es meiner Frau geht. Sie konnte zwar noch nicht sprechen, aber sie war immerhin schon wieder ansprechbar. Sogar meine Hand konnte sie drücken, wenn auch noch etwas kraftlos.

Als ich mich zu ihr hinunterbeugte, stieß ich aus Versehen mit meinem Hinterteil das große Lexikon um. Mit einem Platsch schlug es auf meinem Nachttisch auf. Nachdem ich es wieder aufgestellt hatte, kam ein Jubelschrei aus meinem Munde. Auf seiner Unterseite klebten die sterblichen Überreste von Ali Baba.

„Du kleiner Trottel", sagte ich zu ihm, „du kannst dich vor mir verstecken, wo du willst. Am Ende entkommst du mir doch nicht." Dabei verzog ich meinen Mund zu einer schiefen Grimasse, um ihm anzuzeigen, wie sehr ich seine jämmerlichen Versuche, meine Frau zu drangsalieren, verachtete.

Meine Frau brachte mein Ohr ganz nah an ihren Mund und flüsterte: „Ich bin ja so stolz auf dich."

„Was meinst du", sagte ich zu ihr, „ erledigen wir jetzt noch den Rest von seiner Bande?"

„Nein, das machen wir morgen. Ich bin jetzt doch schon etwas müde." Ich weiß nicht, ob das eine gute Idee war. Bis dahin haben sie vielleicht einen neuen Anführer. Aber wenn mein Liebling schlafen will, dann soll sie schlafen.

Wer zu spät kommt

Wer zu spät kommt, den bestraft das Leben, hat ein russischer Politiker einmal gesagt. Vielleicht haben wir es im Leben deshalb so schwer, weil wir einfach zu spät gekommen sind. Das gilt für alle Menschen seit Adam. Selbst für Eva. Auch sie kam zu spät. Vor ihr war Adam bereits mit Lilith verheiratet, und weil Eva nicht so schön war wie Lilith, griff sie zu unlauteren Äpfeln, um Adam zu beeindrucken. Der Rest ist bekannt.

In einem Internat einer Klosterschule weiß ein jeder, dass diejenigen, die zu spät kommen, vielleicht nicht vom Leben bestraft werden, aber mit Sicherheit zu kurz kommen. Genau hier beginnen die Schwierigkeiten. Man hat es nicht mit einem oder zwei Brüdern zu tun, oder was noch schlimmer ist, mit einer oder zwei Schwestern. Nein, man sieht sich mit 30 Opponenten konfrontiert, die zwar Klassenkameraden, aber in erster Linie Konkurrenten sind.

Da die Reihenfolge meistens nach Körpergröße ermittelt wird, anstatt nach Alphabet wie es bei zivilisierten Völkern üblich ist, sind die Kleinsten meist diejenigen, die am Esstisch am hinteren Ende sitzen. Mit anderen Worten, am Samstag, wenn es Wiener Schnitzel gibt bekommt der Kleinste, wenn überhaupt, ein Schnitzel das nicht einmal halb so groß ist, wie das erste, welches sich der Größte, da er ja am Anfang des Tisches sitzt, geschnappt hat. Um nicht zu verhungern, müssen sich also die kleineren Schüler während der Woche mit Spinat voll stopfen. Während des Unterrichts haben sie dann permanent mit Schwächeanfällen zu kämpfen, während sich der Biologie-Lehrer nicht erklären kann, warum sie nicht kapieren, dass Spinat nicht so nahrhaft ist wie ein durchwachsenes Schweineschnitzel. Dabei würden sie den Unterrichtstoff ohne weiteres verstehen, sie waren nur in der entsprechenden Unterrichtsstunde kurz weggetreten.

Dieser Konkurrenzkampf existiert auch, wenn man sich einmal an einen abgelegenen Ort zurückziehen möchte, zum Beispiel, weil man allein sein will. Größere, wuchtige Schüler ziehen sich auf die Toilette zurück. Kleinere Schüler können das nicht. Sie würden unglaubwürdig erscheinen. Wenn oben nichts reinkommt, kann unten nichts rauskommen.

Alle Lebensbereiche sind von dem Existenzkampf betroffen. Das Erste, was die Schüler lernen, ist, dass die älteren Schüler klar im Vorteil sind und dass sie geduldig abzuwarten haben, bis auch sie in die höheren Klassen nachgerückt sind.

Es gibt aber eine Ausnahme. Die neuen Schüler sitzen beim Gottesdienst in vorderster Reihe und werden außerdem bevorzugt als Ministranten eingesetzt. Und hier zeigt sich wieder einmal auf welch geniale Weise die Natur eingreift und für eine ausgleichende Gerechtigkeit sorgt. Denn die Pater, welche die Messe halten, mögen den Messwein betreffend, verschieden sein, was die Quantität anbelangt. Was aber die Qualität anbelangt, sind sie alle gleich. Der Wein, den sie trinken, ist vom feinsten. Aber zurück zur Quantität. Die meisten Pater trinken lediglich die halbe Karaffe leer, sodass am Ende des Gottesdienstes die halbvolle Karaffe auf einem kleinen Tisch neben dem Altar steht, und sobald der Pater mit seinen Ministranten in der Sakristei verschwunden ist, zum Objekt der Begierde wird. Das Rennen macht in der Regel der Schüler, der in der vordersten Reihe ganz links außen sitzt. Und was man erst einmal im Magen hat, können einem auch die größeren Schüler nicht mehr wegnehmen.

Das jedenfalls war der Stand der Dinge, bevor unsere Klasse auf der Bildfläche erschienen ist. Ich erinnere mich noch gut, wie Benamucki, das war der Stärkste in unserer Klasse, in Richtung Kruzifix strahlte, weil es ihm wieder einmal geglückt war, den begehrtesten aller Plätze zu ergattern. Aber er hatte nicht mit Erwin´s Pfiffigkeit gerechnet. Den Gottesdienst hielt Pater Neufeld, ein sehr zurückhaltender Mann, was Alkohol anbelangte. Das wussten wir alle. Erwin, der an diesem Tag als Ministrant eingeteilt war, wusste das natürlich auch. Erwin wusste aber auch, dass er am Ende gemeinsam mit dem Pfarrer die Kapelle verlassen musste und dass er praktisch schon aus dem Rennen war, bevor er das Ministrantengewand ausgezogen hatte. Aber gleich nach der Kommunion, der Pater hatte den Kelch mit Jesu Blut bereits getrunken, und wandte im Gebet versunken Erwin den Rücken zu, durchzuckte Erwin ein Geistesblitz. Im Nu hatte er den restlichen Inhalt der Karaffe bis auf den letzten Schluck geleert. Zauberer beweisen es uns immer wieder, die Hand ist schneller als das Auge. Und genauso zauberte Erwin das glückselige Lächeln aus Benamuckis Gesicht weg, der es gar nicht fassen konnte, dass er diesmal leer ausgehen sollte.

Auch die Pater konnten ihr Glück kaum fassen. Hatten sie bisher immer Probleme, Ministranten zu bekommen, weil sich ein jeder vor diesem Ehrendienst drücken wollte, so erlebten sie erstmals in der Geschichte des Klosters eine Ministrantenschwemme. Auch Pater Zischkowski, der neu war an unserer Schule und den wir alle noch nicht kannten, war von der hier üblichen Hilfsbereitschaft beeindruckt. Angeblich wollte er zu uns versetzt werden, weil unser Kloster weithin für die Qualität seiner Messweine berühmt war. Er freute sich schon auf die erste Messe, die er lesen sollte.

Benamucki, der es schon immer verstanden hatte, sich in den Vordergrund zu drängen, sollte ihm dabei als Ministrant assistieren. Geduldig wartete er den Moment nach der heiligen Kommunion ab, in dem sich Pater Zischkowski ins Gebet versenken würde. Dann trank er geschwind, wie er es von Erwin gelernt hatte, die Karaffe leer. Pater Zischkowski hatte möglicherweise Vampire als Vorfahren. Nachdem er nämlich zu Ende gebetet hatte, dürstete ihn noch einmal nach Jesu Blut. Fordernd hielt er Benamucki den Kelch entgegen. Benamuckis Gesicht wurde so rot wie der Wein, den er eben genossen hatte. Zum Glück fiel ihm ein, dass manche Pater ihren Wein mit

Wasser mischen, und so nahm er die noch volle mit Wasser gefüllte Karaffe und goss sie in den Kelch. Der Pater war zuerst etwas verwirrt, fügte sich aber dann in sein Schicksal, weil es nicht üblich ist, dass Pfarrer einen Zornausbruch haben während sie die Messe lesen. Nachdem er das Wasser getrunken hatte, machte er eine Miene wie meine Oma, als sie einmal beim Kaffetrinken das Salz mit dem Zucker verwechselt hatte.

Die Tür, die die Sakristei von der Kapelle trennt, ist ziemlich dick. Wir konnten also nicht hören, was dahinter gesprochen wurde. Benamucki durfte aber nie wieder ministrieren.

Der sechste Sinn

Am meisten genieße ich die Unterhaltung mit meinem Freund Bernie in unserem Lieblingscafe, dem Zentralcafe. Es ist ein beliebter Treffpunkt für Künstler, die für ihre Toleranz bekannt sind und nichts dagegen haben, wenn ich mich von Zeit zu Zeit zu ihnen geselle, obwohl ich gar kein Künstler bin. Bei Bernie ist das anders. Keiner weiß wo er lebt, oder von was er lebt. Niemand hat ihn je arbeiten sehen und doch ist er stets in der Lage, seine Zeche zu bezahlen. Und die hat es manchmal in sich, denn Bernies Talent als Philosoph entfaltet sich immer erst nach dem fünften Bier.

Wir saßen wie immer am Ecktisch des Zentralcafes in Passau. Wir sitzen am liebsten dort, nicht nur weil dies der Stammtisch der Passauer Künstler ist, sondern weil man von da auch den besten Überblick über den Ludwigsplatz, den Verkehrsknotenpunkt Passaus hat. Von keinem anderen Tisch aus lassen sich Unfälle so gut beobachten wie vom Ecktisch. Es war wieder einer jener Tage, an denen die Autofahrer besonders vorsichtig fuhren. Uns war ziemlich schnell klar, dass wir heute keinen Auffahrunfall miterleben durften.

Nicht einmal ein Verkehrsrowdy, der an der Ampel mit quietschenden Reifen einen Kavaliersstart hinlegte, war unterwegs. Wir machten uns ernsthaft Sorgen über die Zukunft Deutschlands. Waren die Benzinpreise wirklich schon so hoch, dass die Machotypen sparen mussten, obwohl sie normalerweise aus Statusgründen ihren Freundinnen zeigen mussten, dass sie am schnellsten beschleunigen konnten, sobald die Ampel auf grün war.

Um nicht von der Langeweile erdrückt zu werden, beschlossen wir, die Probleme der Welt zu diskutieren. Als wir schon kurz vor der endgültigen Lösung des Energieproblems standen, kam Therese Ochsenbauer, die Bedienung unseres Stammcafes herein und setzte sich zu uns an den Tisch. Die Resi ist ein perfekter Durchschnittsmensch, weder klug noch dumm, weder hübsch noch hässlich, sie klagt ständig über irgendwelche Wehwehchen, obwohl sie eigentlich nie wirklich krank ist. Wir prophezeiten ihr eine große Zukunft im Bereich der Marktforschung, da gerade in dieser Branche Durchschnittsmenschen gebraucht werden.

Resi hingegen fühlte in ihrem Inneren, dass sie zu Größerem geboren war. Ihr seligster Wunsch war es, Schauspielerin zu werden. Die Aussicht auf Ruhm und Reichtum bestätigten, dass sie die richtige Berufswahl getroffen hatte.

Bernie empfing sie mit der üblichen Begrüßung: „Hallo Resi, wie geht`s? Hast du frei heute?"

Aber sie antwortete überraschend: „Nix mehr Resi! Ab heute heiße ich Trixie Mahony!"

Wir saßen beide da und waren wie vor den Kopf geschlagen. Bernie fand zuerst die Fassung wieder.

„Was soll das heißen", fragte Bernie, „hast du vielleicht deinen richtigen Vater gefunden?"

„Nein, Dummkopf, das ist ab heute mein Künstlername!"

„Soll das heißen, dass du die Rolle wirklich bekommen hast?"

„Na klar! Hast du je daran gezweifelt?"

„Mensch, das haut mich um", rief Bernie aus, „unsere Resi …, verzeih, unsere Trixie kriegt die Hauptrolle in einem John Faltermeyer-Film. Kneif mich liebe Trixie, und dann sag mir, dass du wirklich die Rolle der Leonore Michaeli gekriegt hast! Das finde ich echt toll von dir, dass du dich trotzdem noch an unseren Tisch setzt."

„Es sollte eine Überraschung für euch sein. Ich habe die Rolle nicht nur bekommen, nein, wir haben den Film sogar schon abgedreht. Ehrlich gesagt, bin ich gekommen, weil ich auf die Filmkritiken warte. Ich weiß aus absolut sicherer Quelle, dass mich der berühmte Filmkritiker Pepi Hirsch mit einem Extralob erwähnt. Das wäre natürlich mein Durchbruch. Ach, ich bin so aufgeregt, ich könnte nicht nur die ganze Welt umarmen, sondern mich auch mich euch an einen Tisch setzen."

„Welche absolut sichere Quelle meinst du?"

„Die Putzfrau meiner Nachbarin. Die hat den sechsten Sinn. Alles was die sagt, trifft ein. Das weiß ich aus absolut sicherer Quelle."

„Aha, wahrscheinlich von der Putzfrau deiner anderen Nachbarin."

„Trottel!" Trixie war zu recht entrüstet. So darf man mit den Gefühlen einer angehenden Diva nicht umspringen. Ich schickte mich an, eventuell aufkeimende Aggressionen sofort im Keim zu ersticken.

„Bitte klärt mich mal auf", fiel ich dazwischen, „um was geht es hier?"

„Es geht um einen Film in der Nachkriegszeit. Er heißt ‚Abschied vom Hass'", wandte sich Bernie an mich, „Die Psychologin Leonore Michaeli lernt in ihrer Praxis den ehemaligen KZ-Häftling Max Brunner kennen. Max Brunner wurde während der Folter im KZ zum Autisten mit Inselbegabung. Er war über Nacht zum besten Arzt der Welt geworden, ohne je Medizin studiert zu haben. Auf der Flucht vor den amerikanischen Besatzern, die so einen tollen Arzt natürlich nach Amerika holen wollen, muss sie ihm mehrere Male das Leben retten. Dabei verliebt sie sich nicht nur in ihn, sondern verliert auch ihr Augenlicht, als sie ihn aus einem brennenden Haus schleppt. Als Max erkennt, dass sie seinetwegen erblindet ist, ist er plötzlich geheilt. Natürlich hat er mit seinem Autismus auch die Befähigung zum Arzt verloren. Und so beschließt er, Leonore, die er zwar nicht liebt, aber der er sein Leben verdankt, zu heiraten. Es heißt, die Rolle der Leonore Michaeli ist die anspruchsvollste Rolle der letzten fünf Jahre. Das stand in jedem Boulevard-Blatt. Dass du das nicht weißt. Und unsere Resi, Sorry, ich muss mich erst an Trixie gewöhnen, hat diese Rolle bekommen. Es ist einfach unglaublich."

„Vielleicht sollte ich euch sagen", gab Trixie zu, „es ist nicht die Rolle der Michaeli. Die hätte ich natürlich auch haben können. Aber ich wollte in einer wirklichen Herausforderung bestehen. Johnny, das ist der Regisseur John Faltermeyer, meinte auch, wenn ich diese Rolle überzeugend spielen kann, ist mein Weg nach oben nicht mehr aufzuhalten."

„Johnny?", wieder einmal ging mein Mundwerk mit mir durch, „bist du schon so vertraut mit so einem berühmten Regisseur?"

Aber Trixie ließ sich nicht aus der Ruhe bringen. „Ach weißt du, am Set arbeitet man doch ziemlich eng zusammen. Da lässt es sich praktisch gar nicht vermeiden, dass man vertraut wird miteinander."

Bernie warf mir einen tadelnden Blick zu, der soviel bedeutete wie, diese plumpe Frage hätte leicht ins Auge gehen können. Geistesgegenwärtig stellte er eine neue, weniger peinliche Frage: „Und welche Figur spielst du dann? Etwa gar die Rolle der Sadistin, die Max Brunner ständig nach dem Leben trachtet?" „Bist du verrückt, ich werde mir doch durch so eine unsympathische Figur mein Image nicht zerstören. Nein, ich spiele einen Gast im Cafe, in dem Max Brunner immer verkehrt."

„ Und bist du sicher, dass die Rolle genug hergibt für eine Karriere?"

„Aber selbstredend, es ist die Schlüsselrolle schlechthin!" Trixie musste unsere skeptischen Blicke bemerkt haben. „Also gut, ich erkläre es euch. Aber es muss unter uns bleiben. Das ist nämlich ein Geheimnis. Max heiratet Leonore ja nur aus Dankbarkeit und nicht aus Liebe. Leonore ist sich ihrer Situation voll bewusst aber um sicher zu gehen, dass ihr Max auch ein ganzes Leben treu bleibt, muss er vorher seiner großen Liebe begegnen. Deshalb trifft er kurz vor Schluss in diesem Cafe auf mich. Er kommt an meinen Tisch und verlangt nach der Tageszeitung, die dort liegt: ‚Kann ich bitte die Tageszeitung haben?' Und ich sage dann: ‚Aber bitte, gerne'. Dabei werfe ich ihm einen Blick zu, dass er ganz weich wird in den Knien. Schlagartig wird ihm klar: Hier sitzt die Frau, die alle seine Sinne in ihren Bann gezogen hat. Er spürt instinktiv, diese Frau könnte seine

Erfüllung sein. Nun hat der Hauptdarsteller die Möglichkeit, sein ganzes schauspielerisches Repertoire auszuspielen. Er durchlebt ein Wechselbad der Gefühle. Auf der einen Seite ist die Frau, der er verfallen ist, auf der anderen Seite wartet eine Egoistin, die auf seine Dankbarkeit spekuliert. Geradezu wehrlos muss er vor dem Tisch verweilen. Eine höhere Macht hindert ihn daran, an seinen Ecktisch zurückzukehren. Leonore sitzt derweil in dieser hintersten Ecke des Cafes. Natürlich weiß sie, mit der hübschen Frau, mit der Max gerade spricht, kann sie nicht konkurrieren."

„Nur mal so interessehalber", wandte ich ein, „woher weiß sie, dass du so attraktiv bist, wo sie doch blind ist?"

„Wirklich große Schauspieler haben dieses gewisse Etwas, man nennt es auch Ausstrahlung, und diese Ausstrahlung kann sie spüren."

„Sprichst du jetzt von dir persönlich oder von dem Gast im Cafe, den du spielst?"

„Von beiden! Nachdem ich mich in die Rolle eingearbeitet habe, hatte ich nicht mehr den geringsten Zweifel daran, diese Frau ist etwas ganz Besonderes. Ihr gesamtes Leben ist für mich wie ein offenes Buch. Ich weiß, dass sie ein Einzelkind wohlhabender Eltern ist. Obwohl sie immer Klassenbeste war, ist sie doch bescheiden geblieben. Ihr Examen in Jura hat sie mit Summa cum Laude abgeschlossen. Sie sieht blendend aus, ist überdurchschnittlich intelligent und wenn sie einen Raum betritt, dann knistert es. Die Zeitung auf ihrem Tisch interessiert sie überhaupt nicht, sie hat ihre Informationen aus der Fachlektüre der Akademiker. Ich glaube, ich war prädestiniert für diese Rolle, weil sie mir so ähnlich ist."

„Und das alles hast du aus dem Drehbuch herausgelesen?"

„Wir Seelenverwandte finden immer zusammen. Wir fühlen was der andere denkt, empfindet und auch was er gleich sagen wird. Außerdem haben wir Frauen den sechsten Sinn, musst du wissen."

„Da hast du Recht", stimmte ihr Bernie zu, „wir Männer sind da nicht so feinfühlig."

„Deshalb spricht sie ja auch seine Instinkte an."

„Ist mir nicht aufgefallen." Bernie zog seine Stirn in Falten.

„Ganz einfach. Als er sie nach der Zeitung fragt, gibt sie zurück: ‚Aber bitte, gerne.' Wäre er ihr gleichgültig würde sie sagen ‚bitte'. Wäre er ihr sympathisch würde sie sagen ‚aber bitte'. Da sie aber mehr empfindet als bloß Sympathie fügt sie noch ‚gerne' hinten dran. Dadurch stimuliert sie seine niederen Instinkte. Sein Pflichtbewusstsein sagt ihm, er müsse zurück zu Leonores Tisch. Aber eine unsichtbare Macht zwingt ihn zum Verweilen. Als er nach einer schier endlosen Ewigkeit zu Leonore zurückkehrt, ist sie sicher, dass sie sich auf diesen Mann verlassen kann. Tränen laufen ihr aus ihren leblosen Augen. Aber es sind Tränen des Glücks. Dann verlassen sie das Cafe und ich sehe ihnen melancholisch nach."

„Und dann?" wollte ich wissen.

„Dann bin ich hierher geeilt, und nun warte ich auf die Kritiken. „Ach, ich bin so aufgeregt. Obwohl das gar nicht nötig ist. Meine innere Stimme sagt mir, dass sich für mich alles zum Guten verändern wird."

Eine Zeit lang ließ sie der Bote mit den Kritiken noch schmoren, dann tauchte er endlich auf. Trixie stürzte sich, wie ein Verdurstender in der Wüste auf Wasser, auf die eingetroffenen Kritiken. Gierig verschlang sie jedes Wort, dann warf sie die Blätter auf den Tisch und verließ wortlos das Cafe.

„Was ist jetzt los?" fragte ich Bernie, der sich die Kritiken geschnappt hatte und mir erklärte:

„Also hier steht: ‚John Faltermeyers neuestes Werk ‚Abschied vom Hass', welches eigentlich ‚Abschied vom guten Geschmack' heißen sollte, ist nach allgemeiner Auffassung der schlechteste Film, den der selbsternannte Meister je gemacht hattc. Wer an einer Aneinanderreihung platter Klischees, die keinerlei Zusammenhang erkennen lassen, möglicherweise Gefallen findet, mag sich damit trösten, dass wenigstens die Szene, in der er in einem Cafe eine Frau um eine Zeitung bittet, warum weiß nur der Regisseur allein, aus dem langweiligen Streifen entfernt wurde."

„Heißt das," fragte ich, „dass uns Resi noch eine Weile als Bedienung erhalten bleibt?"

„Ja, das heißt es. Zusammen mit ihrem 6. Sinn."

Sicherheit geht vor

Es ist bestimmt kein Geheimnis, wenn ich sage, dass das Leben viele Risiken birgt, von denen wir tagtäglich bedroht werden. Selbst unser Leben ist ständig in Gefahr, denkt man nur an den Straßenverkehr und die vielen Unfälle. Am schlimmsten lauern all die Gefahren hier bei uns in Deutschland. Deshalb achten wir Deutschen in besonderem Maße auf unsere Sicherheit. Ein entsetzlicher Gedanke ist natürlich auch, wir könnten unser Geld verlieren. Viele, die ihr Geld verloren haben, haben hinterher freiwillig auf ihr Leben verzichtet und sich auf alle erdenklichen Arten selbst entleibt. Aber dem kann man zum Glück vorbeugen. Dafür gibt es Versicherungen.

Ich war höchstpersönlich Augenzeuge wie Sepp Faltermeier zwei Angreifer mit nur einem Schlag zu Boden streckte. Er war ein Hüne von einem Mann, der das Wort Angst nur aus dem Wörterbuch kannte. Deshalb konnte ich kaum fassen wie er jetzt am ganzen Körper zitternd vor mir saß. So niedergeschlagen, dass er aussah wie ein Schluck Wasser in der Kurve. Er blinzelte mit beiden Augen als ginge es um sein Leben, sein rechter Mundwinkel zuckte bis zum Ohr während er versuchte, sich mit zittrigen Händen an der Sessellehne festzuklammern. Dabei hatte ich nur zu ihm gesagt, dass ich in meinem ganzen Leben noch keine Versicherung abgeschlossen habe.
„Wie kann man nur so leichtsinnig sein", stieß er mühsam hervor. „Ich dachte immer, du bist ein fürsorglicher Ehemann, der für die Sicherheit seiner Familie sorgt."
Mit nur einem Satz, der für mich eher banal klang, hatte ich ihn ausgeknockt. Nun saß er vor mir wie ein Häufchen Elend und sah aus wie die Karikatur seiner eigenen Witzblattfigur. Immer wieder schüttelte er fassungslos sein mächtiges Haupt. Völlig überraschend stürzte er sich plötzlich auf mich.
„Du musst mir versprechen, dass du sofort mit einem Fachmann von der Versicherung sprichst. Ich flehe dich an, ich bitte dich, sprich mit ihm. Tu es mir zu liebe, nein tu es deiner Frau zuliebe."
„Ich flehe dich auch an", röchelte ich, „bitte lass meine Gurgel los"!

„Aber du musst mir versprechen, dass du zumindest mit ihm sprichst. Glaub mir, es ist nur zu deinem Besten."

Mangels Sauerstoff gab ich ihm durch Handzeichen zu verstehen, dass ich mit seinem Vorschlag einverstanden war.

„Ich schicke dir Herrn Sorgenburg, so heißt mein Vertreter, vorbei. Sein Ruf als seriöser Mann ist schon beinahe legendär und es dauert normalerweise drei Monate, bis man überhaupt einen Termin kriegt. Aber ich sage ihm, dass es bei dir eilt. Vielleicht kommt er dann schon in zwei Monaten."

Schon am nächsten Tag erhielt ich einen Anruf von Herrn Sorgenburg von der RUNDUM-SORGLOS-Versicherung und wir vereinbarten für den übernächsten Tag einen Termin. Sepp hatte meinen Fall als außerordentlich dringlich dargestellt. Normalerweise, erklärte er mir, dauert es eine Woche, bis er einen Termin vereinbaren kann, aber in meinem traurigen Fall hatte ihn sein Gewissen zu größtmöglicher Eile angetrieben.

Ich glaube, es war ein Donnerstagabend, als er in seinem Mercedes vorfuhr. Es war genau das gleiche Modell, von dem unser Bayrischer Ministerpräsident immer träumt, bloß der kann es sich nicht leisten.

Herr Sorgenburg nahm in unserem Esszimmer Platz und während mich seine stahlblauen Augen durchbohrten, schenkte er mir ein Lächeln, das mir verriet: Dieser Mann war nicht nur mit seinem Gewissen sondern auch mit seinem Kontostand völlig im Reinen.

Zuerst klärte er mich über das Wesen einer Versicherung auf.

„Sie müssen sich eine Versicherung so vorstellen, dass die Menschen Geld in einen gemeinsamen Topf einzahlen. Sollte irgendwann ein Schaden entstehen, so wird dieser mit dem Geld aus diesem Topf bezahlt. So ist das Risiko für den einzelnen überschaubar oder eigentlich gar nicht mehr vorhanden. Und jeder, der eine Versicherung hat, kann unbeschwert und sorgenfrei leben."

Dann kam er auf den Punkt.

„Bitte sagen sie mir zuerst, ist es wirklich wahr, dass sie überhaupt keine Versicherung haben?"

„Nein", gab ich zu.

„Es ist nur. Ich wollte es zuerst nicht glauben. Auch für ihre Frau haben sie nichts gemacht?"

„Nein, für die auch nicht."

„Einfach unglaublich", fuhr er fort, „also wenn ich das gemacht hätte. Meine Frau hätte sich längst scheiden lassen. Sie müssen mit einer außergewöhnlichen Frau verheiratet sein, wenn die sich so was bieten lässt".

„Ja gut, ich bin zufrieden."

„Stellen sie sich vor, wenn ihr etwas zustößt. Sie ist ja überhaupt nicht abgesichert. Eine Lebensversicherung hat sie wohl auch nicht? Was frage ich; natürlich hat sie keine."

„Ja braucht sie denn eine? Und wofür soll die gut sein?", wollte ich wissen.

„Aber selbstverständlich braucht sie eine. Und wofür die gut sein soll, fragen Sie. Das liegt doch auf der Hand. Sollte sie, was wir nicht hoffen wollen, einen Unfall haben, bekommen die Hinterbliebenen eine Menge Geld."

In diesem Augenblick betrat auch meine Frau den Raum, um sich am Gespräch zu beteiligen. Ganz Kavalier, der er war, eilte er ihr entgegen, um ihr beim Platznehmen behilflich zu sein. „Eben musste ich erfahren", setzte er sie in Kenntnis, „dass Ihr Mann leichtsinnigerweise überhaupt keine Vorsorgemaßnahmen, ihre Person betreffend, getroffen hat." Mit übertriebener Höflichkeit geleitete er sie zu ihrem Platz, dabei geizte er nicht mit abfälligen Worten über meinen Leichtsinn, gab ihr aber auch zu verstehen, wie überaus froh er war, dass ihr bis jetzt nichts passiert sei. Sie durfte sich erst setzen, nachdem er sich gewissenhaft davon überzeugt hatte, dass der Stuhl seiner Funktionalität auch gerecht wurde. Dann setzte er sich wieder auf seinen Platz, seinen Bezirksleiter zitierend: Gott schützt die Frauen der Geizhälse. Dabei warf er mir einen vorwurfsvollen Blick zu. Ich ließ mich davon aber nicht beeindrucken und warf ihn einfach zurück.

In der Zwischenzeit begann ich zu zweifeln, dass es ehrliche Fürsorge für meine Frau war, die ihn so abwertend über mich sprechen ließ. Wenn meiner Frau, Gott behüte, etwas zustoßen sollte, wäre ich doch der Leidtragende. Schließlich müsste doch ich auf einen Batzen Geld verzichten, während sie es sich in der besseren Welt gemütlich macht. Warum also bemitleidet er mich nicht? Aber auch das Einfühlungsvermögen eines Versicherungsvertreters hat seine Grenzen. Übergangslos kam er zum eigentlichen Zweck seines Besuchs, zum geschäftlichen.

„Warum ich eigentlich hier bin?", eröffnete er das Verkaufsgespräch, „Nun, ich habe heute mehrere Versicherungen im Sonderangebot."

„Bei euch gibt es auch Sonderangebote?", fragte ich unaufgefordert dazwischen. Mit einem eisigen Blick, der mehr erklärte als tausend Worte, brachte er mich zum Schweigen. Er bewies menschliche Größe, indem er meine Frage trotzdem beantwortete.

„Aber selbstverständlich. Diese Woche haben wir folgendes im Sonderangebot. Zuerst möchte ich ihnen eine Feuerversicherung für einen Steinbruch anbieten. Haben Sie zufällig einen Steinbruch?" Gleichzeitig sah er mich fragend an. Ich wertete das zu Recht als Sprecherlaubnis.

„Nein!" gab ich ihm wahrheitsgetreu Auskunft. Stressgeplagte Menschen lieben kurze und aussagestarke Antworten.

„Schade", fuhr er fort, „da hätte ich diese Woche ein unglaubliches Angebot. Die anderen Versicherungsgesellschaften haben sich die Zähne ausgebissen bei dem Preis. Macht aber nichts. Außerdem hätten wir eine Haftpflichtversicherung für ihr Mondgrundstück."

„Wir haben kein Grundstück auf dem Mond!"

„Macht nichts, das kann ich Ihnen auch anbieten. Als Paket sozusagen. Garantiert allerbeste Lauflage. Jeder, der etwas auf sich hält, hat heutzutage ein Grundstück auf dem Mond. Sie sollten da nicht zurückstehen. Überlegen Sie mal. Der Hektar für nur 2500,-- Euro. Das sind 10000 Quadratmeter. Das kriegt ihr sonst nirgends."

„Nein, tut mir leid."

„Ich hätte auch noch ein Grundstück für 1500,-- Euro pro Hektar. Aber das wäre auf der abgewandten Seite des Mondes."

„Auch nicht!"

„Warum nicht?"

„Auf der abgewandten Seite des Mondes scheint keine Sonne. Wenn wir die Zeitung lesen wollen, würden die Stromkosten ins astronomischen steigen."

„Aber auf der anderen Seite des Mondes passiert doch nichts, worüber eine Zeitung schreiben könnte. Kennen sie nicht den Spruch: ‚Du lebst wohl auf der anderen Seite des Mondes!'?"

„Trotzdem, nein."

„Gut! Eure Entscheidung. Aber gebt nicht mir die Schuld, wenn eure soziale Stellung darunter leidet. Aber da hätte ich noch ein tolles Angebot. Das ist überhaupt der Renner."

„Tut mir leid", unterbrach ich ihn erneut, egal ob er mir dafür einen strafenden Blick zuwirft oder nicht, „aber wir haben auch kein Haus in der Sahara, das sie gegen Hochwasser versichern könnten. Was wir wollen ist eine Versicherung, die einen von uns verursachten Schaden ersetzt. Haben sie so etwas im Angebot?"

„Wir haben für alles eine Versicherung. An was haben sie gedacht?"

„Zum Beispiel, wenn durch unser Verschulden eine Fensterscheibe zu Bruch geht. Gegen so etwas würden wir uns absichern. Gibt es das?"

Er kramte unter dem Tisch in seinem Koffer und kam kurz darauf wieder an die Tischoberfläche zurück. „Da ist es schon. Ein sensationelles Angebot. Wenn Sie oder Ihre Frau mit Ihrem Flugzeug in eine Fensterscheibe fliegen und diese zu Bruch geht, übernehmen wir den Schaden."

„Wir haben aber kein Flugzeug. Wir haben nicht einmal den Pilotenschein."

„In diesem Fall bekommen Sie auf diese winzige Prämie noch einmal 10% Rabatt."

„Nein, das meinen wir nicht. Ich gebe Ihnen ein Beispiel. Wir schlendern des Wegs und einer von uns beiden stößt, ohne es zu wollen, eine Leiter um. Diese fällt gegen ein Fenster und dieses geht zu Bruch. Bezahlt Ihre Firma so einen Schaden?"

„Selbstverständlich. Wenn Sie beweisen können, dass die Leiter unsachgemäß und grob fahrlässig abgestellt wurde."

„Und wie sollen wir das beweisen? Genügt es nicht, wenn wir behaupten, dass es ein Versehen war?"

„Nein! Ihr glaubt ja nicht wie die Leute lügen. Wir, die Versicherer müssen da auf Nummer Sicher gehen. Ich empfehle: Wenn Sie ihr Haus verlassen, mieten Sie sich einen Privatdetektiv, der bezeugen kann, dass es wirklich ein Versehen war. Noch besser wären natürlich zwei Privatdetektive, weil vor Gericht die Aussage eines einzigen Zeugen nicht viel wert ist. Unus est nessunus, oder wie die alten Römer sagten –Einer ist keiner ha, ha, ha -! Am allerbesten wäre es, wenn einer von den Beiden schon einmal den Friedensnobelpreis gewonnen hätte."

„Wieso wird das so überaus streng gehandhabt?"

„Wegen der Regressansprüche."

„Ich glaub, ich verstehe nicht."

„Nun, wir müssen uns doch das Geld von irgendjemand zurückholen. Sonst bleiben wir ja auf dem Schaden sitzen."

„In meiner Vorstellung läuft das so ab. Wir, die Masse der Menschen zahlen Geld in einen großen gemeinsamen Topf, und wenn einer von uns einen Schaden verursacht, wird dieser aus dem Topf beglichen."

„Wer hat Ihnen denn diesen Blödsinn erzählt? Wir als seriöses Versicherungsunternehmen tragen die Verantwortung für unsere Versicherten. Wenn Ihr Nachbar eine Fensterscheibe einwirft, weil er immer besoffen ist, wollen Sie die Scheibe ja auch nicht bezahlen, oder?"

„Nein", musste ich zugeben.

„Und bei uns ist das genauso. Wir müssen die Schäden, die wir bezahlen, auf ein Minimum reduzieren. Nur so bleiben wir finanzstark und können die Schäden, die unsere Versicherten verursachen, reibungslos bezahlen."

Nach fünfstündiger Beratung kamen wir überein, dass uns der Versicherungsfachmann ein Rundum-Sorglos Paket zusammenstellt. Meine Frau und ich haben dann ein zweites Konto bei unserer Bank eröffnet. Auf dieses Konto zahlen wir jetzt Monat für Monat den Betrag ein, den auch die Versicherungsgesellschaft für das Rundum-Sorglos Paket von uns haben wollte und sollten wir eines Tages einen Schaden haben, so leisten wir uns aus diesem Topf einen

Rechtsanwalt, der vor Gericht abstreitet, dass wir für den entstandenen Schaden verantwortlich sind.

Das Ding mit dem Ding

Ist es Ihnen, werter Leser, auch schon passiert? Sie suchen krampfhaft nach einem Wort, aber es will und will Ihnen nicht einfallen. Kein kompliziertes Wort. Ein ganz alltägliches. Zum Beispiel Salz oder Pfeffer. Eine fürchterliche Situation. Man möchte sich am liebsten selber in den Hintern beißen, simmt´s. Aber zum Glück gibt es für solche Wörter Platzhalter. Wenn zum Beispiel einem Politiker das Wort „Krieg" nicht einfällt, so benutzt er als Platzhalter das Wort „Friedensmission". Wir normalen Menschen jedoch benutzen in der Regel das Wort „Ding".

Manchmal ist es wirklich zum Haare raufen. Ich kann es meiner Frau einfach nicht angewöhnen sich klar und präzise auszudrücken. Wenn wir zum Beispiel zum Einkaufen fahren, ist sie schon unten am Auto und ich noch in der Wohnung im ersten Stock. Sie ruft dann zu mir nach oben: „Ich hab den Ding vergessen! Sei so lieb und nimm ihn bitte mit!" Es kommt oft vor, dass sie den Autoschlüssel vergisst, ich bin es schon gewohnt. Also suche ich nach dem Schlüssel, kann ihn aber nirgends finden. Auch nicht auf dem Schlüsselbord, wo er normalerweise hängt. Nach einer halben Stunde, sie ruft ständig, wo ich bleibe, gebe ich die Suche auf und gehe nach unten.
„Tut mir leid, aber ich kann den Schlüssel nicht finden!" informiere ich sie.
„Den Schlüssel hab ich doch, ich habe den Geldbeutel gemeint. Er müsste in der Ablage liegen."
Ich gehe also wieder hoch zur Ablage. Aber da liegt kein Geldbeutel. Auf der Kommode liegt er auch nicht. Auch sonst kann ich ihn nirgendwo finden. Nach einer halben Stunde intensiver Suche nervt es

mich, dass sie ständig schreit, ob ich eingeschlafen bin. Ich gehe nach unten und informiere sie.

„Ach herrje", sie schlägt sich mit der flachen Hand auf die Stirn, „ich hab ganz vergessen, der muss ja noch im Ding liegen."

Im Grunde genommen bin ich ein Mensch, der eher zur Lethargie neigt, aber allmählich spüre ich wie mir die Zornesröte ins Gesicht steigt. In meiner Stimme liegt etwas Drohendes, als ich sie frage, in welchem Ding der Geldbeutel liegt.

„Ich hab ihn gestern ins Handschuhfach des Autos gelegt, damit ich ihn nicht vergesse."

Um mich zu beruhigen singe ich ihr das Lied der Schlümpfe vor:

Sag mal von wo kommst du denn her

Aus Dingshausen bitte sehr

Sie fand das aber nicht lustig und hat mir ein Ding verpasst. Junge, Junge. Eine Stunde machte es in meinem Kopf nur noch Ding-Dong.

Neulich war es auch wieder soweit. Wir saßen gerade beim Essen als meine Frau zu mir sagte: „Sei doch bitte so lieb und reich mir das Ding rüber!" Ich persönlich bevorzuge es, wenn die Menschen die Dinge beim Namen nennen. Ein Tisch ist ein Tisch, ein Auto ein Auto und ein Bier ist ein Bier. Meine Frau weicht lieber auf den vagen Begriff „Ding" aus. Aber zum Glück hat sie einen Mann mit einem deduktiven Geist, der dank seines Intellekts weiß, welcher Gegenstand sich hinter dem Begriff „Ding" verbirgt. Im vorliegenden Fall war es sogar ziemlich einfach, das Objekt ihrer Begierde zu erraten. Da alles in ihrer Reichweite stand, konnte sie nur das Salz oder den Pfeffer gemeint haben. Sie hatte den sächlichen Artikel gebraucht. Es konnte sich also nur um das Salz handeln. Ich reichte es ihr mit den Worten: „Bitteschön"!

„Nein ich meine das schwarze Ding."

„Ach so, du meinst das Pfefferding."

„Ja, sag ich doch."

„Wenn du „das" Ding sagst, gehe ich davon aus, dass du das Salz meinst."

„Hätte ich vielleicht der Ding sagen sollen?"

„Ich weiß nicht. Immerhin hätte ich mich dann ausgekannt. Schließlich heißt es das Salz und der Pfeffer, oder etwa nicht?"

„Der Ding; pah, lächerlich."

„Wenn du wenigstens Pfefferding gesagt hättest."

„Du kennst dich wohl nur aus, wenn man die falschen Artikel benutzt. Gut, dass ich das weiß. Nächstens sage ich dann, würdest du bitte die Auto waschen. Vielleicht verstehst du mich dann besser. Wenigstens weiß ich jetzt, warum es immer noch dreckig ist."

Wenn es ums Autowaschen geht, wechsle ich immer das Thema. Gerade beim Thema „Auto" gilt es Finessen zu berücksichtigen, von denen eine Frau einfach nichts versteht.

Trotzdem halte ich eine abschließende Ermahnung durchaus für angebracht. „Ich nenne die Dinge ja auch beim richtigen Namen. Wenn ich Salz will, sage ich Salz, und wenn ich Pfeffer will, dann sage ich Pfeffer."

„Wenn du Pfeffer haben willst, dann musst du es nur sagen, dann hole ich mal kurz das Pfefferspray."

„Du willst mich einfach nicht verstehen. Ich will ja nur, dass du zum Pfeffer Pfeffer sagst. Kein Mensch hat von dir verlangt, dass du sagst ‚Reich mir bitte das Piper Nigra'."

„Was um alles in der Welt ist Piper Nigra?"

„Das wäre die wissenschaftlich korrekte Bezeichnung für schwarzen Pfeffer."

„Weißt du was? Du könntest einmal an einer Gleitfahrt über meinen Dorsum partizipieren!"

Endlich hatte sie mich verstanden. Ihre Aussage war einfach, präzise und allgemeinverständlich und was noch wichtiger ist, nicht so ordinär wie wenn sie gesagt hätte ‚Du kannst mir den Buckel runterrutschen!'

Quasseltante und Plappermaul

Ein berühmter Satiriker und leidenschaftlicher Schachspieler hat in dieser Denksport- Disziplin Pionierarbeit geleistet. Zuerst spielte er gegen Freunde, dann gegen einen Computer und dann griff er nach den Sternen. Er kaufte einen zweiten Computer und ließ die beiden gegeneinander spielen. Hinterher hat er gesagt, das war die entspannteste Partie, die er je gespielt hat. Manchmal bin ich in einer Situation, die man durchaus mit dieser vergleichen könnte. Wenn man mit einer Quasseltante am Tisch sitzt, ist das wie ein Schachspiel gegen den Computer. Man rennt gegen ein Verteidigungsbollwerk an. Aber wie ist das, wenn man mit einer Quasseltante und einem Plappermaul am Tisch sitzt? Hebt sich dann die Wirkung auf?

Zu Ostern kommt zum Wochenende ein zusätzlicher Feiertag hinzu. Das ist Tradition. Und Tradition ist es auch, dass wir zu Ostern Besuch von Tante Berta bekommen. Für gewöhnlich sorge ich für ein leckeres Mahl, indem ich im Supermarkt die feinsten Speisen kaufe und Tante Berta sorgt dafür, dass ich keinen Unsinn rede, indem sie mich nicht zu Wort kommen lässt. Letzte Ostern jedoch wollte Tante Berta unbedingt einen Ausflug in ein bekanntes Ausflugsrestaurant machen. Ich persönlich mag solche Restaurants nicht besonders. Die Preise sind überhöht und das Essen schmeckt widerlich, weil die Betreiber wissen, dass die Gäste wegen der Aussicht und nicht wegen des Essens kommen. Aber Tante Berta kam uns auf halbem Weg entgegen und versprach uns, ihre Rechnung selber bezahlen. Nachdem wir die Ausweglosigkeit dieser Situation einsahen, erklärten wir uns bereit, unserem schönen Bayerischen Wald die ihm gebührende Aufmerksamkeit zukommen zu lassen. Außerdem ist es egal, ob ich zu Hause nichts sagen darf oder in einer überfüllten Kneipe. Die Beratung mit meiner Frau wie wir mit der neuesten Rechnung des Finanzamtes verfahren sollten, musste eben noch etwas warten. Derartige Rechnungen werden meiner Meinung nach von der

Wichtigkeit sowieso maßlos überbewertet. Die vom Finanzamt sehen das natürlich anders. Warum weiß ich nicht.

Auf der Hinfahrt machte uns Tante Berta mit ihrer Jugend bekannt. Nach einem zaghaften Versuch das Gespräch auf die Finanzamtrechnung zu lenken, meinte sie nur lapidar, dass das jetzt nicht wichtig sei.

„Deine Frau interessiert sich viel mehr für das, was ich ihr zu sagen habe", wies sie mich zurecht und wandte sich wieder meiner Frau zu. „Da vorne, siehst du das weiße Haus? Da hat der Krieninger Alois gewohnt. Der war einmal sehr verliebt in mich. Vor 5 Jahren ist er an Krebs gestorben. Daneben wohnt der Reitmeier Pepi, das heißt wohnte, den hat vor 8 Jahren der Schlag getroffen. Jetzt müsste eigentlich das Haus vom Meier Hubert kommen. Ja, da ist es schon. Meine Güte, der hatte einen entsetzlichen Tod, und dabei war er einmal ein so fescher Mann. Der hätte mir auch gefallen, aber er wollte ja unbedingt die Irmi. Selber schuld. Sein bester Freund war der Zaglauer Georg. Dort oben steht sein Haus, die waren nämlich Nachbarn. Der hat es besser gehabt, der ist einfach umgefallen und hin war er. Der war vielleicht hinter mir her. Der Fritz, jetzt weiß ich den Nachnamen nicht mehr, war deswegen ziemlich eifersüchtig. Fritz wohnte in dem Bauernhof dort links oben. Wir waren sogar eine Zeitlang verlobt. Aber seine Eltern wollten, dass er die Gabi heiratet, weil sie eine bessere Partie war. Die haben ihn richtig gezwungen. Die Gabi oder den Hof kriegt einmal dein Bruder, hat sein Vater zu ihm gesagt. Angeblich soll sie nachgeholfen haben, wie er gestorben ist. Na ja, die Leute sagen viel. In dem Haus dort rechts, da hat der Jakob gewohnt, ich glaub der schrieb sich Biereder. Der hat mich ganz heimlich geliebt, aber er hat sich nichts sagen getraut."

„Sag bloß, der hat es überlebt?" fragte ich.

„Was soll er überlebt haben?"

„Dass er in dich verliebt war."

„Den hat vor 3 Jahren ein Lastwagen überfahren. Sag mal, wie meinst du das? Machst du dich etwa über mich lustig?"

„Nein, nein. Ich hatte nur Angst, der tanzt aus der Reihe."

„Schau, da ist der Giermindl. Also dass es dieses Wirtshaus immer noch gibt. Da sind wir immer zum Tanzen hin. Von uns ist keiner aus der Reihe getanzt. Wir waren nicht so wie ihr heute. Ihr jungen Leute wisst ja gar nicht mehr wie Tanzen geht, weil ihr es nie gelernt habt. Als mir der Lustenauer seinen Heiratsantrag gemacht hat, ist er mir beim Tanzen auf die Füße getreten. Eine Woche lang hat mir der Zeh wehgetan. Natürlich hab ich abgelehnt."

„Wahrscheinlich hat er dann gesagt, gnädiges Fräulein, Sie tanzen sehr schlecht. Sie müssen ihre Füße schneller bewegen, sonst trete ich ja immer drauf!", warf ich dazwischen und erhielt ein „Depp" als Antwort.

„Da vorne nach der nächsten Rechtskurve müsste jetzt eigentlich der kleine Waldweg kommen, auf dem wir immer spazieren gegangen sind. Komisch, er ist nicht mehr da, oder kommt er erst nach der nächsten Kurve. Schade. Also dass es den nicht mehr gibt. Der Wald ist eben auch nicht mehr das, was er einmal war."

Auch im nächsten Ort, durch den wir mussten, waren die Reihen ihrer einstigen Verehrer in besorgniserregendem Maße gelichtet. Ein einziger hatte den Genozid überlebt. Er war mittlerweile Bürgermeister. Eigentlich nicht verwunderlich, Politiker sind eben doch aus härterem Holz wie wir normalen Bürger. Vielleicht sollte man doch einmal einen Film über Tante Berta drehen. Er könnte dann heißen: Leichen pflasterten ihren Weg.

Derweil fing ich schon an zu beten, lieber Gott mach, dass der Wirt vom Ausflugsrestaurant nicht in Tantchen verliebt war und wie all die anderen den Löffel abgegeben hat, ich hatte nämlich schon Hunger.

Das Lokal war, ich hatte es nicht anders erwartet, randvoll mit Touristen. Nur an einem Tisch waren noch ein paar Plätze frei. Ein Mann und eine ältere Frau waren gerade mit der Speisenkarte beschäftigt. Meine Überraschung war groß, als ich in dem Mann den Falter Herbert erkannte, der mich in seiner Firma schon oft aber vergeblich groß rausbringen wollte. Die ältere Frau stellte er uns als seine leider etwas schwerhörige Mutter vor, die er immer noch liebevoll ‚Mami' nannte. Man konnte es ihm deutlich ansehen, dass er sich wirklich freute, dass wir uns zu ihm an den Tisch setzen wollten.

„Aber bitte", machte ich ihn trotzdem vorsichtshalber aufmerksam, „heute sprechen wir nicht über die Arbeit."

„Du musst entschuldigen", fiel mir Tante Berta ins Wort, „aber der Josef will sich immer nur über die Arbeit unterhalten. Dass man sich auch einmal zusammen setzt und über schöne Dinge spricht, das kennt er nicht."

„Ja, ich weiß. Jedes Mal wenn er mich sieht, haut er mich um einen Job an!", gab er unverfroren zurück. Eine unwahre und aus der Luft gegriffene Behauptung, die aber bei Tante Berta auf fruchtbaren Boden fiel.

„Das ist typisch für ihn. Er hat kein Gespür dafür, wann er was sagen kann."

Herbert: „Ich hatte so was ja auch. Früher, meine ich. Aber seit ich mein Leben den schönen Künsten gewidmet habe, kenne ich dieses Problem nicht mehr."

Berta: „Mein Alois, Gott hab ihn selig, hatte ja auch nie Probleme!"

Herbert: „Zur Problembewältigung ist es wichtig, dass man sich klare Ziele setzt!"

Berta: „Klar, hat sich Alois auch Ziele gesetzt, viele sogar, auch wenn er sich manchmal nicht sicher war, auf welches er zusteuern soll."

Mami: „Ich hab beim Herbert auch immer zugesteuert, wenn er kein Geld hatte."

Herbert: „Heidegger zum Beispiel schreibt in seinem Buch „Also sprach Zarathustra", dass sich das Seiende aus dem Sein ergibt. Mit dieser Grundauffassung kann man praktisch alle Probleme dieser Welt lösen."

Berta: „Den hat mein Alois auch immer zitiert. Berta, hat er immer gesagt ,Sein oder Nichtsein, das ist hier das Seiende', oder so ähnlich. Ich versteh ja von diesen Dingen nicht so viel wie mein Alois. Ich bin mehr der bodenständige Typ."

Herbert: „Auch Beethoven widmet sich diesem Thema in seiner „Unvollendeten". Er setzt sie praktisch in musikalische Schwingungen um."

Ich: „Ich dachte immer, der Beethoven hätte schon vor dem Heidegger gelebt. Wie konnte er da diese Philosophie umsetzen?"

Herbert: „Weil vollendete Philosophie zeitlos ist. Da spielt es überhaupt keine Rolle, wer wann gelebt hat."

Berta: „Jetzt versteh ich auch, warum Heideggers vollendete Philosophie bei Beethoven „Die Unvollendete" heißt. Er hat sie zu früh geschrieben. Aber vielleicht wollte er dem Heidegger auch noch was übrig lassen."

Ich: „Der arme Nietzsche." Gewiss, Nietzsche war Atheist, aber dass man seine Bücher klaut hat er auch nicht verdient.

Berta: „Siehst du Herbert, jetzt lenkt er schon wieder vom Thema ab. Das macht er immer, wenn er sich nicht auskennt."

Herbert: „Mein Ziel waren immer die schönen Künste, ich weiß nicht, ob ich es schon erwähnt habe. Erst wenn man die chromatische Tonleiter begriffen hat, wird einem bewusst, dass man im Leben nichts auslassen darf."

Berta: „Alois hat auch nichts ausgelassen, das alte Schwein. Da haben wir oft gestritten."

Herbert: „Genau das wollte ich sagen. Die Dur-Akkorde und die Moll-Akkorde stehen sich in einem beständigen Streit gegenüber. Auch Karajan hat immer behauptet, dass man Beethovens ‚Largo' gar nicht schnell genug spielen kann."

Berta: „Ja, ja. Das Leben ist kurz."

Herbert: „Es ist sozusagen die Grundidee zum Minutenwalzer."

Berta: „Heute sind wir am Haus vom Meier Hubert vorbeigekommen. Ich habe zu Josef gesagt, dass er einen entsetzlichen Tod hatte. Aber Josef ließ das völlig kalt."

Herbert: „Vielleicht sollte ich Sie darauf aufmerksam machen, dass ich mich sehr für Musik interessiere. Gute Musik lässt nämlich niemanden kalt. Ich weiß, man sieht es mir nicht an, dass in meiner Brust ein sehr sensibles Herz schlägt. Trotzdem ist es so. Daher weiß ich, dass die Gefühlskälte von Ravel in seinem Bolero ausführlich behandelt wird. Da geht es rauf und runter, rauf und runter. Immerzu nur rauf und runter."

Berta: „Das hört sich aber auch ganz schön schweinisch an."

Ich: „Nein Berta, du meinst die Zauberflöte! Die ist aber nicht von Ravel."

Berta: „Sei still und lern was. Was ich sagen wollte, es erinnert mich irgendwie an den Lustenauer. Aber der ist schon lange tot."

Herbert: „Wenn ich dich darauf hinweisen darf, interessiere ich mich in erster Linie für Kompositionen und Komponisten, und kann daher sagen, dass keiner das Thema Tod so ausführlich behandelt hat wie Tschaikowski in Schwanensee. Der Tod war körperlich direkt fassbar als der Schwan gestorben ist."

Berta: „Dass der Krieninger, der hieß auch Alois wie mein Mann, so früh gestorben ist, konnten wir auch nicht fassen. Der war immer so gesund."

Herbert: „Vielleicht war ich vorhin nicht präzise genug. Ich interessiere mich nicht nur für Opern sondern auch für Symphonien. Nur wenn man sich für beides interessiert, kommt eine gesunde Mischung zustande. Zum Beispiel Haydns Symphonie mit dem Paukenschlag. Ich hatte damals einen Angestellten, der immer zu spät zur Arbeit kam. Daraufhin habe ich ihm empfohlen, statt eines Weckers die Symphonie mit dem Paukenschlag zu hören."

Berta: „Und darauf kam er pünktlich?"

Herbert: „Nein, er bekam einen Gehörsturz und fiel fast einen Monat ganz aus. Aber er kam rechtzeitig aus den Federn und darauf kommt es an."

Berta: „Der Reitmeier Pepi hatte auch einen Gehörsturz. Aber das war bevor er gestorben ist."

Ich: „Das ist symptomatisch für die entsetzlichsten Krankheiten, dass man sie immer noch zu Lebzeiten bekommt."

Berta zu Herbert: „Der ist so kratzbürstig, weil er sich in der klassischen Musik nicht so gut auskennt wie du."

Herbert: „Aber das ist doch kein Grund, sich zu genieren. Ich beschäftige mich immerhin schon mehrere Jahre mit anspruchsvollerer Musik. Meine Leidenschaft wurde damals im nahen Osten geweckt. Ich war bei einem Fürsten zum Essen eingeladen und als das Essen serviert wurde, begann so ein Farinelli zu singen. Ich habe nie was Schöneres gehört. Ich hatte damals den besten Hackbraten, den ich je gegessen habe. Hinterher habe ich dann erfahren, dass es dort üblich ist, dass Kastraten beim Essen singen."

Mami: „Was sagst du? Bei denen müssen Knastratten das Essen bringen?"

Herbert: „Nein Mami nicht bringen, sondern singen."

Mami: „Na ja, egal. Ich mag sowieso keinen Kackbraten und von Knastratten schon gar nicht."

Herbert: „Du kriegst Zigeunerschnitzel."

Mami: „Dann ist ja gut."

Berta: „Der Zaglauer Georg hat auch so gerne Zigeunerschnitzel gegessen, und dann war er plötzlich tot. Übrigens habe ich bei der Herfahrt den alten Wanderweg gesucht, aber ich konnte ihn nicht mehr finden."

Herbert: „Das ist völlig richtig, dass ich mich auch für Volksmusik interessiere, wenn auch nur am Rande wie ich zugeben muss. Zum Beispiel „Das Wandern ist des Müller´s Lust" ist ein Highlight in der Volksmusik."

Berta: „Das Wirtshaus ‚Krieniger' gibt es schon noch."

Herbert: „ Vor allem der G7 Accord im Refrain ist Balsam für die Synapsen."

Berta: „Dort haben wir früher immer getanzt."

Herbert: „Mozart verwendet diesen G7 Accord auch gelegentlich."

Berta: „Der Lustenauer ist mir da immer auf die Füße getreten."

Herbert: „Chopin verwendet ja lieber Moll Accorde."

Allmählich dachte ich darüber nach, ob ich den Herbert nicht vielleicht mit einer Klaviersaite erdrosseln sollte. Aber zum Glück kam das Essen, das von einem Kellner und nicht von einer Knastratte serviert wurde. Dadurch wurden die beiden beim Reden so sehr behindert, dass ich genügend Zeit fand, allerseits guten Appetit zu wünschen.

Während des Essens informierte uns Mami: „Der Herbert ist deshalb so an Musik interessiert, weil er ein so feines Gehör hat. Ihr werdet es nicht glauben, aber er hört genauso gut wie der Hund von unserem Nachbarn!"

Herbert: „Was tu ich?"

Mami: „Du hast es doch gestern selber gesagt. Ich hab dich gefragt, was du gerade machst. Da hast du gesagt ‚ich höre wie Waldi'. Der Hund von unserem Nachbarn heißt nämlich Waldi, müsst ihr wissen."

Herbert: „Ich habe gesagt ‚Vivaldi'. Ich höre Vivaldi, die vier Jahreszeiten!"

Mami: „Ach so! Ich wusste ja nicht, dass das Gehör von den Jahreszeiten abhängt. Aber das kann schon sein, dass man im Winter besser hört, da ist nämlich die Luft klarer."

Bei der Heimfahrt machte Berta einen seligen Eindruck. Nur ein einziger Vorwurf kam über ihre Lippen: „Der Falter ist ein sehr netter Mann. Mit dem kann man wenigstens reden, weil er so gebildet ist. Ihr zwei kriegt ja den Mund nicht auf." Ich wollte noch sagen ‚und du nicht zu' aber ich verzichtete darauf und genoss die Stille während der Heimfahrt.

Hunde aus Nachbars Garten

Also bei den Kirschen aus Nachbars Garten ist es ja so. Man schleicht sich hinüber, späht nach allen Seiten, auf dass man nicht beobachtet wird und stopft sich mit Kirschen voll gemäß dem Bibelwort: Wenn du im Weinberg bist, so magst du davon essen bis du platzt, aber du sollst dir nichts davon in die Taschen stecken. Nun Wein oder Kirschen ist doch einerlei. Mit dem Hund unseres Nachbarn ist es genauso. Er schleicht sich zu mir herüber, späht nach allen Seiten, auf dass ihn meine Frau nicht beobachtet und stopft sich mit den Leckereien unseres Hundes voll bis er platzt. Aber ich muss zugeben, dass er sich noch nie etwas in seine Taschen gesteckt hat.

„Jetzt ist dieses Biest schon wieder in unserem Garten". Die Empörung meiner Frau war völlig berechtigt. Was so harmonisch begann, endete in einem Labyrinth des Grauens. Wie haben wir uns gefreut, als sich der reizende Nachbarhund uns damals anschloss, als wir mit Bessie, unserer Hundedame einen Spaziergang machten. Herrlich, den beiden zuzusehen, wie sie über die Wiese tollten. Unserer Bessie tat es sichtlich wohl, sich einmal so richtig auszupowern. Auch der Nachbarhund, er hieß Frankie, hatte seinen Spaß daran, denn von da an kam er uns jede Woche einmal besuchen, spielte mit unserer Bessie und lief dann selbständig wieder nach Hause. Frankie sah Sinatra nicht nur ein wenig ähnlich, sondern war ebenso erfolgreich beim schwächeren Geschlecht wie sein amerikanisches Vorbild, obwohl beide körperlich nicht viel hermachten. Ich glaube, der Erfolg liegt in der unverschämt lässigen Art, wie sich die beiden bewegen. Um unserer Verantwortung für den Adoptivhund gerecht zu werden, wählten wir einen Weg weitab von allen Straßen. Eine etwas langweilige Route zugegeben, aber dafür absolut gefahrlos. Wir waren so begeistert, dass wir unsere Nachbarin, Frankies Frauchen, einweihten, damit sie unsere Freude über die neu entstandene Hundefreundschaft mit uns teilen konnte.

Auch unsere Nachbarin war entzückt über die innige Freundschaft unserer Vierbeiner. Wie sehr sie den ihren liebte, erkannten wir daran, dass er ab sofort täglich vor unserer Tür stand, um uns bei unserem Spaziergang zu begleiten. Wann immer wir das Haus verließen, Frankie lehnte lässig an einer Säule unserer Veranda, die Beine überkreuzt und summte „I did it in my way". Dabei grinste er unsere Bessie herausfordernd an, während sie, den Kopf etwas höher als sonst, an ihm vorbei trabte. Bildete ich mir das nur ein, oder warf sie ihren Po besonders aufreizend von einer auf die andere Seite?

„Die Schlampe genießt das auch noch", schimpfte meine Frau, „du musst dem Ganzen ein Ende bereiten. Geh hin zur Nachbarin und sag ihr, sie soll sich gefälligst selbst um ihre Promenadenmischung kümmern."

Ich tat wie mir geheißen und legte unserer Nachbarin den Sachverhalt dar und bat sie schließlich ihren Hund künftig nur einmal pro Woche freizulassen. Sie versprach mir das gerne und ich ging zufrieden nach Hause.

Tags darauf begrüßte mich Frankie besonders freudig und den Tag darauf auch. Die nächsten zwei Wochen ging das so. Darauf angesprochen, erklärte uns die Nachbarin, dass sie alle erdenklichen Schritte unternähme, um ihren Hund daran zu hindern uns zu besuchen, aber das unfolgsame Vieh trickse sie jeden Tag aufs Neue aus. Meine Frau sagte, als wir wieder zu Hause waren: „Die lügt doch. Vielleicht trickst sie der Hund einmal aus, meinetwegen auch ein zweites Mal, aber das geht jetzt schon seit drei Monaten. Hältst du es für möglich, dass ihr Hund klüger ist als sie?"

„Nein", widersprach ich, „klüger nicht, nur trickreicher."

Gerade als ich mich am nächsten Tag allein mit unserem Hund auf den Weg machen wollte, weil meine Frau abgängig war, kam sie doch noch gemeinsam mit Frankie um die Ecke.

„So, jetzt hab ich sie", erklärte sie mir, „ich hab mich auf die Lauer gelegt und weiß jetzt alles. Ihr Hund trickst sie gar nicht aus. Ich habe gehört wie sie zu ihm sagte ‚Wenn du spazieren gehen willst, musst du dich auf den Weg machen, sonst sind die Nachbarn weg'. So eine Frechheit, die schickt den Hund mit voller Absicht zu uns. Tu etwas, damit wir dieses Mistvieh nicht ständig auf dem Hals haben."

„Also gut", sagte ich, „dann dreh ich dem Mistvieh jetzt den Hals um."

„Mörder! Wenn du das tust, dann lass ich mich scheiden. Das süße Hundchen, und du willst es umbringen."

„Du hast doch gesagt …"

„Aber doch nicht so. Du sollst ihm beibringen, dass in Zukunft sein Frauchen mit ihm Gassi geht."

„Du meinst also, ich soll das Frauchen dressieren und nicht das Hündchen?"

„Wie du es machst, ist mir egal."

Das süße Hundchen konnte es nicht abwarten, sich bei seiner Lebensretterin zu bedanken. Kurzerhand nahm es die Abkürzung mitten durch eine Regenpfütze und sprang an meiner Frau hoch und hinterließ tausend kleine Fußabdrücke auf ihren weißen Jeans.

„Bring das Mistvieh sofort zurück", schrie sie mich an, als ob ich etwas dafür könnte. Vorsorglich fügte sie aber hinzu, „ tu ihm aber bloß nicht weh dabei!"

Auf unserer Runde, die wir üblicherweise gehen, berieten wir, was wir tun könnten. Einerseits mögen wir ja den Frankie und begrüßen es durchaus, wenn er uns einmal die Woche begleitet. Was uns stört, ist, dass wir ihn jeden Tag mitnehmen sollen. Schließlich kamen wir überein, dass uns vielleicht eine Wallfahrt nach Altötting helfen könnte. Wer weiß, vielleicht ließ sich unser Problem mit Hilfe von oben aus der Welt schaffen. Kurz und gut. Altötting war uns dann doch zu weit und wir versuchten es erst einmal mit unserer Dorfkapelle.

Ich wandte mich an den Schöpfer des Universums: „Bitte lieber Gott, mach, dass unsere Nachbarin einsichtig wird und uns ihren Frankie nur mehr einmal pro Woche herüberschickt."

Der Zufall wollte es, dass unsere Nachbarin auf die gleiche Idee kam wie wir. Sie saß zwei Bänke vor mir, und ich konnte sie beten hören: „Bitte lieber Gott, schenke meinen Nachbarn Geduld, auf dass sie meinen Frankie auch weiterhin möglichst täglich mitnehmen. Vor allem aber, wenn es draußen regnet. Du weißt, dass ich mich so leicht erkälte. Im Voraus tausend Dank für deine Hilfe!"

Sie stand vor mir auf. Beim Verlassen der Kapelle kam sie an mir vorbei und wurde etwas verlegen. „Ich habe für dich gebetet", entschuldigte sie sich bei mir, „dass du im Winter nicht auf einer Eisplatte ausrutschst."

„Hast du das gehört?", fragte mich meine Frau, als wir wieder allein waren. „Den Frankie werden wir nicht mehr los. Der bleibt uns unser ganzes Leben. Warum hast du dich nicht da oben bedankt?"

„Ich hab nicht daran gedacht."

„Deine Nachlässigkeit kostet uns die letzten Nerven!"

Am nächsten Tag wurden wir schon von Frankie erwartet. Ich war irgendwie resigniert und ratlos und gab ihm etwas von den Leckereien für unsere Bessie ab, die er sofort gierig verschlang.

„Warum fütterst du das Vieh auch noch?", wollte meine Frau wissen.

„Was spielt das noch für eine Rolle?"

Im Laufe der nächsten beiden Monate gewöhnte sich Frankie immer mehr an uns. Dass er mir mittlerweile besser gehorchte als mein eigener Hund, störte mich schon ein wenig. Anscheinend wollte er sich für die Leckereien, die er erhielt, wenn er etwas richtig gemacht hatte, bedanken.

Es war an einem Mittwoch, ich erinnere mich noch genau, als alles ein jähes Ende hatte. Es klingelte und als ich öffnete, stand meine Nachbarin wutentbrannt in der Tür. „Das ist ja so gemein, was ihr da macht. Das hätte ich euch wirklich nicht zugetraut. Dass ihr euch nicht schämt. Meinen Frankie lasse ich jedenfalls nicht mehr mit euch spazieren gehen!"

Wir waren ganz perplex und wussten erst nicht, was genau sie damit meinte. Erst später haben wir erfahren, dass Frankie auf unseren Spaziergängen soviel von den Leckereien in sich hinein gefuttert hatte, dass er die übliche Hundekost, die er zu Hause erhielt, verschmähte. Unsere Nachbarin war daher gezwungen, auf eine teurere Marke auszuweichen, damit Frankie überhaupt nur daran dachte, auch zu Hause etwas zu fressen. Er darf jetzt überhaupt nicht mehr mit uns spazieren gehen. Finde ich irgendwie schade. Einmal in der Woche war er uns doch recht angenehm.

In Sachen Orwell

Georg Orwell hat 1948 einen totalitären Zukunftsstaat beschrieben, in dem jeder einzelne von uns bis ins privateste Privatleben überwacht wird. Seine Schilderungen sind so grauenvoll, dass sie bis heute sehr kontrovers diskutiert werden. Leider gelang mir der unwiderlegbare Beweis für die Richtigkeit seiner Vorhersage.

Wie bei allen wirklich großen Gemeinheiten, die sich die Menschheit während der letzten paar hundert Jahren ausgedacht hat, war es auch hier der Zufall, dem wir die lückenlose Aufklärung zu verdanken haben. Meine Frau und ich saßen gerade am Frühstückstisch, als sie mich informierte, dass wir die nächsten drei Wochenenden reihum von den Honoratioren unserer Gemeinde eingeladen werden würden. Ich war darüber kaum erfreut. Im Gegenteil. Ich war leicht verärgert, weil es so lange gedauert hat, bis man auf uns aufmerksam geworden ist.

„Leider gibt es da ein Problem", ließ sie mich weiter wissen.

„Ich wüsste nicht, wo", gab ich indigniert zurück.

„Du hast keine einzige Hose, die dir richtig passt. Die sind dir alle zu kurz, ich weiß auch nicht warum!"

„Dann musst du mir eben neue kaufen!"

Ich hatte keine Ahnung, was sie genau meinte. Der Kauf meiner Kleidung fällt in ihren Zuständigkeitsbereich, weil es mich nervt, mir meine Kleidergröße zu merken. Dies war ein wesentlicher Aspekt, wenn auch selbstverständlich nicht der einzige, damals bei der Entscheidungsfindung, ob ich überhaupt heiraten soll.

Damit war das Problem vorläufig aus der Welt. Meine Frau besorgte mir drei neue Hosen, die mir nicht nur wie angegossen passten, sie waren auch noch sichtbarer Beweis für den exquisiten Geschmack des Käufers. Selbst unsere Gastgeber, die wir am Wochenende besuchten, bewunderten, wie ihre Gäste übrigens auch, meine neue Garderobe. Meine Hosen waren modisch betrachtet der letzte Schrei, aber nicht aufdringlich. An Eleganz waren sie denen der anderen anwesenden Herren überlegen ohne sie in den Schatten zu stellen. Darauf legten meine Frau und ich großen Wert, wir wollten nämlich keine Neidgefühle wecken.

Selbst Angelique, die Frau unseres Nachbarn zur rechten Seite, konnte sich kaum satt sehen an meiner modischen Erscheinung. Eigentlich heißt sie Angelika, aber seit sie vor 25 Jahren an einem regionalen Schönheitswettbewerb teilgenommen hat, lässt sie sich Angelique rufen. Sie hätte damals sogar den ersten Preis gemacht, wenn die Jury nicht bestochen gewesen wäre. Immerhin, seit dieser Zeit ist sie auf jeder Party unumschränkter Mittelpunkt, und ich durfte mich in ihrem Glanz sonnen. Sie hatte nur Augen für mich und mir entging das Glitzern in ihren Augen keineswegs. Ich weiß selber nicht, warum ich mich an jenem Abend so wohl gefühlt habe, weil ich die Neidgefühle der anwesenden Herren, die jetzt doch aufkamen, eigentlich vermeiden wollte. Aber was kümmerte es mich. Selber Schuld, wenn ihnen in ihrer jämmerlichen Eifersucht der Blick für die Realität abhanden kam. Vor allem Heinz Grundmüller neidete mir meinen Erfolg und hielt nicht mit abwertenden Bemerkungen über meine Person zurück, wurde aber von niemandem wirklich ernst genommen, schon gar nicht von Angelique. Soll er sich gefälligst hinter mir anstellen, wo er hingehört, der Wicht. Meine Frau beteiligte sich nicht an diesem armseligen Heischen nach den vorderen Plätzen. Sie steht über solchen Banalitäten. Klasse Frauen haben eben einen klasse Geschmack. Jedenfalls was Männer anbelangt, das weiß sie aus eigener Erfahrung. Sie sah lediglich auffällig oft nach der Zimmerdecke. Das tut sie sonst nur, wenn mein Benehmen dümmlich auf sie wirkt.

Ich selber habe es nicht erwartet und war wirklich überrascht, als ich das Wochenende darauf, wir waren vom zweiten Bürgermeister eingeladen, noch mehr im Mittelpunkt des Interesses stand. Selbst meine Frau war leicht genervt von der Aufmerksamkeit, die mir entgegen gebracht wurde. Heinz Grundmüller wagte es nicht, mir auch nur einen bösen Blick zuzuwerfen.

Die nächste Party, sie sollte bei dem größten Fabrikanten unserer Region stattfinden, konnte ich kaum abwarten. Die schönste der drei Hosen hatte ich mir extra für diesen Abend aufgehoben. Dass ich das Interesse an meiner Person nach der zweiten Party nicht steigern konnte, hat mich nicht wirklich überrascht. Wenn man ein gewisses Image erreicht hat, lässt es sich eben nicht mehr steigern, man kann es dann nur noch halten. Eigentlich war ich recht froh darüber, weil mir mitgeteilt wurde, dass Angelique's Mann bereits mit dem Gedanken spielte, mich zu verprügeln. Warum lässt er sich beim Kauf seiner Hosen nicht von meiner Frau beraten, der Trottel.

Unser Erfolg bei den drei Einladungen war so überwältigend, dass wir tatsächlich zu drei weiteren Partics eingeladen wurden. Voraussetzung dafür war zweifelsfrei ein tadelloses äußeres Erscheinungsbild. Wir wollten nichts dem Zufall überlassen und kauften extra eine neue Waschmaschine in dcncn wir die drei neuen Hosen, die uns den Weg nach oben ebneten, wuschen.

Das Ergebnis war niederschmetternd. Alle drei waren sie beim Waschen eingelaufen. Wir hängten sie in den Schrank neben die anderen zu kurzen Hosen. Um neue Hosen zu kaufen, war keine Zeit mehr, also blieb mir nichts anderes übrig, als mit einer zu kurzen Hose bei der Einladung zu erscheinen. Was soll's, dachte ich mir. Ich bin ja noch der Gleiche. Von intelligenten Menschen darf man wohl erwarten, dass sie zwischen den inneren Werten und den schnöden Äußerlichkeiten unterscheiden konnten.

Sie konnten nicht. Angelique warf einen kurzen Blick auf meine Hosen, verzog ihren Mund zu einer verächtlichen Miene und wandte sich Heinz Grundmüller zu, der sichtlich Mühe hatte, nicht lauthals loszulachen. Ich fand das etwas übertrieben. Die Hosen reichten eh noch fast bis zu den Schuhen.

„Ärgere dich nicht", flüsterte mir meine Frau zu, „es sind oberflächliche Menschen, die nicht in der Lage sind, die wahren Werte zu erkennen."

Recht hat sie. Außerdem ist eine Frau mit schiefem Mund gar nicht so hübsch. Die Jury war damals nicht bestochen. Sie haben Angelika nur an den Platz gestellt, an den sie gehört; nämlich ins Mittelfeld. Heinz Grundmüller hingegen, der schon immer Mittelpunkt der Party sein wollte, drängte sich mit abgeschmackten Platituden in den Vordergrund. Er merkte nicht einmal wie peinlich das auf die Umstehenden wirkt, wenn sich jemand so in den Vordergrund drängt. Meine Frau sah vielsagend zur Decke und ich schüttelte zustimmend den Kopf, um mich von diesem angeberischen Wichtigtuer zu distanzieren.

Wieder zu Hause hatte meine Frau eine Idee, die ich schlicht als genial bezeichnen möchte.

„Ich hab's", wandte sie sich an mich, „ich kaufe dir jetzt drei neue Hosen. Diesmal bestelle ich sie aber eine Nummer größer. Wenn sie nach dem Waschen eingelaufen sind, müssen sie dir wie angegossen passen." Glücklich der Mann, der mit einer Frau verheiratet ist, die über einen brillanten Verstand verfügt.

Ich konnte es kaum erwarten. Gleich nachdem die Hosen trocken waren schlüpfte ich in eine hinein. Es war kaum zu glauben, was ich sah. Die Hosen waren überhaupt nicht eingelaufen. Alle drei waren nach wie vor zu lang.

„Das kann ich nicht verstehen", sagte meine Frau. „Es sind die gleichen Hosen wie beim letzten Mal. Nur eine andere Größe. Warum laufen sie einmal ein und einmal nicht? Verstehst du das?"

„Nein!" Ich verstand es auch nicht. Eigentlich, sollte man meinen, müssten die Hosen doch immer gleich reagieren. Entweder sie laufen ein oder nicht.

Da ich bei der nächsten Einladung nicht schon wieder mit zu kurzen Hosen auftauchen wollte, entschied ich mich für eine von den neuen Hosen, auch wenn die ein bisschen zu lang waren. Der Erfolg war niederschmetternd. Angelika begrüßte mich nicht einmal. Ich hörte nur, wie sie zu Heinz sagte: „Vielleicht wächst er ja noch rein". Und er antwortete: „Er hatte schon immer ein Problem damit, sich zu entscheiden. Einmal zu kurz, einmal zu lang. So ist er eben." Am liebsten hätte ich ihm die Faust in seine grinsende Fresse geschlagen. Bei nochmaliger Betrachtung von Angelika kam ich zu der Ansicht, dass die Jury damals doch bestochen war. Sie selber hat ihnen Geld gegeben, damit sie nicht letzte wird.

Zu der nächsten Party, die die Woche darauf beim ersten Bürgermeister stattfinden sollte, waren wir dann nicht mehr eingeladen. Unser Gemeindevorsteher höchstpersönlich informierte mich darüber. „Es werden jede Menge Fotographen da sein und die Bilder werden dann veröffentlicht. Sie verstehen?" Der hat das letzte Mal meine Stimme erhalten. Höchste Zeit, dass ein anderer Bürgermeister wird. Ein Mann, der über den erforderlichen Verstand verfügt. Ob seine Hosen zu kurz oder zu lang sind, darf dabei keine Rolle spielen.

Unser Problem war damit natürlich noch nicht aus der Welt. Wir hatten die Absicht den Fehdehandschuh, den uns die Bekleidungsindustrie ins Gesicht geschleudert hatte, aufzunehmen und ihn den Modeheinis in den Mund zu stopfen. Die sollten ja nicht glauben, mit wem sie sich da angelegt hatten.

Wir bestellten bei einem anderen Modehaus zwei gleiche Hosen, nur in verschiedenen Größen. Eine passende und eine, die etwas zu lang war. Nachdem sie gewaschen waren, kam meine Frau zu mir: „Ich versteh das nicht. Die kleinere ist wieder eingelaufen, die längere nicht."

„Das kann nicht sein", erwiderte ich, „die beiden Hosen sind absolut identisch bis auf die Größe. Die müssten doch beide einlaufen. Das kann doch kein Zufall sein. Ich glaube, die haben meine Größe im Computer gespeichert und die Hosen sind aus verschiedenem Material, das nur gleich aussieht. Die, die passt, läuft ein und ich kann sie nach einmal Waschen wegwerfen, die andere kann ich gleich wegschmeißen weil sie nicht passt und auch nie passen wird." Wir beschlossen, den Versuch im nächsten Monat zu wiederholen. In diesem Monat hatten wir kein Geld mehr für noch zwei Paar Hosen. Obwohl wir diesmal die Hosen wieder bei einem anderen Versandhaus erstanden, war das Ergebnis dasselbe. Wir waren mit den Nerven am Ende und am Boden zerstört, als uns eine Anzeige in der hiesigen Zeitung auffiel.

Sind sie mit den Nerven am Ende und am Boden zerstört? Wenden Sie sich an uns. Wir lösen ihr Problem. Mit Geld zurück Garantie.

Schon nach zwei Tagen besuchte uns ein freundlicher Herr dieser Firma und wir schilderten ihm unser Problem. Das Problem schien ihm bekannt zu sein, denn er lächelte wie einer, der seiner Sache absolut sicher ist. „Das Ganze ist doch sehr einfach. Wir leben in einem Überwachungsstaat und unsere Daten werden in einem Zentralcomputer gespeichert. Große Firmen haben Zugang zu diesen Daten. Deshalb läuft auch die passende Hose immer ein und nicht die andere. Das ist ihr Beitrag zur Wegwerf-Gesellschaft. Ich hoffe, dass sie mit dieser Auskunft zufrieden sind. Das macht dann 250 Euro."

„Und warum laufen dann die Hosen meiner Bekannten nicht ein?"

„Wer sagt ihnen, dass die nicht einlaufen?"

„Also gut, nehmen wir Ihre Hosen. Laufen die auch ein?"

„Nein!", gab er kleinlaut zu. „Vielleicht sind Sie schon vom Computer erfasst und ich noch nicht"!

„So einen Blödsinn habe ich auch noch nicht gehört. Sie haben mein Problem nicht gelöst und erhalten auch kein Geld, damit das klar ist."

„Sie müssen die 250 Euro aber bezahlen. Sonst können wir sie nicht zurück erstatten. Verstehen sie das denn nicht?"

Es war nicht einfach, den Kerl aus meiner Wohnung zu werfen, weil er sich heftig wehrte. Aber zuletzt siegte die Gerechtigkeit.

Sollten Sie, verehrter Leser, in nächster Zeit einem Mann, der ansonsten einen intelligenten Eindruck macht, mit einer zu langen oder zu kurzen Hose begegnen, haben Sie bitte Verständnis. Ich werde überwacht. Sie nicht.

Im Gesetzesdschungel

Es gibt einen gewissen Unterschied zwischen der Anzahl der Wörter der 10 Gebote und der Wörter, die den Krümmungsgrad der Banane regeln. Warum das so ist, werde ich nie verstehen, aber ich bin ja auch nur ein einfacher Bürger, der sich fragt: Wieso um alles in der Welt brauchen wir so viele Gesetze?

Gleich am allerersten Schultag im Gymnasium unserer Klosterschule kam er zu mir, um sich vorzustellen. „Gestatten, Horst von Crausewitz", informierte er mich emotionslos und überreichte mir seine Visitenkarte, „ich wollte dich informieren, dass ich für das Amt des Klassensprechers kandidiere. Mein Hauptanliegen ist es, klare Regeln zu vereinfachen um uns das Leben zu erleichtern." Das klang gar nicht einmal so schlecht, auch wenn ich einigermaßen irritiert war, dass ein zehnjähriger mit Visitenkarten um sich wirft. Immerhin hatte er so viele unserer zukünftigen Klassenkameraden beeindruckt, dass er mit der haushohen Mehrheit von 15 zu 14 Stimmen gewählt wurde. Hurtig machte er sich ans Werk und stellte einfache Regeln klar aus, indem er die freie Wand in unserem Klassenzimmer mit Ge- und Verbotsschildern tapezierte. Wann immer er etwas aufschnappte, was man verbieten könnte, malte er ein hübsches Plakat um jedermann über das neue Verbot in Kenntnis zu setzen. Anfangs begnügte er sich noch mit allgemeinen Vorschriften wie: „**Im Klassenzimmer müssen Hausschuhe getragen werden!**" oder „**Keine Kaugummis unter die Tische kleben!**" Leiser Verdacht kam in uns auf, ob wir nicht vielleicht aus Versehen einen Wichtigtuer zu unserem Sprecher gemacht hatten. Aber nachdem er die Pinnwand mit Ge- und Verboten zugekleistert hatte, begann er lästig zu werden. Irgendwann hielt er sich nicht mehr mit der Frage auf, ob seine Plakate Sinn machen oder nicht. Auf seinem nächsten Plakat stand: „**Zigarettenkippen nicht auf den Boden werfen!**" Wir waren damals 10 oder 11 Jahre alt und dachten noch nicht einmal ans Rauchen.

Darauf folgte: „**Alle Schüler haben sich während einer Autofahrt den Sicherheitsgurt umzulegen!**" Eine gesetzliche Vorschrift gab es zur damaligen Zeit noch nicht und wir dachten darüber nach, ob wir nicht vielleicht ihn umlegen sollten, weil er sich in Dinge mischte, die ihn eigentlich nichts angingen. Möglicherweise war Blausäure die Ursache für die adlige Farbe seines Blutes. Horst selber nahm unseren Unmut überhaupt nicht zur Kenntnis. Er nahm unsere Anwesenheit gar nicht mehr wahr. Manche von uns dachten, er schwebte in anderen Regionen, ich hatte einen ganz anderen, viel schrecklicheren Verdacht. Und ich sollte Recht behalten. Horst hatte sich ein Buch über mittelalterliche Gesetze aus England besorgt.

Den Auftakt zu seiner Verordnungswut machte folgendes Plakat: „**Schüler dürfen nur dann in der Öffentlichkeit urinieren, wenn es am Hinterreifen des eigenen Autos passiert und die rechte Hand auf dem Auto ist!**" Dieses Plakat war es auch, welches ihm seinen künftigen Spitznamen „Crazy Horst" einbrachte. Dass dieser Spitzname durchaus seine Berechtigung hatte bewies er umgehend mit seinem nächsten Plakat, auf dem er ein Gesetz veröffentlichte, welches vor langer Zeit in Chester Anwendung fand. „**Walisische Schüler dürfen nur innerhalb der Klostermauern und nach Mitternacht mit Pfeil und Bogen erschossen werden!**"[1]

---

1 So ein Gesetz gibt es in Chester wirklich. Natürlich kommt es nicht zur Anwendung. Aber es wurde auch nie gelöscht.

Zum Glück hatten wir keinen walisischen Schüler und mussten bereits um 20.15 Uhr im Bett sein. Das mag der Grund gewesen sein, warum diese Vorschrift damals keinen größeren Schaden angerichtet hatte, unseren Prestigeverlust bei den höheren Klassen einmal nicht mit eingerechnet. Trotzdem hatte er damit den Bogen überspannt. Dem Antrag des zweiten Klassensprechers, „Crazy Horst" wieder zu einem normalen Schüler zu degradieren, wurde einstimmig stattgegeben. Irgendwie war es uns schließlich peinlich, von den Schülern der anderen Klassen ständig hinter vorgehaltener Hand verlacht zu werden.

Heute sind diese Erinnerungen natürlich nur noch Nostalgie. Im Traum hätte ich nicht damit gerechnet, je wieder etwas von Crazy Horst zu hören. Mir wäre vor Schreck beinahe das Glas aus der Hand gefallen, als er plötzlich aus dem Fernseher grinste, als ihn die Nachrichtensprecherin als neues Bundestagsmitglied vorstellte. Jäh wurden die schlimmsten Erinnerungen wach. Die Politik war genau das Gebiet, wo Crazy Horst nicht hingehörte. Keine Ahnung, wie er das geschafft hatte. Wahrscheinlich das Adelsprädikat. Anders kann ich es mir nicht erklären. Zwei Jahre lang regierte er unauffällig im Pulk seiner Parteigenossen, obwohl ihm bescheinigt wurde, dass er einer der fleißigsten Politiker war, die je im Bundestag saßen. Von einem Klassenkameraden habe ich neulich erst erfahren, dass er schon über 200 Gesetzesvorlagen eingereicht hatte, von denen es zum Glück keine einzige bis zur Abstimmung gebracht hatte.

Dann machte seine Partei einen schwerwiegenden Fehler. Sie betraute ihn mit einer Aufgabe, für die man normalerweise nur Männer beauftragt, die sich der Verantwortung, die in sie gesetzt wurden, bewusst sind. Sie schickten ihren Mann nach Uganda, um dort die diplomatischen Beziehungen nicht ganz einschlafen zu lassen. Kein Mensch weiß, wie er es geschafft hat, hiesige Politiker davon zu überzeugen, ins dortige Grundgesetz einen Passus über Schneeräumpflichten einzubauen. Selbst der Justizminister von Uganda hat keine Erklärung dafür. „Wir dachten", entschuldigte er sich, „die schicken uns Herrn von Crausewitz. Dass sie uns stattdessen Crazy Horst schicken, ist wieder typisch für die Hinterlist der

115

Europäer. Außerdem," fügte er hinzu, „ sei sein Berater Herr MBoto für die peinliche Situation verantwortlich." Herr MBoto seinerseits erklärte, er wäre von Herrn von Crausewitz verhext worden und stammelte etwas über Woodoo-Zauber. Nachdem man ihm erklärt hatte, dass auch in Afrika die Zeiten für Woodoo vorüber sind, trat er von seinem Posten zurück. Von Crazy-Horst's Parteigenossen wurde die Angelegenheit heruntergespielt. Vorsorglich wurden die wichtigsten Journalisten eindringlich gebeten, über den Vorfall kaum oder noch besser, gar nicht zu berichten. Schließlich handelte es sich ja nur um eine Bagatelle und die 250000 Schneeschaufeln, die Herr von Crausewitz bei dieser Gelegenheit verkauft hatte, könnten auch zum Sand schaufeln verwendet werden.

Trotzdem gab es mehrere Länder, darunter auch Russland, die Herrn von Crausewitz zur Persona non grata erklärten. Sofort witterten die Amerikaner eine Gelegenheit, der Welt Russlands Engstirnigkeit vor Augen zu halten. Um ihre Toleranz gegenüber unorthodoxen Politikern zu demonstrieren, schickten sie ihm eine liebevolle, wenn auch distanzierte, förmliche Einladung. Kaum gelandet, machte sich Hotte, wie ihn seine Genossen mittlerweile nannten, um seine Harmlosigkeit zu betonen, mit der ihm eigenen Beharrlichkeit daran, die amerikanischen Gesetze auf ihre Schwachstellen zu untersuchen.

Gleich nachdem er seine Koffer ausgepackt hatte, wurde Crazy Horst fündig. Er hatte die Absicht, das Überflugrecht über Amerika für UFO 's zu revolutionieren. In Maine war es ihm bereits gelungen, den Rechtsverkehr für UFO's per Gesetz zu regeln, wobei er sich erfolgreich gegen Einwände, die aus England kamen, zur Wehr setzte. In Georgia erreichte er ein Verkaufsverbot für Außerirdische für Coca-Cola und führte im Fall einer Zuwiderhandlung empfindliche Strafen ein. In Nevada konnte er die verantwortlichen Politiker davon überzeugen, ein Überflugrecht generell zu verbieten, um die Area 51 zu schützen. Als er das Gleiche auch in New Mexico erreichen wollte, wurde er kurzerhand in ein Flugzeug nach Frankfurt gesetzt. Schließlich war man in New Mexico auf die Einnahmen Roswells und der dortigen UFO-Verrückten angewiesen.

Viele sind der Meinung, dass es eine Gemeinheit der Amerikaner war, dass sie Crazy Horst in Victoria, im kanadischen British Columbia, ins Flugzeug setzten, nicht ohne ihm vorher noch die Schönheiten der kanadischen Landschaften zu zeigen. Wissbegierig sog Horst von Crausewitz alle neuen Eindrücke in sich auf, um sie später verwenden zu können.

Kaum hatte sich Crazy Horst wieder an sein langweiliges Alltagsleben gewöhnt, als ihm schmerzhaft bewusst wurde, welche beinahe kriminelle Unterlassungssünde er in seiner politischen Laufbahn begangen hatte. Hatte ihm nicht der Bürgermeister dieser kanadischen Provinzstadt, wie hieß sie gleich wieder, ist ja egal, gesagt, dass sich ständig soundso viele Touristen in der Wildnis verlaufen und einen schrecklichen Hungertod sterben müssen, wenn sie nicht vorher von einem Bären angefallen werden.

Hotte´s Knie wurden ganz weich, als er so mir nichts dir nichts mit seiner Lebensaufgabe konfrontiert wurde. Sein ganzes Trachten würde fürderhin auf die Rettung von Wanderern, die sich verlaufen hatten, ausgerichtet sein.

Die Wichtigkeit ebenso wie die Dringlichkeit dieser Unternehmung lagen so klar auf der Hand, dass er die Zustimmung seines Parteivorsitzenden gar nicht erst abwartete. Bei so einem Projekt konnte der sowieso nicht mehr nein sagen. Als Pilotprojekt sozusagen sollte ihm der Spessart dienen. Auf einer Fläche von ca. 2500 km² würde er bei einem Abstand von jeweils hundert Metern 250000 Eisensäulen benötigen. Jede dieser Säule sollte dann mit einem Navigationsgerät ausgestattet sein. Nie wieder, so schwor er sich, sollte einem Wanderer dasselbe Schicksal beschieden sein, wie diesen unglücklichen Kerlen in Kanada. Der Preis pro Rettungssäule betrug 1000 Euro, inklusive Anbringung am Standort. Kein Preis für ein gerettetes Leben also. In Gedanken durchlebte er bereits das Hochgefühl, welches das überschwängliche Lob in den Tageszeitungen dereinst in ihm auslösen würde. Die Genehmigung seiner Parteivorsitzenden also voraussetzend, bestellte er für 250 Millionen Euro die notwendigen Lebensretter zu Lasten der Staatskasse.

Crazy-Horst konnte am nächsten Tag die Kritik an seiner Person nicht begreifen. Einige seiner Parteigenossen mussten anscheinend ein Brett vorm Kopf haben, da sie seine Aktion zur Rettung verirrter Wanderer nicht gebührend wertschätzen konnten. Wie vom Donnerschlag gerührt, musste er erfahren, dass die Parteispitze seinen Ausschluss aus der Partei befürwortete. Sein Schwager, auch Mitglied der Parteispitze konnte immerhin erreichen, dass man ihm für einen Rücktritt seinerseits eine Frist von zwei Monaten einräumte. Völlig konsterniert reichte Crazy Horst daraufhin seinen Rücktritt ein. Für die fällige Stornogebühr von 25 Millionen Euro wurde er nicht haftbar gemacht, da er im guten Glauben gehandelt hatte.

Mittlerweile hat er sich auf die Insel Rügen zurückgezogen, wo er sich ein Restaurant gekauft hat, welches er zusammen mit Herrn MBoto betreibt. Bezahlt hat er das Restaurant, das die Beiden „Woodoo-Stüberl" nannten, von seiner Vermittlungsprovision, die er für den Auftrag seiner Rettungssäulen erhalten hatte. Bei unserem letzten Urlaub hätten meine Frau und ich ihm beinahe einen Besuch abgestattet. Ich weiß auch nicht, was uns abgehalten hat. Vermutlich waren es die unglaublich vielen Verbotsschilder und Benimmregeln, die er in seinem Restaurant aufgehängt hatte.

Erinnerungen an die Kindheit

Es gibt viele Mütter, die anderen immer wieder vorwerfen, dass sie für die Untugenden ihrer Bälger nur deshalb kein Verständnis haben, weil sie vergessen haben, dass sie auch einmal Kind waren. Was sie damit sagen wollen, weiß ich nicht. Vielleicht glauben sie, wir sollen uns wie Kinder benehmen und in Pfützen springen, wie wir das früher getan haben. Nun, in meinem Fall ist das nicht wahr. Ich kann mich sehr wohl erinnern, ich mag nur nicht. Ich habe meine Erinnerungen verdrängt.

„Jetzt stell dich nicht so an. Es ist doch nur für einen Nachmittag. Wir trinken eine Tasse Kaffee, danach gehen wir spazieren. Und dann fährt sie wieder nach Hause." Meine Frau versuchte mir gerade, den Besuch ihrer Schulfreundin Elvira Bauernfeind schmackhaft zu machen. Ich war davon nicht gerade begeistert. Schließlich bin ich ein Mann, der sich in seiner Freizeit mit ernsthaften Dingen wie Philosophie oder Politik beschäftigt und sich nicht die aufgewärmten Geschichten aus der Schulzeit anhören möchte. Außerdem hatte Elvira nicht nur damit gedroht, in jedem Fall ihre 6-jährige Tochter Chantal mitzubringen, sondern bildete sich auch ein, der klügste Mensch auf der Welt zu sein. Selbst ihre Mitesser haben angeblich einen IQ von 145 im Schatten. Das darf aber nicht darüber hinwegtäuschen, dass ihre Tochter Chantal Bauernfeind heißt.

„Schau, sie hat doch sonst niemanden, mit dem sie reden kann!" Immer wenn sie merkt, dass ich von einer ihren Ideen nicht begeistert bin, erinnert sie mich an meine Verpflichtung zur Nächstenliebe. „Seit ihr Mann verstorben ist, lebt sie allein mit ihrer Tochter und sie hat sich schon so gefreut. Außerdem habe ich ihr schon so gut wie zugesagt. Was soll sie von mir denken, wenn ich ihr sage, dass ich es mir anders überlegt habe? Das willst du mir doch nicht antun, oder?"

Meinen Einwand, dass sie mich vorher hätte fragen können, hatte sie überhört. Wahrscheinlich hatte ich zu leise geredet. Damit stand einem Treffen mit Elvira nichts mehr im Wege. Am Sonntag standen die beiden dann vor der Tür. Elvira war eine attraktive Frau, die keinen unsympathischen Eindruck machte, während ihr blond gelocktes Töchterlein zur Tarnung mit einem Engelsgesicht ausgestattet war. Aus der Entfernung betrachtet, hätte man die kleine Rotznase richtig lieb gewinnen mögen. Aber so groß ist unser Esszimmer auch wieder nicht. Zwangsläufig kamen wir uns näher. Während die beiden Frauen ihre Erinnerungen auffrischten, biss mich Engelchen in den Unterarm. Wenn es mir einer erzählt hätte, hätte ich ihm nicht geglaubt, dass man mit Milchzähnen bis zum Knochen durchbeißen kann.

„Also, das hätte ich nicht gedacht.", bemerkte die stolze Mutter, „normalerweise geht sie nicht so nah an Fremde ran. Sie muss dich sehr lieb haben."

Meine Frau ließ sich die Gelegenheit, mich zu tadeln nicht entgehen, „wirklich, so laut hättest du auch nicht schreien müssen. Schau, wie du die Kleine erschreckt hast. So schlimm kann die Wunde nicht wehtun!"

„Ja dir nicht. Das weiß ich schon!" Ich liebe es, wenn andere mir erklären, dass meine Schmerzen nicht wehtun. Trotzdem holte meine Frau den „Erste Hilfe" Kasten, um mich zu verbinden. „Siehst du! Schon erledigt. Du brauchst nicht einmal eine Tetanus-Spritze."

„Bist du dir da sicher?"

„Chantal hat ihren Vater sehr geliebt, da ist es doch normal, dass sie sich nicht ganz normal benimmt."

„Woher weißt du, dass sie ihren Vater geliebt hat?", flüstere ich ihr ins Ohr, „vielleicht ist er gar nicht an Krebs gestorben. Genau, die Kleine hat ihm aus Liebe die Kehle durchgebissen."

Derweil versuchte die Mutter das arme Kind zu trösten. „Komm her, mein kleiner Liebling, hat dich der böse Onkel erschreckt? Er weiß halt nicht mehr, dass er selbst einmal ein Kind war." Unwillkürlich stellte ich mir das Schild an ihrer Eingangstür vor. Ein Mädchenkopf ist darauf. Der Geifer, der von den spitzen Milchreißzähnen tropft, steht in groteskem Gegensatz zu dem blond gelockten Engelsgesicht. Und darunter steht: Hier wacht ein Deutsches Kind.

„Nein, das ist ein lieber Onkel!" Nun, ich möchte die Situation ja nicht überbewerten. Es gibt nichts erhebenderes als wenn man von einem Kind geliebt wird. Die Kleine hat ihren Vater verloren und da ist es eigentlich völlig normal, dass sie sich nicht ganz normal benimmt. Und so schlimm ist eine Fleischwunde auch wieder nicht. Außerdem zeigte sich das Kind einsichtig und saß im Anschluss artig mit uns am Tisch und lauschte den beiden Frauen, wie sie über ihre alten Freunde sprachen. Geduldig hörte sie sich an, wie ihre Mutter die Erinnerungen an die alten Freunde zu neuem Leben erwachen ließ. Wie sie doch damals in sie verliebt waren, die unmöglichen Dinge, die sie angestellt hatten, um ihr Herz zu erobern, und wie und warum sie

sie dennoch abblitzen ließ. Die Ausdauer des blonden Engels war bemerkenswert. Ganze fünf Minuten sprach sie kein Wort, aber dann wurde es ihr zuviel.

„Du Mami" platzte sie nach dieser kleinen Ewigkeit heraus, „deine Freunde waren aber ziemlich blöd!"

„Du hast ganz Recht, mein Liebling" erwiderte Mami leicht indigniert, „ willst du nicht noch etwas mit dem Onkel spielen?"

„Nein, der ist so langweilig!" dabei blickte sie auf den Verband um meinen Unterarm.

„Ich dachte, der ist lieb."

„Schon, aber langweilig ist er auch."

„Dann mach halt etwas anderes!"

„Gut."

Zuerst wanderte sie in der Wohnung umher und dachte nach. Nach einer Weile, als keiner mehr auf sie achtete, kam sie zurück und hauchte unserer Esszimmerwand mit bunt bemalten Händen frisches Leben ein. In Sekundenschnelle verwandelte sie das eintönige Weiß in ein Meer aus Frühlingsfarben.

„Das ist jetzt aber nicht ihr Ernst!" Ich weiß, dieser Ausspruch war nicht nur blöd, er kam auch viel zu spät. Aber ich war im ersten Moment so perplex, dass mir nichts Besseres einfiel.

„Du musst keine Angst haben", mischte sich jetzt die Mutter wieder ein, „sie benutzt Lebensmittelfarben. Da kann nichts passieren."

„Aha! Du meinst sie leckt die Wand hinterher wieder sauber?"

„Igitt, nein! Wer weiß, wer diese Wand schon alles angefasst hat. Ich meine nur, dem Kind kann nichts passieren, falls sie etwas Farbe in den Mund kriegt."

Trotzdem bewies Elvira menschliche Größe. Sie ließ den Blick eine Weile zwischen mir und der Kunstmalerin hin und herschweifen. Dann forderte sie das Kind auf, damit aufzuhören, die Wand zu beschmieren, weil ich ein künstlerischer Banause sci, der es nicht wert ist, dass man seine Wände verschönert.

„Setz dich her zu mir. Ich hab dir ja gesagt, dass der Onkel vergessen hat, dass er auch einmal ein Kind war!" Das war natürlich eine dumme Behauptung. Ich kann mich freilich noch an etliche Geschichten meiner Kindheit erinnern.

Zum Beispiel an den einen Montag. Tags zuvor wurde im Fernsehen der Film „Robin Hood" mit Errol Flynn ausgestrahlt. Vor allem eine Szene in dem Film beeindruckte mich ungemein, als Robin sich auf dem schmalen Steg über einen Bach gegen Little John das Wegerecht erkämpfte. Der Steg bot nur Platz für eine Person und Little John glaubte, nur weil er der größere von beiden war, ein Anrecht darauf zu haben, dass er als erster übersetzen dürfe. Aber der kleinere und sympathischere Robin Hood machte ihm schnell klar, dass das keineswegs der Fall war und warf ihn kurzerhand ins Wasser. Diese Szene gedachte ich am Montag nachzustellen. Die Brücke, die damals über die Ilz führte, war nur einspurig und so hatte ich schnell den geeigneten Opponenten ausfindig gemacht. Ich hatte mich für den Stadtbus entschieden, auf den ich mit meinem Fahrrad wartete. Endlich kam er und auch ich setzte mich in Bewegung. In der Mitte der Brücke trafen wir aufeinander. Er forderte mich auf, die Brücke zu verlassen. Ich forderte ihn auf, die Brücke zu verlassen. Nach einem kurzen Handgemenge musste ich einsehen, dass die Größenverhältnisse doch nicht ganz dieselben waren wie bei Robin Hood. Auch war das Zahlenverhältnis nicht dasselbe. Zwei Fahrgäste mussten dem armen Busfahrer helfen, weil er es allein nicht geschafft hätte, mich festzuhalten und gleichzeitig mit dem Bus weiterzufahren, da ich die Zeit, die er beim Einsteigen brauchte, jedesmal dazu nutzte, meine Stellung in der Brückenmitte wieder zu beziehen.

Und jetzt saß diese dumme Pute an unserem Tisch und verlangte allen Ernstes, dass ich mich an diese und ähnliche Geschichten erinnern sollte. Die negative Strahlung, die von ihr ausging, griff bereits auf ihre Tochter über. Der Blick des Mädchens verriet mir, dass ich drauf und dran war, ihre Sympathie zu verlieren.

Endlich war der Kaffeeklatsch vorüber und die beiden Schulfreundinnen beschlossen, sich nun dem obligatorischen Verdauungsspaziergang zuzuwenden. Elvira und auch ihre Tochter legten allergrößten Wert darauf, dass auch ich am Spaziergang teilnahm. Das Duo-Infernale gab keine Ruhe bis ich mich endlich bereit erklärte, mitzugehen. Warum auch nicht? Der Regen hatte aufgehört und die Sonne schickte ihre ersten Strahlen durch den blau-weißen Bayernhimmel.

Elvira war mit der Abarbeitung ihrer Freundesliste von früher noch nicht fertig, holte dies aber unten auf der Straße nach. Kein Wunder; nach fünf Minuten war der Kleinen wieder langweilig. Aber Kinder haben zum Glück nicht nur viel Phantasie sondern auch den unwiderstehlichen Wunsch in Pfützen zu springen. Mit dem untrüglichen Instinkt eines Kleinkindes suchte sie sich die ergiebigste aus. Meine Hose war früher einmal beige und ich wollte gar nicht wissen, was meine Nachbarn sagen würden, wenn ich plötzlich mit einer Hose im Leoparden-Look auftauche.

Die stolze Mutter war aber raffiniert genug, um meinem Protest zuvorzukommen. „Schätzchen", wandte sie sich an Chantal Bauernfeind, „ich hab dir doch gesagt, dass der Onkel vergessen hat, dass er auch einmal ein Kind war. Den bringen solche Kleinigkeiten leicht aus der Fassung. Obwohl das mit ein bisschen Waschpulver leicht wieder rausgeht. Weißt du was? Wir bringen ihn dazu, sich zu erinnern, dass er auch einmal klein war und wie schön das gewesen ist; und wenn wir ihn dazu zwingen müssen."

Natürlich habe ich eine ganz andere Wasserverdrängung als die Kleine und die Pfütze, die ich mir aussuchte übertraf meine Erwartungen bei weitem. Elviras Hosen waren an beiden Innenschenkeln nass, sodass es aussah, als wäre es etwas anderes. Lange strähnige Haare wirkten an ihr sowieso viel natürlicher als die künstlichen Locken, mit denen sie bei uns angekommen war. Ihre Bluse hatte den Hauptspritzer abbekommen. Aber mit ein bisschen Waschpulver geht das leicht wieder raus.

„Wie kommst du dazu, in eine Pfütze zu springen, du Schwein?" herrschte sie mich an.

„Ach weißt du, liebe Elvira", antwortete ich, „plötzlich war die Erinnerung an meine Kindheit wieder da!"

Am Gipfel der Möglichkeiten

Wer nicht wirbt, stirbt, lautet eine alte Werbeweisheit. Das ist natürlich geschäftlich gemeint und soll heißen: Wer nicht wirbt, macht pleite. Von wem diese Weisheit stammt, weiß ich nicht. Vermutlich von einer Firma, die Werbung verkauft. Wie man wirbt, spielt eine untergeordnete Rolle. Die Werbung muss sich nicht einmal auf das Produkt, welches man verkaufen möchte, beziehen. Das einzige, was zählt ist, dass die Leute wissen, dass man existiert.

Endlich konnte ich mich wieder einmal freimachen und nach Passau fahren. Mein erster Weg führte mich im meine Lieblingskneipe, das Centralcafe. Zu meiner großen Freude saß unser Stammtischphilosoph, mein Freund Bernie an unserem Ecktisch, der ausschließlich Künstlern vorbehalten ist. Resi, deren Hollywood-Karriere sowohl durch die niederträchtige Kritik eines übelgelaunten Filmkritikers als auch durch die Schneidewut eines feigen Regisseurs vorzeitig beendet wurde, hatte Dienst. Es war ihr deutlich anzusehen, dass sie an diesem verregneten Donnerstag nicht mit Freude bei der Arbeit war.

„Hier hast du dein Bier", sagte sie missmutig zu Bernie, „teil es dir ein, ich bin heute allein im Geschäft!"

„Was ist los, Resi? Warum bist du so grantig?", wollte er von ihr wissen.

„Ich hab doch das Pferd und bin heute eingeteilt, den Stall sauber zu machen. Ich kann aber nicht weg, weil Renate heute krank ist und ich allein bin. Jetzt kann ich mich hier abplagen."

„Sprich doch mit deinem Chef!" forderten wir sie auf.

„Hab ich schon."

„Und, was hat er gesagt?"

„Wenn ich abhaue, bin ich gekündigt!"

„Ja schon, aber die Arbeit geht vor."

„Ja schon, ja schon. Wenn ich dableibe muss ich die volle Stallgebühr zahlen, weil ich die Ermäßigung nicht abarbeiten kann. Ich steh praktisch für nichts hier."

„Weißt du was, Resi. Bring mir noch ein Bier auf deine Kosten und wir beide machen dafür für dich den Stall sauber. So kannst du hier arbeiten und trotzdem die ermäßigte Stallgebühr behalten.", kam ihr Bernie freundlicherweise entgegen.

„Das würdet ihr wirklich für mich tun?"

„Klar Resi, wofür hat man Freunde."

Während ich mein Weißbier trank, kippte Bernie seine zwei Bierchen hinunter. Dann machten wir uns auf den Weg zum Stall. Dem Stallbesitzer erklärten wir, dass wir in Vertretung von Therese Ochsenbauer hier sind, um die ermäßigte Stallgebühr abzuarbeiten. Er war damit einverstanden und erklärte uns, was zu tun ist. Es handelte sich lediglich darum, aus dem gesamten Stall die Pferdeäpfel auf eine Schubkarre zu laden und zum Misthaufen zu fahren.

Kaum hatte er uns allein gelassen, begann Bernie zu zittern.

„Genau wie ich mir gedacht habe. Mensch, Josef", sagte er mit weichen Knien zu mir, „sieh dir das an. Uns ist ein Vermögen in die Hände gefallen."

„So, so" sagte ich ungläubig, „ich wusste gar nicht, dass du Mist in Gold verwandeln kannst."

„Wir müssen soviel wie möglich in unseren Eimern verstauen. Den Rest bringen wir zum Misthaufen."

„Und so machen wir ein Vermögen?" Ich begann, an seinem Verstand zu zweifeln.

„Frag jetzt nicht. Zeit ist Geld. Wir müssen sehen, dass wir hier fertig werden."

Nach nur einer Stunde war die Arbeit erledigt. Wir hatten nicht nur den gesamten Stall ausgemistet, sondern auch noch zehn Eimer dieser kostbaren Substanz in Bernies Lieferwagen verstaut und wollten wieder zurück in unsere Lieblingskneipe, da sagte Bernie zu mir: „Du musst mir jetzt 50 Euro geben."

„Wofür", wollte ich wissen, „ich dachte wir kriegen ein Vermögen. Davon, dass wir ein Vermögen ausgeben war nie die Rede!"

„Die brauch ich für die Werbung. Jetzt stell dich nicht so an und gib mir das Geld."

Mit einem flauen Gefühl im Magen überreichte ich ihm einen 50 Euroschein.

„Ich hoffe, du weißt, was du tust!", ermahnte ich ihn vorsichtshalber.

„Mach dir keine Sorgen. Wenn ich sage, wir machen ein Vermögen, dann machen wir auch eines."

Also hielten wir vor dem örtlichen Zeitungsverlag, wo er ein Inserat folgenden Inhalts aufgab.

An alle Champignon-Züchter
Unbehandelte Äpfel-Allerbeste Qualität
Nur 2 Euro pro 10 kg Eimer
Verkauf solange der Vorrat reicht
am Samstag Vormittag ab 10.00 Uhr
An unserem Verkaufstand auf dem
Oberhausberg

„Ich hab nämlich gehört, dass am Samstag die Straße zum Oberhausberg gesperrt ist. Und im Wetterbericht haben sie gesagt, dass wir am Samstag traumhaft schönes Wetter haben werden. Man kann den Gipfel nur zu Fuß erreichen. Verstehst du?"

„Nein", gab ich ihm ehrlich zu Antwort.

„Macht nichts!"

Damit fuhren wir in unser Stammcafe zurück.

Am Samstag trafen wir uns um halb zehn Uhr am Fuße dieses ziemlich langen und ziemlich steilen Berges zu dessen Gipfel nur eine Straße führte, die Bernie mit einer Straßensperre, die er mitgebracht hatte, für unpassierbar erklärte. Die Eimer mit den Pferdeäpfeln hatte er zwischen die fünf Bierfässer und die zehn Kisten Limonade eingeklemmt, damit sie nicht verrutschen konnten.

„Die ist ja gar nicht gesperrt!", informierte ihn deshalb.

„Ja aber gleich. Wozu glaubst du, hab ich die Sperre mitgebracht. Wenn sie wirklich gesperrt wäre, müssten wir ja das ganze Zeug im

Wagen hoch schleppen. So, du fährst jetzt schon mal nach oben und baust alles auf. Ich komme gleich nach."

Sofort machte ich mich ans Werk. Mein Fahrzeug war das einzige auf dem riesigen Parkplatz und es würden auch keine Fahrzeuge mehr kommen, weil Bernie die Straße abgesperrt hatte. Ich stellte die zehn Eimer mit den Pferdeäpfeln vor den Wagen, den kleinen Tisch mit der Kasse stellte ich daneben. Zum Schluss postierte ich noch unser Verkaufsschild, welches im Wortlaut mit unserer Zeitungsanzeige identisch war. Fünfzehn Minuten hatte ich Zeit mich zu wundern, wie wir mit 10 Eimern Pferdemist meine 50 Euro Investition hereinholen sollten, da kam Bernie angeschnauft.

„Das ist anstrengender, als ich gedacht habe", waren seine ersten Worte. Dann begann er zu schimpfen: „Mensch, du hast ja noch gar nicht alles aufgebaut! Willst du uns ruinieren?"

Ich sah mich um. „Wieso, ist doch alles da!"

„Und die Getränke? Ich wundere mich, wie du auf die Idee kommst, dass wir mit 10 Eimern Pferdemist deine 50 Euro Investition hereinholen können!"

„Ja, ich habe mich selber schon gefragt …."

„Red jetzt nicht. Hilf mir lieber!"

Geschwind hatten wir auf einem zweiten Tisch eines der fünf Bierfässer gestellt, die 20 Kästen Limonade standen daneben. Mit drei geschickten Schlägen hatte er das Fass angezapft. Inzwischen hatte ich die zweite Kasse und die 1000 Pappbecher auf den Verkaufsstand gestellt. Das Verkaufsschild hatte ich glatt übersehen, weil es zwischen den Bierfässern versteckt war. Rasch hatte ich es neben dem Verkaufsstand in den Boden gerammt.

Auf dem Schild stand:

1 Halbe Bier 5,00 Euro
1 halber Liter Limonade 5,00 Euro
1 halber Liter Mineralwasser 4,00 Euro

„Ist das nicht ein wenig teuer?" fragte ich ihn.

„Im Gegenteil. Ich hab es eben ausprobiert!" erklärte er mir, und trank einen Pappbecher voll Bier in einem Zug leer.

„Gib mir gleich noch eines", forderte er mich auf, „damit ich wieder ein Mensch werde."

Ich war noch nicht überzeugt und fragte ihn.

„Wie kommst du darauf, dass wir die Getränke zu diesem Preis verkaufen können?"

Nachdem er den zweiten Becher geleert hatte, erklärte er mir: „Keine Angst, ich habe nichts dem Zufall überlassen. Das Wetter passt und es wird sogar noch heißer. Der steile Berg tut ein Übriges. Und unten steht Resi und verteilt kostenlos Brezel an die Leute. Der Bäcker ist ein Freund von mir und hat sie mir zu Liebe versalzen. Du kannst völlig unbesorgt sein. Die Leute werden sich um die Getränke reißen. Du tust besser so, als ob du mich nicht kennst."

Gerade schaffte er noch seinen dritten Becher zu leeren, da kamen auch schon die ersten Interessenten.

„Wo gibt es hier die günstigen Äpfel?" keuchten sie atemlos.

„Treten Sie näher!" schallte darauf Bernies Stimme. „Hier bekommen sie für nur 2 Euro einen 10 kg Eimer voller Äpfel! Da staunt der Laie, der Fachmann wundert sich. Sie haben richtig gehört. Ein ganzer 10 kg Eimer für nur 2 Euro!"

„Wollen Sie uns auf den Arm nehmen. Das ist ja Mist, was sie hier anbieten."

„Selbstverständlich. Und zwar Pferdemist, auch bekannt als Pferdeäpfel. Es gibt nichts Besseres für die Champignonaufzucht als Pferdeäpfel." Dabei wies er mit der rechten Hand auf unser Verkaufsschild auf dem ausdrücklich stand, dass wir uns mit unserer Anzeige an die Champignon-Züchter wandten.

„Wir dachten, wir bekommen Boskop, Jonathan oder Gold-Delicious."

„Aber Gnädige Frau", gab ihr Bernie zur Antwort, „machen Sie sich nicht lächerlich. Haben Sie schon einmal versucht mit Gold-Delicious-Äpfel Champignons zu züchten. Also wirklich, ich muss schon sagen."

Leicht erbost wandte sie sich darauf hin von Bernie ab und sahen meinen Stand. „Zum Glück gibt es hier was zu trinken. Die Brezel, die die nette Dame unten verteilt hat, kamen mir doch etwas salzig vor."

Die meisten Leute, die etwas zu trinken haben wollten, waren sehr nett. Nur ein paar Grantler fielen aus der Rolle und beschwerten sich über die Preise. Vor allem ein dicker Herr im Anzug wollte mich partout boykottieren, aber nachdem sein 7-jähriger Sohn zu flennen anfing, wurde er weich. Und wahrscheinlich, weil er ihm die Limonade neidete, kaufte er sich selber auch noch drei Halbe.

Eigentlich wollten wir bis 14.00 Uhr die Stände offen halten. Aber um 12.40 Uhr hatte ich bereits alle Getränke, insgesamt 300 Halbe Bier, 200 Becher Limonade und 150 Becher Mineralwasser verkauft und wir brachen unsere Stände ab. Bernie hatte auch zwei Eimer Äpfel verkauft, was ihn etwas wurmte, weil die Eimer, in denen er sie anbot, 5 Euro das Stück gekostet hatten.

Bei der Heimfahrt informierte mich Bernie: „Nächsten Monat verkaufen wir Gänsewein!"

„Was ist denn das?", fragte ich ihn.

„Ein anderes Wort für Leitungswasser. Ich hab schon mit Willie gesprochen, damit er ihn in die Flaschen füllt. Er hat zwei Buben und dann können wir ins Inserat schreiben, dass es sich um eine Erzeugerabfüllung handelt. Für eine 2-Liter Flasche verlangen wir 50 Cent."

Das geduldige Papier

Das Papier mag geduldig sein. Die Herausgeber von Zeitungen sind es nicht, wenn es um die Zahl der Auflage geht. Vor allem aber nicht, wenn es ums Prestige geht. Nachfolgende Geschichte ist John Swinton, einem amerikanischer Journalist gewidmet. „Jeder von Ihnen (den Journalisten), der so dumm wäre, seine ehrliche Meinung zu schreiben, stünde auf der Straße und müsste sich nach einem neuen Job umsehen." (Originalzitat)

„Mensch Egon, sag es noch einmal. Ich kann es nicht glauben. Die Adelschnepfe ist schon wieder schwanger? Ich lach mir nen Ast. Bruhaha! Das darf doch nicht wahr sein!" Dieter Hauner, Herausgeber der Tageszeitung „Ostbayrischer Beobachter" war außer sich vor Vergnügen. Das lag zum einen an der Geschichte, die ihm sein Freund Egon Karbacher erzählte, zum anderen aber auch daran, dass er, entgegen seiner Gewohnheit, an diesem Abend schon zwei oder drei Bierchen zuviel getrunken hatte. Er jauchzte, dass sich bereits die anderen Gäste im Lokal nach seinem Tisch umdrehten.

„Wenn ich es Dir sage, Dieter. Ich weiß es aus absolut sicherer Quelle, dass Amalie von Hundt wieder in anderen Umständen ist."

„Weißt Du, das Komische daran ist, dass wir erst vor einem Monat ein Interview mit ihr herausgebracht haben, in dem sie über die Überbevölkerung wettert. Ihr wievieltes Kind ist es? Ihr fünftes?"

„Ihr sechstes, lieber Dieter, ihr sechstes."

„Ich werde verrückt. Nein das halt ich nicht aus. Du musst mich jetzt bitte entschuldigen, das muss ich gleich an den Verlag weitergeben. Das muss morgen noch raus. Auf so eine Schlagzeile hab ich schon lange gewartet, die muss auf die Titelseite."

Damit machte er sich auf den Weg zur öffentlichen Telefonzelle, die sich im Lokal gleich neben dem Empfang befand und wählte die Durchwahlnummer des Redakteurs vom Dienst.

„Ostbayrischer Beobachter, Gerald Dorfner, was kann ich für Sie tun?" ertönte es am anderen Ende der Leitung.

„Hier Hauner! Passen Sie auf Dorfner, mir ist da gerade eine Geschichte erzählt worden, bruhaha, Sie werden es nicht glauben, bruhaha, ist aber 100 prozentig wahr, hab sie aus absolut sicherer Quelle, bruhaha, stellen Sie sich vor: Frau von Hundt schwanger. Können Sie sich das vorstellen? Sechs Stück sag ich bloß, sechs Stück. Machen Sie eine schöne Schlagzeile und bringen Sie es morgen auf der Titelseite. Lassen Sie sich bloß was Gescheites einfallen und versauen sie die Story nicht."

Als er am nächsten Tag beim Frühstück die Zeitung öffnete, traf ihn beinahe der Schlag. Dort stand zu lesen:

Frau von Hund schwanger
Der Genforschung ist es erstmals gelungen, einen Hund mit einem Menschen zu kreuzen. Die Leihmutter erwartet sechs Welpen. Über die Schwangerschaftsdauer kann auf Grund mangelnder Erfahrung keine konkrete Aussage gemacht werden. Laut Forscherteam sind Mutter und Welpen wohlauf.

Herr Hauner verzichtete auf das Frühstück. Diesen Dorfner schmeiße ich raus, dachte er. Er eilte stehenden Fußes in die Redaktion und verlangte nach dem Redakteur vom Dienst. Schäumend vor Wut und rot im Gesicht brüllte er ihn an:
„Sind Sie völlig verrückt geworden? Was für einen Mist haben Sie auf der Titelseite geschrieben? Sie machen uns zum Gespött der gesamten Leserschaft. Was ist in Sie gefahren, Dorfner, habe ich Ihnen etwas angetan; in einem früheren Leben vielleicht?"
„Ich habe nur geschrieben, was Sie mir gestern Abend telefonisch durchgegeben haben. Ich habe Ihre Durchsage noch auf Band, wir können es jederzeit abhören."
„Kommen Sie mir jetzt bloß nicht komisch. Ich weiß doch, was ich Ihnen gestern gesagt habe. Ich befürchte ….", in dem Moment klopfte es an seiner Bürotür.
Direktor Hauner brach den Satz mittendrin ab und ärgerlich schnaubte er gegen die Tür, „Herein".
Herr Kreilinger von der Buchhaltungsabteilung betrat auf Grund des barschen Tons schüchtern und verunsichert das Büro des Direktors.
„Herr Direktor, ich dachte, Sie sollten es als erster erfahren. Stellen Sie sich vor, die Auflagenzahl hat sich von gestern auf heute auf Grund dieser Sensationsmeldung von der schwangeren Frau verdoppelt." Da erst fiel dem Buchhalter auf, dass auch der

verantwortliche Autor anwesend war. „Mensch, Herr Dorfner", fuhr es aus ihm heraus, „wie Sie das wieder ausbaldowert haben, Sie Teufelskerl. Wir sind ja so stolz auf Sie!"

Danach trat eine bedrohliche Stille ein. Direktor Hauner wartete einen kurzen Moment, dann ergriff er wieder das Wort: „Danke, lieber Herr Kreilinger, nett, dass Sie uns informiert haben. Aber ich fürchte, in Ihrer Abteilung wartet noch Arbeit auf Sie." Der Buchhalter verstand den Wink mit dem Zaunpfahl und verließ das Büro des Direktors.

„Wo waren wir stehen geblieben? Ach ja richtig. Ich befürchte, wir müssen an dieser Geschichte weiterarbeiten. Bleiben Sie dran!"

Zur selben Zeit brütete Herr Altendorfer, Herausgeber des Konkurrenzblattes „Neuer Blickwinkel" über dem Leitartikel des „Ostbayrischen Beobachters". Schließlich ließ er seinen Chefreporter zu sich rufen. Nach einer mehr als knappen Begrüßung schiebt er ihm das Konkurrenzblättchen mit der Schlagzeile hinüber. „Tach Lehmann", geht er sofort auf ihn los, „haben Sie das gelesen? Warum sind Sie nicht über diese Neuigkeiten informiert?"

„Weil diese Neuigkeiten nicht wahr sind. Sie werden doch diesen Blödsinn nicht glauben?"

„Der Beobachter hat von einem Tag auf den anderen die doppelte Auflage. Ich weiß das aus absolut sicherer Quelle. Die Menschen würden doch diese Zeitung nicht kaufen, wenn sie Blödsinn drucken! Halten Sie denn unsere Leser für blöd?"

„Nein", log er „ganz bestimmt nicht."

„Na also, dann hängen Sie sich an die Geschichte ran und schreiben Sie was Vernünftiges. Oder muss ich Sie zu diesem Dorfner schicken, damit der Ihnen lernt, was investigativer Journalismus ist?"

Tags darauf erschien im „Neuen Blickwinkel" folgende Meldung:

Frau von Hund schwanger
An einem streng geheimen Ort ist es Wissenschaftlern aus aller Welt gelungen, die Eizelle einer Frau mit Hundespermien zu befruchten. Sensationsgierige Zeitungen haben darüber bereits berichtet. Der „Neue Blickwinkel" bewertet diesen

---

wissenschaftlichen Durchbruch aus einer höheren Moral. Ist es ethisch vertretbar, dass man Menschen mit Hunden kreuzt? Wie werden diese neuartigen Kreaturen aussehen? Andere Zeitungen haben darüber bereits berichtet, aber dem „Neuen Blickwinkel" ist es als Erstem gelungen, ein Exklusivinterview mit Doktor Fragenstein, dem Chefwissenschaftler zu führen, der uns darüber bereitwillig Auskunft gab:

Neuer Blickwinkel: Herr Doktor Fragenstein, wie werden diese neuartigen Kreaturen aussehen? Sind es mehr Menschen oder mehr Hunde?
Dr. F.: Wie Sie bereits wissen, ist Püppi, das ist die Leihmutter – aus verständlichen Gründen können wir den richtigen Namen der Probandin nicht preisgeben- mit sechs Melpen drächtig.
N.B.: Verzeihung Herr Doktor, wenn ich Sie unterbreche. Aber ich habe Probleme Ihnen zu folgen. Melpen? Drächtig? Was heißt das?
Dr.F.: Aus pietätsgründen   vermeiden wir den Ausdruck „Welpen", da diese neuartigen Lebewesen menschliches Erbgut in sich tragen. Genauso verhält es sich mit dem Ausdruck trächtig. Schwanger wollten wir natürlich auch nicht sagen, um diejenigen, die glauben, der Mensch sei die Krönung der Schöpfung, nicht zu verärgern.
N.B.: Aha, jetzt wird es klarer. Bitte fahren Sie fort.
Dr.F.: Wie gesagt. Wir erwarten demnächst die Ankunft von sechs dieser Melpen. Wenn unser Experiment weiterhin so erfolgreich verläuft, sollte Melpe 1 sehr hundeähnlich d.h. menschlicher Kopf und Hundekörper sein M2 schon etwas weniger bis hin zu M6, der dann zwar aufrecht geht, aber einen Hundekopf hat. Das Ganze ist vergleichbar mit den Noten in der Schule. 1 ist hundeartig und 6 ist eben menschlich.
N.B.: Und auf welches Ergebnis können wir uns einstellen?
Dr.F.: Diese Frage kann ich Ihnen leider nicht beantworten. Sie müssen verstehen, wir befinden uns noch in der Experimentierphase. Bevor wir nicht alle Ergebnisse

> ausgewertet haben, wäre jegliche Stellungnahme einfach zu
> spekulativ.
> N.B.: Vielen Dank für dieses Gespräch!
> Dr.F.: Gerne!

Nicht zuletzt mischte sich auch die Zeitschrift „Sportblick" in die aktuelle Diskussion ein:

> ### Durchbruch in der Gentechnik
> Gemeinsam mit der ganzen Nation verfolgen wir mit großem Interesse die heldenhafte Pionierstat unserer „Püppi". Aber das Hauptinteresse unserer Leser liegt darin, ob die M1-Wesen, also die vierbeinigen, für Deutschland an den olympischen Spielen teilnehmen dürfen. Schließlich waren sowohl leitender Wissenschaftler wie auch die Leihmutter deutsche Staatsbürger. Vor allem in den Sprintstrecken könnten sie für ihr Vaterland von großem Nutzen sein?

Schließlich meldete sich auch der „Konservative Anzeiger" zu Wort. Egon Karbacher, Chefredakteur und enger Freund von Dieter Hauner, verfasste persönlich den aufklärenden Kommentar. Er wusste sogar, wie diese Ente zustande gekommen war.

> ### Aberwitzige Nachrichten über die Gen-Technik machen die Runde
> Als seriöse Zeitung sieht sich der „Konservative Anzeiger" gezwungen, auf Falschmeldungen, die derzeit die Runde machen, hinzuweisen. Selbstverständlich ist es Humbug, zu behaupten, dass man menschliche Gene mit den Genen von Hunden kreuzen kann. Jeder Student im ersten Semester kann das bestätigen. Tatsache ist, dass die prominente Adlige Freifrau Amalie von Hundt ihr sechstes Kind erwartet. Amalie von Hundt ist seit jeher Vorkämpferin gegen die Überbevölkerung auf unserem Planeten. Dass ausgerechnet sie soviel Fruchtbarkeit an den Tag legt, wurde in

> Prominentenkreisen mit einem Schmunzeln zur Kenntnis genommen. Vermutlich hat ein Reporter die Nachricht „Frau von Hundt schwanger" falsch interpretiert.

Auch Karbacher konnte sich ein Schmunzeln nicht verkneifen, als er sich das Gesicht seines Freundes Hauner, nach dem Lesen seines Kommentars, vorstellte. Voller Vorfreude, eine reumütige Richtigstellung vorzufinden, begann er in den Konkurrenzblättern zu lesen. Was er aber zu lesen bekam, verschlug ihm den Atem.

> **Verband der Gen-Techniker verklagt „Konservativen Anzeiger" wegen Verleumdung**
>
> Die Leistungen der Wissenschaft wurden aus der Ecke der Konservativen schon immer diffamiert. Was sich der „Konservative Anzeiger" dieses Mal herausnimmt, geht über das Maß der üblichen Verleumdungen weit hinaus. Der Verband der Gen-Techniker sieht sich daher gezwungen, den erlittenen Image-Schaden auf dem Gerichtsweg einzuklagen. Es scheint Berichterstatter zu geben, die Seriosität mit Weigerung zu recherchieren verwechseln.

Beim anschließenden Prozess, der unter Ausschluss der Öffentlichkeit stattfand wurde Egon Karbacher Berufsverbot erteilt. Er arbeitet seither als Fahrlehrer in einer bayerischen Kleinstadt. Die freundschaftliche Beziehung zu Dieter Hauner hat auf Grund dieses Vorfalls sehr gelitten, er meidet seither jeden Kontakt zu Hauner, obwohl dieser ihm großzügigerweise einen Job als Autowäscher der verlagseigenen Fahrzeuge – zu einem Lehrlingsgehalt, versteht sich - angeboten hatte. Noch im gleichen Jahr erhielt Hauner den Pressepreis für seine herausragenden Leistungen im Bereich des investigativen Journalismus.

Ein Kavalier der neuen Schule

Wie hab ich sie gehasst, diese Sprüche. So ein toller Mann; er ist eben noch ein Kavalier der alten Schule. Diese alten Säcke, halb eitel, halb devot. Kriecher vor dem angeblich schwachen Geschlecht. Aber nur bei den jungen und hübschen Vertreterinnen des schöneren Geschlechts. Folgerichtig habe ich mir schon als Kind geschworen: Wenn schon Kavalier, dann bitte einer der neuen Schule.

Schuld, dass ich damals zum Rebellen wurde, war mein Nachbar, als er in einem Restaurant, das wir zufällig gleichzeitig betraten, meiner Cousine, damals zwanzig Jahre alt, aus dem Mantel half, während seine Frau die Szenerie mit offenem Mund bestaunte, bevor sie ihren Mantel selbst ablegen musste. Vermutlich hat er seine Frau deshalb geheiratet, weil sie so anziehend war, während meine Cousine auf ihn offenbar ausziehend wirkte.

Kein Mensch hatte zu der Zeit eine Ahnung, was ein Kavalier der neuen Schule sein sollte, so etwas gab es damals noch nicht. Aber das entmutigte mich nicht. Ich höchstpersönlich würde diese Schule ins Leben rufen, rein, originell, unverfälscht und vor allem revolutionär.

Die beste Gelegenheit, vor der ganzen Welt zu demonstrieren, aus welch edlem Holz unsereiner geschnitzt ist, bietet sich im Supermarkt. Meine bessere Hälfte und ich hatten gerade unseren voll gepackten Einkaufswagen zur Kasse bugsiert, als ich bemerkte, dass hinter uns eine Kundin stand. Jeder andere Mann hätte sie vorgelassen, weil ihre geschmackvolle Kleidung ihre weiblichen Rundungen vorteilhaft zur Geltung brachte. Nicht so ich. Selbst ihre schulterlangen schwarzen Locken konnten mich nicht darüber hinwegtäuschen, dass die alte Schachtel schon mindestens 25 Jahre auf dem Buckel hatte. Ich ließ sie nur deshalb vor, weil sie lediglich drei Artikel in ihrem Einkaufskorb hatte. Sie bedankte sich mit einem reizenden Lächeln, während ich mit dem Kopf nickend und meinen Mund spitzend jovial die Augen schloss.

Ich hatte das wohlige Gefühl, dass ich meiner christlichen Pflicht der Nächstenliebe vorbildlich genügt hatte, noch gar nicht zu Ende genossen, als eine weitere Kundin sich hinter mir in die Schlange einreihte. Noch bevor diese sich richtig akklimatisiert hatte, begann sie bereits zu schimpfen, warum nicht schon längst eine zweite Kasse aufgemacht wurde.

Die Kassierer in unserem Supermarkt sind angehalten, eine weitere Kasse aufzumachen, sobald mehr als 5 Kunden anstehen müssen. Ein Schild direkt über der Kasse wies deutlich darauf hin. Zugegeben, die Schwarzhaarige hatte noch nicht bezahlt und musste folglich noch mitgerechnet werden. Aber sie mitgezählt standen gerade einmal 3 Kunden an der Kasse an, inklusive der Ungeduldigen. Vielleicht hatte sie aber auch das Hinweisschild nicht gesehen, weil sie so in Eile war. Trotzdem war sie noch geistesgegenwärtig genug, mich zu bitten, ob ich sie denn nicht auch vorlassen könnte. Ein kurzer Blick in ihren Einkaufswagen riet mir strikt davon ab. Der darauf folgende Gesichtsausdruck zeigte nur allzu deutlich, was sie von mir menschlich hielt.

„Wenn ich auch noch so ein junges Ding wäre, dann hätten sie mich bestimmt vorgelassen!", fauchte sie in meine Richtung.

„ Meinen sie die alte Schachtel da vorne?"

„Ach tun sie doch nicht so! Ich bin vielleicht nicht mehr so jung, aber ich habe fünf Kinder zu Hause, die auf mich warten."

Die Schnippische, ob es ihr passte oder nicht, wies zugegeben erhebliche Gebrauchtspuren auf. Der tatsächliche Grund war aber der halb gefüllte Einkaufswagen. Daran konnten auch die tiefen Sorgenfalten auf ihrer Stirn nichts ändern. Sie hatte sich bestimmt immer viele Gedanken um das Wohlergehen ihrer Familie gemacht. Vielleicht sogar zu viele. Und die herabhängenden Mundwinkel sagten mir deutlich, dass sie schon oft um das Recht, sich vordrängen zu dürfen, kämpfen musste. Blasiert reckte sie ihre Nase in Richtung Decke, um sich nicht weiter mit mir beschäftigen zu müssen. Dies schaffte sie aber nicht die ganzen zwei Minuten, die die Kassiererin brauchte, um meine Rechnung fertig zu stellen. Ihre Nerven flatterten lose im Sturm ihrer sinnlosen Entrüstung.

Zwischendurch betonte sie mehrmals, dass das Personal in diesem Supermarkt sehr zu wünschen übrig lasse, weil versäumt wurde, endlich eine zweite Kasse aufzumachen.

„Sieht das dumme Ding denn nicht, dass ich es eilig habe?", fragte sie in einer Art Selbstgespräch, gerade laut genug, dass es das Mädchen hinter der Kasse hören konnte. Verzweifelt sah sie sich um, aber die Schlange an der Kasse wollte nicht auf mehr als zwei Kunden anwachsen.

Bevor ich bezahlte, fragte ich aber das Mädchen hinter der Kasse, ob es denn möglich sei, meine leeren Batterien im Supermarkt zu entsorgen. Schließlich hatte ich sie ja hier gekauft und glaubte mich daran zu erinnern, dass man in diesem Fall sogar verpflichtet sei, sie ordnungsgemäß zu entsorgen, am besten im Supermarkt, in dem man sie gekauft hat. Die Kassiererin hatte offensichtlich nicht mit so einer Frage gerechnet. Den Mund leicht geöffnet, sah sie mich verdutzt an und sagte gar nichts. Da hielt es die Nase der Eiligen nicht mehr aus, auf den Plafond zu deuten. Ruckartig deutete sie in meine Richtung.

„Geht es vielleicht noch etwas langsamer?", herrschte sie mich an.

Mit dieser Frage hatte ich nicht gerechnet und sah die Ungeduldige verdutzt an.

„Ja heute noch, wenn's geht.", legte sie nach.

Nur allmählich gewann ich meine Fassung wieder. Ob es noch langsamer geht, wollte sie wissen. Im Stillen versprach ich ihr, mein Bestes zu geben.

„Die Bodensee-Äpfel, die ich gekauft habe. Wissen sie zufällig, ob sie vom östlichen oder dem westlichen Ufer stammen?" Das war natürlich eine Fangfrage. Am westlichen Ufer sind ja die Schaffhausener Rheinfälle. Von dort können sie also gar nicht stammen. Ich wollte damit nur die Schlagfertigkeit der Kassiererin testen.

Scheu, ja fast ängstlich blickte sie zu meiner Nachfolgerin. Dann sagte sie, sie wisse es nicht. Logisch. Keiner weiß das. Ich hätte gesagt, sie stammen aus dem Hinterland. Aber die Mutter der fünf Wechselbälger neben mir, hatte das arme Mädchen beinahe paralysiert.

Ich wollte immer schon wissen, ob der Speisemais auch gen-technisch behandelt wurde, so wie der Futtermais. Endlich hatte ich Gelegenheit, diesem Geheimnis auf die Spur zu kommen. Dachte ich jedenfalls. Tatsächlich konnte mir die Angestellte auch in diesem Punkt nicht weiterhelfen. Auch die Dame, die hinter mir an der Kasse anstand, war dabei keine große Hilfe. Dass sie nicht wusste, ob die Rasierklingen, die ich kaufen wollte auch im Super-Shave RJ 237 verwendet werden konnten, war verständlich. Endlich sagte meine Frau zu mir: „Josef, du übertreibst!" Sie hatte völlig Recht. Deshalb verzichtete ich darauf, die Eilige zu fragen, ob es ihr nun langsam genug sei.

„Wie viel macht es denn?", wandte ich mich stattdessen an die Verkäuferin.

„97,28 Euro!"

Da fiel mir plötzlich ein, dass es heute endlich an der Zeit wäre, das lästige Kleingeld aus meiner Börse zu entfernen. Die Supermärkte leiden oft unter Kleingeldmangel und dann haben sie Probleme bei der Wechselgeldrückgabe. Endlich konnte ich der sympathischen Verkäuferin unter die Arme greifen und ihr den lästigen Weg zur Bank ersparen. Aber so sehr ich mich auch bemühte, ich hatte nur 96 Euro und 28 Cent. Dass mein Entgegenkommen an exakt einem Euro scheitern sollte, wurmte mich dann doch sehr. Deshalb bat ich meine Frau, aus dem Auto, die Euromünze zu holen, die eigentlich fürs Parken reserviert war. Meine Frau war noch nicht wieder zurück, als mich mein Gewissen zu beißen begann. Mittlerweile hatten nämlich einige Kunden ihren Einkauf beendet und stellten sich nun ebenfalls an der Kasse an. Rasch wuchs die Zahl der Wartenden auf sieben an. Die Kunden, die später kamen, konnten ja nichts für das Betragen der Kundin hinter mir. Warum also mussten sie zusammen mit der Feld- Wald- und Wiesenschnepfe leiden. Aber erleichtert stellte ich fest, dass mittlerweile eine zweite Kasse geöffnet war, auf die die anderen Kunden ausweichen konnten. Die Ungeduldige hinter mir hatte leider Pech. Sie war zwischen mir und ihrer Nachfolgerin eingeklemmt und zeigte keinerlei Anstalten, sich wieder zu beruhigen.

„Sie, Sie …", japste sie mir entgegen. Mehr fiel ihr nicht ein, obwohl sie eigentlich Zeit genug gehabt hätte, sich etwas auszudenken.

Aber lässig antwortete ich ihr: „Hören Sie gefälligst auf nach Luft zu schnappen, wie ein Fisch, der an Land gespült wurde, sonst werfe ich Sie in ihren Tümpel zurück."

Endlich kam meine Frau zurück. Verzweifelt verkündete sie mir: „Ich kann das Eurostück nicht finden." Da fiel es mir wie Schuppen von den Augen. Die Federung des Parkgeldhalters war ja schon etwas ausgeleiert und manchmal fielen die Eurostücke zu Boden. Sachlich präzise informierte ich meine Frau über diesen leidigen Zustand und forderte sie auf, noch einmal zum Wagen zu gehen und auch unter den Sitzen nachzusehen. Um die Menge hinter mir nicht unnötig lange warten zu lassen, kam sie meiner Bitte im Laufschritt nach.

Die zwei Kunden, die hinter der Schnepfe standen, hatten von dem unmöglichen Betragen der fünffachen Mutter keine Ahnung und wollten wissen, warum denn an der Kasse nichts weitergeht. Mit dem Instinkt einer Giftschlange, witterte die Alte ihre Chance. Im Nu hatte sie die Kunden hinter ihr gegen mich aufgehetzt. „Und meine fünf kleinen Kinder sitzen alleine zu Hause und wissen nicht ob und wann sie etwas zu essen kriegen!", schloss sie ihre Hetzkampagne gegen mich. Verzweifelt versuchte sie ein paar Tränen hervorzupressen, schaffte es aber nicht, weil die Luft im Supermarkt zu trocken war.

Ich spürte deutlich, wie sich die Stimmung allmählich gegen mich richtete. Auch die Kassiererin, die ich im Grunde genommen mitverteidigt hatte, verweigerte mir die verdiente Rückendeckung.

Schon hatten sie sich zu einer Rotte zusammengefunden und signalisierten mir durch Körpersprache: Der Worte sind genug gewechselt, jetzt müssen Taten folgen. Zum Glück kam meine Frau, sodass der Zahlvorgang jetzt endgültig abgeschlossen werden konnte. Leider war das Eineurostück auch unter dem Sitz nicht auffindbar. Also sammelte ich mein Geld wieder ein und überreichte der Kassiererin einen Hunderteuroschein.

Auf das Wechselgeld habe ich verzichtet, weil der Riesenkerl, der über einen der hinteren Einkaufswagen stürzte, möglicherweise mich im Visier hatte, und es ratsam schien, den Supermarkt schnellstmöglich zu verlassen.

Überleben im Sozialstaat

Wer in Deutschland eine Straftat begeht, wird mit Gefängnis bestraft. Wer eine schwerere Straftat begeht, wird schwerer mit Zuchthaus bestraft. Aber diejenigen unter uns, die charakterlich durch und durch verdorben sind, werden mit einer Geldbuße belegt, die so hoch ist, dass sie sich wünschen, sie wären im Zuchthaus, wo sie drei warme Mahlzeiten täglich erhalten. Diese Geschichte habe ich einem Freund gewidmet, der bei dem Versuch ein Leben zu retten, ertappt wurde, und dafür drei Monate Gefängnis absitzen musste.

Den seltsamsten Brief, den ich jemals erhielt, schickte mir mein Freund Semmelmeier. „Komm mich bitte besuchen. Du findest mich in der Strafanstalt Gitterberg. Ich möchte mich gerne bei dir bedanken. Ohne dich wäre ich jetzt tot." Ich war entsetzt, als ich das Schreiben las. Wie mochte es ihm wohl gehen? Die Bilder von damals, als ich ihn das letzte Mal sah schossen mir ins Gedächtnis. Bestimmt hatte sich sein Zustand von damals noch weiter verschlechtert.
Schon damals fragte ich mich allen Ernstes, spielen mir meine Augen einen Streich oder ist das wirklich der Semmelmeier, der da vor mir sitzt. Als wir uns das letzte Mal sahen, war er ein Bär von einem Mann. Er konnte mit der linken Hand Bäume ausreißen, an die ich mich nicht einmal mit beiden Händen wagte. Nun saß er vor mir, gebeugt, geknickt mit dem Blick eines gehetzten, scheuen Tieres und sah aus wie eine Karikatur seiner eigenen Witzblattfigur.
„Mensch Semmi", fragte ich ihn, „was ist los mit dir? Du bist ja kaum wiederzuerkennen."

„Es geht mir nicht gut", erklärte er mir, als ob ich das nicht schon längst selber gesehen hätte.

„Ja, das sehe ich. Aber was ist denn passiert?"

„Ich bin am Ende. Vor allem finanziell."

„Versteh ich nicht. Du hast doch Arbeit. Du wirst doch von dem Geld, das du verdienst, leben können, oder nicht? Immerhin bist du qualifizierter Facharbeiter."

„Ha, ha, ha", lachte er höhnisch, "in welcher Zeit lebst du eigentlich? Das war früher so. Heute kommst du ohne Nebenjob nicht mehr über die Runden. Jetzt haben sie mir auch noch den Führerschein gezwickt. Weil ich drei Bier getrunken habe. 0,85 Promille haben sie festgestellt aber nur 0,80 sind erlaubt. Wegen lumpiger 0,05 Promille. Aber wegen mir können sie keine Ausnahme machen, haben sie gesagt, wo kämen wir denn da hin. Ich weiß wirklich nicht mehr, wie es weitergehen soll."

„Gut, das ist bedauerlich. Aber für deine Arbeit brauchst du den Führerschein eigentlich nicht. Du kannst sogar zu Fuß gehen, so nahe ist dein Arbeitsplatz."

„Da hast du schon Recht. Aber für meinen Nebenjob brauch ich den Führerschein. Den musste ich natürlich aufgeben. Dazu kommt die Geldstrafe, die sie mir aufgebrummt haben. Als ich ihnen gesagt habe, dass ich sie nicht bezahlen kann, haben sie mich zu 80 Stunden Sozialdienst verdonnert. Dazu hätte ich aber wieder einen Führerschein gebraucht. Also konnte ich den Sozialdienst nicht antreten. Der Richter hat mir dann die soziale Strafe erlassen. Die Geldstrafe nicht, die ist nur gestundet. Neulich konnte ich mir nicht einmal mehr etwas zu essen leisten. Also habe ich einem 10-jährigen Mädchen den Fünfeuroschein, den es gerade ungeschickt in der Hand hielt, entrissen und wollte davonlaufen. An der Straßenecke bin ich mit einem Polizisten zusammen gestoßen. Die Mutter des Mädchens hat auf eine Anzeige verzichtet, weil es unter ihrer Würde war, einen Mann, der von einem Kind fünf Euro stehlen muss, anzuzeigen. In meinem ganzen Leben wurde ich nicht so erniedrigt. Genau genommen hat die Frau gesagt, dass ich es nicht wert bin, angezeigt zu werden."

„Das ist schlimm", gab ich zu, „aber wie kann ich dir helfen?"

„Ich hab Hunger. Hast du was für mich zu essen?"

Mein Freund Semmelmeier hatte nicht gelogen. Innerhalb von zwei Stunden hatte er meinen Lebensmittelvorrat für eine Woche aufgegessen. Ein Rülpser sagt oft mehr als 1000 Worte, und seiner war ehrlicher Ausdruck tief empfundener Dankbarkeit, was mir die Bemerkung entlockte: „Du solltest zusehen, dass du ins Gefängnis kommst, dort kriegst du wenigstens drei Mahlzeiten am Tag."

Nun hielt ich in zitternden Händen seinen Brief in der Hand, in dem er mich als seinen Lebensretter bezeichnete, was natürlich nur auf die Verköstigung damals zurückzuführen war, ausgehungert wie er war. Umgehend machte ich mich auf den Weg nach Gitterberg.

Gespannt wartete ich neben dem gefängniseigenen Sportplatz auf ihn und fragte mich, ob er sich sehr verändert hätte. Man hört es ja öfters, dass Menschen, wenn sie einmal auf die schiefe Bahn geraten sind, vollends den Halt verlieren. Endlich kam er und ich musste zweimal hinsehen um ihn wieder zu erkennen. Seine blauen Augen strahlten voller Zuversicht in die Zukunft, da war keine Spur mehr von Angst wie man sie oft bei scheuen, gehetzten Tieren sieht. Sein T-Shirt saß straff an seinem muskelbepackten Oberkörper, sein Gang war federnd und seine Haltung verriet seine Überzeugung ‚mir kann keiner was'.

„Schön, dass du da bist. Ich wollte mich noch einmal bei dir bedanken. Wirklich, ohne dich gäbe es mich heute nicht mehr."

„Hör auf", gab ich bescheiden zur Antwort, „jeder anständige Mensch hätte dir was zu essen gegeben. Das war doch nichts Besonderes."

„Das meine ich ja gar nicht."

„Nicht? Dann verstehe ich dich nicht. Sonst habe ich ja nichts getan."

„Ich rede von dem Rat, den du mir gegeben hast."

„Welchen Rat hab ich dir denn gegeben?"

„Na den mit dem Gefängnis. Erinnerst du dich nicht mehr?"

„Aber das hab ich doch nicht ernst gemeint."

„Du vielleicht nicht, aber ich. Ich hab sofort alles daran gesetzt eingesperrt zu werden. Die Aussicht auf drei Mahlzeiten täglich war einfach zu verlockend. Du glaubst gar nicht, wie schwierig es in

Deutschland ist, eingesperrt zu werden. Das liegt an den harten, beinahe unmenschlichen Gesetzen hierzulande."

„Was hast du den angestellt?"

„Zuerst habe ich eine Bank überfallen. Mit einer Schreckschusspistole. Natürlich habe ich dafür gesorgt, dass einer der Angestellten den Alarmknopf drücken konnte. Dann habe ich in aller Ruhe abgewartet, bis die Polizei kam."

„Und wie viel haben sie dir aufgebrummt für den Überfall?"

„Für den Überfall? Gar nichts. Die Staatsanwältin muss irgendwie herausgekriegt haben, was ich in Wirklichkeit beabsichtigte, und hat auf Freispruch plädiert. Ich hatte sowieso den ganzen Prozess über das Gefühl, dass sie mich nicht leiden konnte. Für einen kurzen Moment glaubte ich, ich könnte vielleicht noch alles zum Guten wenden, als der Richter von mir 50 Sozialstunden verlangte. Im Falle einer Weigerung: Knast. Natürlich habe ich mich für den Knast entschieden. Natürlich hat die Staatsanwältin sofort interveniert. ‚Das ist es ja, Herr Vorsitzender, was er will', hat sie gesagt. Dann haben sie mich laufen lassen. Das muss man sich einmal vorstellen. Ein Land, in dem man eine Bank überfallen darf, ohne bestraft zu werden."

„Was hast du dann gemacht? Irgendwie hast du es letzten Endes doch geschafft."

„Zuerst wollte ich mich nur an der Staatsanwältin rächen. Also beschloss ich, ihr Haus auszurauben. Das hätte sich gelohnt, sie ist nämlich ziemlich betucht. Ich lauerte ihr nachts auf, als sie ihren Luxuswagen aus der Tiefgarage holen wollte. Da entschloss ich mich kurzerhand, nur ihren Wagen zu stehlen. Als sie die Wagenschlüssel aus ihrer Tasche holte, stürzte ich mich auf sie, um sie ihr zu entreißen."

„Also, wenn das nicht für eine Verurteilung reicht, dann weiß ich auch nicht. Wenn es um ihr persönliches Eigentum geht, sehen unsere Juristen die Verbrechen aus einem ganz anderen Blickwinkel. Und verdient hat sie es, so wie sie dich behandelt hat."

„Verurteilt? Pah!", sein hämisches Lachen erklärte nur allzu deutlich, dass es auch diesmal wieder nicht geklappt hatte. „Es kam ja nicht einmal zum Prozess!"

„Wie? Sie hat dich nicht einmal angezeigt?"

„Warum sollte sie mich anzeigen? Es kam ja gar nicht zum Diebstahl. Ich konnte doch nicht ahnen, dass sie den schwarzen Gürtel in Karate hat. Sie hat mich nicht nur grün und blau gehauen, sondern auch noch drei Zähne ausgeschlagen."

„Aber anzeigen hätte sie dich trotzdem können!"

„Ha! Das Luder hat sich was viel Gemeineres ausgedacht. Sie hat nämlich meinen Zahnarzt angerufen und ihm gesagt, er wäre gut beraten, die Behandlungskosten im Voraus zu kassieren, weil ich die Prämie für die Krankenversicherung noch nicht bezahlt hätte."

„Und, hast du?"

„Was?"

„Na die Prämie bezahlt!"

„Nein, natürlich nicht. Wovon denn? Keine Ahnung woher sie das wusste. Als ich im Behandlungsstuhl saß, verlangte er plötzlich 4500 Euro von mir; und zwar im Voraus. Ich dachte, ich hör nicht richtig. Ich habe ihm gesagt, er solle sich mit der Rechnung an meine Versicherung wenden, aber da hat er mich nur ausgelacht."

„So ein Lump! An deiner Stelle hätte ich ihm einen Finger abgebissen."

„Wollte ich auch. Aber womit hätte ich zubeißen sollen?"

„Und wie hast du es dann doch noch geschafft?"

„Das war reiner Zufall. Ich bin mit meiner Freundin Irmi zum Baggersee raus gefahren. Herrliches Wetter, schönes warmes Wasser, alles war in bester Ordnung. Plötzlich wird Irmi schneeweiß im Gesicht, fällt um und rührt sich nicht mehr. Ich dachte schon, das Mädchen stirbt mir. Also setze ich sie auf den Beifahrersitz, schwinge mich hinters Steuer und will ins nächste Krankenhaus fahren. Ich bin aber nur bis zur nächsten Abbiegung gekommen, dort hat mich dann eine Zollstreife aufgehalten. Fahrzeugkontrollen dürfen sie ja machen und als sie gemerkt haben, dass ich keinen Führerschein habe, haben sie sofort die Kollegen von der Polizei gerufen. Ein paar Mal habe ich ihnen erklärt, dass es sich um einen Notfall handelt, aber sie haben mir kein Wort geglaubt. Ich war so voll Panik, dass ich zuerst gar nicht bemerkt habe, welche Chance sich mir bietet. Erst später, als ich erfahren habe, dass Irmi nur einen Schwächeanfall hatte, wurde mir bewusst, dass die Zollbeamten auf meiner Seite standen als sie vehement forderten, dass so ein rücksichtsloses Subjekt wie ich eingesperrt gehört.

Dreimal darfst du raten, wer bei der Gerichtsverhandlung der Ankläger war. Genau, meine Freundin, die Staatsanwältin. Aber diesmal war ich darauf vorbereitet. Sie trinkt ihren Kaffee immer in der Gerichtskantine und als sie gerade nicht aufgepasst hat, habe ich ihr einen Schluck Rizinus hinein geschüttet. Dann wurde sie gegen einen anderen Staatsanwalt ausgetauscht, der mich nicht kannte. Ein halbes Jahr haben sie mir gegeben. Gut, mehr kann man bei Fahren ohne Führerschein nicht erwarten. Aber in diesem halben Jahr werde ich mich so richtig herausfressen. Da schau."

Damit zeigte er auf seinen geöffneten Mund, in dem eine Reihe makelloser Zähne sichtbar wurden.

„Ohne Zuzahlung. In meinem Alter steht mir eine Einzelzelle zu und einen eigenen Fernseher habe ich auch. Gut, Irmi fehlt mir etwas, aber ansonsten ging es mir in meinem ganzen Leben nie besser!"

„Warum hast du eigentlich so großen Wert darauf gelegt, dass wir hier draußen sprechen?"

„Wegen der Mikrophone natürlich. Wenn die wüssten warum ich hier bin, dann schmeißen die mich doch glatt raus!"

Ich ging dann ziemlich frustriert nach Hause. Von all meinen Bekannten ist Semmi der einzige, der keine Angst vor der Zukunft hat.

Alles Paarweise

Im späten Mittelalter verteilten sich die Schnippls, eine angesehene Bader-Familie über die ganze Welt und gründeten eine globale Chirurgen-Dynastie. Heute behaupten sie nicht ohne Stolz: Wir schnippeln weltweit. Aber es ist nun einmal eine Tatsache, dass man mit Operationen viel Geld verdienen kann und dass deshalb der Blinddarm den Arzt reizt.

Eigentlich war es nicht einmal ein richtiger Schmerz, sondern nur so ein Ziehen in der Magengegend. Tags zuvor waren wir in einem ungarischen Restaurant einem Meisterkoch in die Hände gefallen und die dritte Portion habe ich nur deshalb verdrückt, weil mich der Kellner so hämisch angegrinst hat, geradeso als wollte er sagen ‚du schaffst sie ja doch nicht'. Außerdem stand an der Eingangstür „All you can eat!" und da dachte ich mir, dass es vielleicht besser ist, wenn ich dem Restaurantbetreiber seine Anglizismen austreibe und ihn mit unserem bayrischen Dialekt vertraut mache.

Meine Frau, die nicht nur sehr um mich besorgt ist. sondern auch immer zuviel Aufsehen um Kleinigkeiten macht, beobachtete mich mit dem gleichen Blick, mit dem Hercules Poirot seine Hauptverdächtigen anschaut.

„Was fehlt dir genau?" forschte sie nach.

„Nichts Besonderes eigentlich. Nur so ein allgemeines Unwohlsein."

„Ich glaube nicht, dass dir da eine Tablette hilft. Du solltest unbedingt einen Arzt aufsuchen. Du weißt, bei Tante Elke hat es auch so angefangen und dann war es Krebs. Hätten sie ihn früher erkannt, könnte sie heute noch leben."

„Das kann man doch nicht miteinander vergleichen! Es ist wirklich nur ein leichtes Ziehen, nichts weiter."

„Ihr Männer seid wirklich viel zu leichtsinnig, was die Gesundheit angeht. Deshalb leben wir Frauen auch länger. Nichts da, du gehst zu Doktor Schnippl. Ich bestehe darauf."

„Wer ist Doktor Schnippl?"

„Ein Facharzt von internationalem Renommee, der neu ist in unserer Stadt. Bei dem bist du in den besten Händen."

„Facharzt für was?"

„Für alles!", lautete ihre spontane Antwort, „du kannst ganz unbesorgt sein. Die Leute sagen, wenn der Schnippl etwas sucht, dann findet er auch etwas."

Mein Widerstand war zuerst heftig, dann verzagt und schließlich machte ich mich auf den Weg zu Dr. Schnippl, mit dem meine Frau bereits einen Termin vereinbart hatte. Unterwegs ärgerte ich mich über die Naivität meiner Frau, am Freitag um 14.00 Uhr einen Termin zu vereinbaren und dann auch noch ernsthaft zu glauben, dass ich pünktlich an die Reihe komme. Bestimmt musste ich mindestens bis 17.00 Uhr warten. Zehn Minuten vor Zwei, auch eine Vorsichtsmaßnahme meiner Frau, betrat ich die Praxis, klärte die Sprechstundenhilfe darüber auf, dass ich einen Termin hätte und bat um ein Kreuzworträtselheft, um mir die nächsten 3 Stunden die Zeit zu vertreiben. Vermutlich fühlte sie sich provoziert und wollte mir eine Lektion erteilen, denn pünktlich um 14.00 Uhr wurde ich ins Ordinationszimmer gerufen.

Ich hatte mich noch gar nicht richtig umgesehen, da betrat der Mediziner den Raum. Den bedeutenden Gelehrten konnte man ihm 100 Meter gegen den Wind ansehen. Das weiße Haar reichte ihm fast bis an die Schultern, sein überdimensionaler weißer Schnurrbart ließ noch erkennen, dass er früher schwarzhaarig gewesen sein muss. Seine wässrigen blauen Augen bedurften einer dicken Brille, um ihren Aufgaben gerecht werden zu können. Die Brillengläser waren, wie könnte es bei einem Intellektuellen anders sein, rund, und wurden von einer überdimensionalen Nase in der Waagrechte gehalten die problemlos noch ganz andere Lasten bewältigt hätte. Vermutlich war die Nase Grund für seinen Ruf, der da lautete: Der Schnippl, der kann deine Krankheit riechen'. Begleitet wurde der Wunderheiler von einer attraktiven, blonden Krankenschwester, die neben einem so bescheiden wirkenden Mann beinahe deplaziert wirkte. Er stellte sie mir als seine Frau vor. Zum Glück schielte sie ein wenig, so dass der Kontrast nicht ganz so stark ins Auge fiel. In den Händen hielt sie ein dickes Bündel Papiere.

„Na, wo drückt der Schuh?", fragte er mich jovial, worauf ich ihm in kurzen aber präzisen Sätzen mein Leid klagte. Meiner Meinung nach nur eine Bagatelle, die man eigentlich gar nicht beachten sollte.

„Nun, dann wollen wir mal nachsehen", sagte er. Dann rammte er mir die Faust mit voller Wucht in die Magengrube. Unvorbereitet wie ich war, ging ich zu Boden und schnappte dort nach Luft.

„Von einer Bagatelle kann keine Rede sein", erklärte er, „das sieht mir ganz nach einer Blinddarmentzündung aus.", dozierte er, während seine bessere Hälfte den Vorgang zu protokollieren begann.

„Bitte notiere", wandte er sich an sein Eheweib, „der Patient zeigt deutliche Anzeichen einer Appendizitis, selbst leichte Berührungen scheinen ihm arge Schmerzen zu verursachen. Um einen Durchbruch zu vermeiden, ist eine sofortige Operation unumgänglich."

Dann wandte er sich wieder an mich: „Sie müssen mir bitte noch die Einverständniserklärung unterschreiben."

Weil ich noch etwas wackelig in den Knien war, half er mir in den Stuhl vor seinem Schreibtisch und schob mir ein Bündel Akten herüber.

„Am Besten", fügte er lapidar hinzu, „erledigen wir alles auf einmal."

„Wie alles?", wollte ich wissen.

„Nun, wie sie vielleicht wissen, ist der schwierigste Teil einer Operation die Anästhesie. Deshalb ist es besser, sämtliche Eingriffe auf einmal zu machen. Das spart auch Kosten."

„Andere Eingriffe auch noch?", wollte ich wissen.

„Es gibt bestimmte Organe, die der Mensch eigentlich gar nicht braucht. Er schleppt sie gewissermaßen als Ballast mit herum. Wie zum Beispiel die Mandeln oder die Milz. Wenn wir schon dabei sind, sollten wir sie auch gleich entfernen.

Außerdem sollten Sie wissen, gibt es Organe, die der Mensch nur einmal hat, andere wiederum hat er zweimal. Die, die er nur einmal hat sind mitunter lebenswichtig. Aber die anderen Organe, die paarweise vorkommen, wie zum Beispiel die Nieren, kann man spenden. Wir wissen nämlich, dass der Mensch nur eine Niere zum Leben braucht. Das heißt im Klartext. Selbst wenn man eine Niere spendet und ein Leben rettet, kann man selber auch weiterleben."

Damit schob er mir zwei Formulare herüber. „Das eine ist für den Blinddarm, die Mandeln und die Milz. Im anderen erklären sie sich einverstanden, eine Niere zu spenden."

„Ich bin aber überhaupt nicht damit einverstanden. Ich möchte meine Nieren behalten. Und zwar alle beide.", erwiderte ich ihm trotzig.

„Und warum, wenn ich fragen darf? Ich habe ihnen doch gerade erklärt, dass Sie nur eine brauchen."

„Wegen der gleichmäßigen Lastenverteilung. Ich verliere so leicht das Gleichgewicht."

„Sie wissen schon, dass Gleichgewichtsstörungen in der Regel von den Ohren ausgehen. Auf welcher Seite schläft ihre Frau?"

„Links!", ich hatte zwar keine Ahnung, was ihn das angeht, war aber von der Frage so verblüfft, dass ich sie beantwortete.

„Nein, so ein Zufall. Wir suchen zurzeit händeringend ein linkes Komplettgehör. Für Sie keinerlei Nachteile. Sie haben ja noch das Rechte. Ich möchte Sie darauf hinweisen, dass dies irgendwann ihre Ehe retten wird. So eine Scheidung ist teuer."

„Ist das ihr Ernst?"

„Selbstverständlich, eines Tages wird ihre Frau unweigerlich anfangen zu schnarchen. Da sie aber links von ihnen liegt, werden Sie es nicht hören. Nein, nein, machen Sie sich nichts vor. Wir hatten erst neulich wieder so einen Fall. Ein früherer Patient kam zu mir und klagte mir sein Leid. ‚Hätte ich doch damals auf Sie gehört, lieber Herr Doktor, sagte er. Wie Sie prophezeit hatten, hat meine Frau zu schnarchen angefangen. Ich hab es nicht mehr ausgehalten. Schließlich verlangte ich die Scheidung. Ihr Scheidungsanwalt hat mir alles abgenommen, was ich je besessen hatte.' Ich rate Ihnen gut, machen Sie nicht den gleichen Fehler."

„Ich bleibe trotzdem beim ‚Nein'. Ich möchte auch in Zukunft die Musik in Stereo hören."

Allmählich verlor der Gelehrte die Geduld mit mir. Ich konnte es ihm noch nicht einmal verdenken, weil ich all seine Bemühungen, mich zum Lebensretter zu machen, vereitelte.

„Wie sieht es mit ihrem Herzen aus?", drang er weiter in mich.

„Das hab ich nur einmal!"

„Zugegeben, aber das hat vier Kammern. Ich will ja auch nicht das ganze Herz, sondern nur ein oder zwei Kammern. Vier Kammern sind der reinste Luxus."

„Mein Auto hat auch vier Zylinder. Ich bin ein Mensch und habe genauso viel Luxus verdient wie mein Auto."

„Also gut", sagte er und zog ein Foto hervor, auf dem ein etwa 10jähriges Mädchen zu sehen war.

„Ist die nicht süß?", fragte er mich.

„Ja, schon", gab ich zu.

„Sie ist blind und braucht dringend eine Netzhaut. Dann könnte sie wenigstens auf einem Auge sehen. Sie haben doch zwei gesunde Augen. Könnten Sie sich vorstellen, zumindest dieses arme Geschöpf zu unterstützen? Sehen Sie nur, wie hübsch sie ist. Eine kleine Latina, ohne Geld und ohne Eltern."

„Wer ist das auf dem anderen Bild?", fragte ich ihn, weil ihm ein zweites Foto hervor gerutscht war, das er jetzt krampfhaft zu verbergen suchte.

„Ach so, der. Der sucht auch nach einer neuen Netzhaut. Ich weiß nicht, wer das ist. Irgend so ein amerikanischer Millionär. Das geht automatisch, dass alle, die eine Netzhaut suchen, in der Kartei landen."

„Dann weiß ich schon Bescheid. Ich gebe Ihnen meine Netzhaut, die dann aber nicht die hübsche Latina, sondern der reiche Onkel aus Amerika bekommt."

„Nein, bestimmt nicht, das kann ich Ihnen garantieren."

„Und woher wollen Sie das wissen?"

„Ich verlasse mich da immer auf mein Gefühl. Das hat mich noch nie betrogen."

„Herr Doktor, ich will wirklich Ihre Gefühle nicht verletzen, aber ich sehe lieber perspektivisch."

„Schauen Sie sich das Foto bitte noch einmal an!"

„Nein!!"

„Und Sie sind sicher, dass Sie wirklich nichts spenden wollen? Alles worum ich Sie gebeten habe, haben Sie doch paarweise."

„Ja, das heißt nein! Meinen Blinddarm können sie haben, der ist eh entzündet."

„Ich habe nicht gesagt, dass er entzündet ist, ich sagte nur, ich habe den Verdacht, dass er entzündet ist. Ziehen Sie doch bitte noch einmal ihre Hosen aus."

„Warum? Gibt es noch eine Hoffnung für meinen Blinddarm?"

„Nein, aber ich möchte abschließend noch ihre Hoden untersuchen." Ich weiß nicht warum, aber plötzlich erfasste mich eine Panik. So schnell ich nur konnte, sammelte ich meine Kleider auf und verließ fluchtartig die Praxis. Auf dem Treppenhaus hörte ich noch, wie mir der Gelehrte nachrief: „Es ist eine Schande, dass unser Staat nicht per Gesetz dafür sorgt, dass man Egoisten wie Sie ausweiden darf."

Meine Fluchtgeschwindigkeit war so hoch, dass ich unten mit einer Frau zusammen stieß. Überrascht erkannte ich in ihr Resi, die Kellnerin von unserem Stammcafe.

„Wo kommst du denn her?", fragte sie mich überrascht.

„Von Dr. Schnippl.", informierte ich sie.

„Von dem hab ich schon gehört. Der soll echt Spitze sein. Bei Rosi hat er wahre Wunder vollbracht."

„Welche Wunder? Kann ich mir gar nicht vorstellen."

„Du hast keine Ahnung. Du weißt doch, dass sie immer so dick war. Die hat glatt 100 Kilo gewogen. Dann hat sie sich in seine Behandlung begeben, und dann hat er gezeigt, was er drauf hat."

„Ist Rosi jetzt schlank?"

„Nein, sie ist immer noch dick. Aber sie wiegt nur noch 50 Kilo, weil er ihr so viele Organe entnommen hat, dass sie auch so ihr Idealgewicht erreicht hat."

Auf dem Nachhauseweg schaute ich noch kurz in unseren Supermarkt und kaufte mir eine Packung Fencheltee und nachdem ich eine Tasse getrunken hatte, gab auch mein Blinddarm Ruhe.

Als meine Frau nach Hause kam, fragte ich sie: „Sag mal Liebling, hast du vor, irgendwann mal zu schnarchen?"

„Nein", gab sie entrüstet zurück. Ich will es hoffen, in ihrem eigenen Interesse. Denn sollte sie doch einmal damit anfangen, schicke ich sie einfach zu Dr. Schnippl, damit er sich mal ihr Gaumensegel anschaut.

Wer suchet, der findet

Heutzutage wird man immer öfter aufgefordert, sich selber zu finden. Vor allem Esoteriker, die oft schon seit Jahrzehnten erfolglos nach sich selber suchen, fordern uns häufig dazu auf, es ihnen gleich zu tun. Unterstützung finden sie oftmals in geeigneter, auf ihre Bedürfnisse zugeschnittener Musik. Aber manchmal ist diese Musik auch der Auftakt für einen Abgesang.

Unverhofft lief an der Ecke Theresienstraße und Ludwigstraße ein Mann in mich hinein. Ich war schon etwas spät dran und schritt daher achtloser einher als üblich. Schuld war meine bessere Hälfte, weil sie mich aufhielt, als ich gerade das Haus verlassen wollte, indem sie mir nachrief:

„Vergiss nicht deinen Mantel anzuziehen!"

„Aber es scheint doch die Sonne. Warum sollte ich einen Mantel anziehen?"

„Damit du etwas zum Ausziehen hast, falls es dir zu warm wird." Sie hatte völlig Recht. Ich weiß gar nicht, warum ich da nicht selber drauf gekommen bin. Nun wurde ich in der Passauer Fußgängerzone an einer Straßenecke für dieses Versäumnis bestraft.

Als ich mich vom Aufprall wieder einigermaßen erholt hatte, erkannte ich in dem Mann, der mich so rüde zur Seite gepflügt hatte, Prof. Kevin Klinger, den bekannten Musikkritiker. Seit Monaten forderte er mich auf, ihn in einer wichtigen Sache zu besuchen, weil er die Absicht hätte, mein Leben zum Positiven zu verändern. Da ich mich aber so mag, wie ich bin, wich ich seit Monaten seiner Einladung aus, indem ich ihm erfolgreich aus dem Weg ging. Sofort packte Prof. Klinger die Gelegenheit beim Schopf.

„Gut, dass ich Sie treffe. Ich muss Ihnen unbedingt etwas zeigen. Wann hätten Sie Zeit?"

Ich befragte im Geiste meinen Terminkalender und sagte: „Am besten wäre es am Donnerstag in drei Monaten um 14.30 Uhr. Wäre Ihnen das Recht?"

„Nein, das ist zu spät. Besser Sie kommen auf der Stelle mit mir." Damit packte er mich am Arm und zog mich mit sich. Der Aufprall muss doch heftiger gewesen sein, denn ich ließ mich anstandslos von ihm abführen.

Auf dem Weg zu seiner Wohnung klärte er mich auf, dass es ihm schon lange aufgefallen ist, dass ich nicht meditiere. Daher stand mein völliger Nervenzusammenbruch unmittelbar bevor. Da er mich aber gut leiden mag, hat er beschlossen, mich zu retten. Ob es mir passt oder nicht.

In seiner Wohnung angekommen, legte er eine CD ein.

„Vor drei Monaten in etwa bin ich auf dieses Juwel gestoßen. Ich habe dabei sofort an Sie gedacht. Es gibt keine bessere Hilfe, wenn jemand meditieren will, als diese Musik. Außerdem ist die Musik ein wahrer Ohrenschmaus."

Ich habe noch nie meditiert und ehrlich gesagt auch keine Lust, damit zu beginnen. Aber vielleicht war die Musik wirklich so toll, wie er sagte, also blieb ich, um eine Weile zuzuhören.

In eilfertigem Besitzerstolz drückte er auf den Startknopf und aus den Lautsprechern erklang ein gleich bleibender Ton einem Krächzen nicht ganz unähnlich. Der Kritiker klärte mich auf, dass es sich um ein Didgeridoo handelt.

„Das ist ein Cis", klärte er mich auf. Ich dankte ihm für diese Information mit einem Kopfnicken. Dieses Cis schien ein fürchterlicher Egoist zu sein. Es erlaubte weder einem anderen Ton, es einmal abzulösen, noch einem Begleitinstrument, es zu unterstützen. Unbeirrt frönte es seinem Narzissmus. Als ich den Professor nach zwei Minuten fragend anblickte, fragte er: „Und was halten sie davon?"

Ich wollte ihn nicht erzürnen und sagte: „Man hört deutlich das Genie heraus."

„Schön, dass Sie das auch so sehen. Der Komponist hat alle störenden Schnörkel weggelassen und sich nur auf das wesentliche konzentriert. Der Ton gibt exakt den Ton des Mondes wieder, den wir bedauerlicherweise nicht hören können. Leider ist das Werk auf Grund seines Tiefgangs nur für Musikexperten geeignet. Die meisten könnten Ihnen nicht einmal sagen in welcher Tonart das Werk geschrieben ist."

„In welcher ist es denn geschrieben?", ich bereute die Frage sofort, nachdem ich sie heraus hatte.

„In A-Dur selbstverständlich!", gab er mir gelangweilt zurück.

„Woher wissen Sie, dass es ein Cis ist. Vielleicht ist es ja auch ein Des, es wäre ja der gleiche Ton?"

„Machen sie sich nicht lächerlich. Dann wäre das Opus ja in Moll verfasst. Dazu ist es viel zu optimistisch, das ist doch deutlich zu hören." Der Blick, den mir dabei schenkte, sprach Bände. Er hatte meinen musikalischen Horizont maßlos überschätzt. Deshalb beschloss ich, ihn sofort vom Gegenteil zu überzeugen.

„Ja doch", sagte ich, „allmählich begreife ich das Stück. Man muss sich eben erst in das Stück hineinversetzen, ehe man es begreift. Unglaublich, die Reife dieses Werks. Man sollte das Cis zum Kammerton machen und das alte A über Bord werfen. Das ist ohnehin schon lange überfällig."

„Das wollten wir. Aber die Traditionalisten haben sich mit Händen und Füßen dagegen gewehrt. Leider mit Erfolg." Ganz leicht war ich in seiner Achtung wieder gestiegen, deshalb wagte ich mich zu nächsten Frage.

„Ich bin mir nicht ganz sicher. Ist das Stück legato oder doch mehr als staccato zu betrachten?"

„Das müssen sie abwarten", gab er mir im Flüsterton zurück, „die Auflösung kommt erst ganz zum Schluss. Ich möchte Sie jetzt nicht der Spannung berauben. Großartig Ihr Einfühlungsvermögen in diese Art von Musik. Das hätte ich ihnen nicht zugetraut."

Ich werde oft unterschätzt. Das kommt davon, dass sich die Menschen heutzutage nicht mehr die Mühe machen, jemanden richtig kennenzulernen. Man darf ihnen das aber nicht übel nehmen. Selbst einem brillanten Geist wie dem Professor wäre beinahe der fatale Fehler unterlaufen, mich zu unterschätzen. Ich sollte in diesem Punkt nicht zu nachtragend sein.

Nach einer halben Stunde fiel mein Blick auf die Uhr und ich stellte entsetzt fest, dass ich noch nicht einmal 10 Minuten des Wunderwerks gehört hatte. Und die Nerven zerfetzende Spannung wich allmählich einer Nerven zermürbenden Verzagtheit.

„Jetzt müssen Sie aufpassen!", forderte er mich plötzlich auf. Und nach einer kurzen Pause fuhr er fort: „Hier war es. Haben sie es gehört?"

„Nein, was?"

„Hier an dieser Stelle hat der Komponist auf ein Tremolo verzichtet. Es ist eigentlich deutlich zu hören, dass man nichts hört. Dass Ihnen das nicht aufgefallen ist."

„Doch, jetzt wo Sie es sagen. Ein Geniestreich. Er zieht das Cis gnadenlos durch."

„Der Meister versteht es immer wieder, sein Publikum durch solche raffinierten Einfälle zu verblüffen. Stellen Sie sich vor. Er wiederholt diese überraschende Unterlassung sage und schreibe dreimal."

„Das macht ihm so schnell keiner nach. Mozart wäre beim Versuch, so ein Meisterwerk zu schaffen, kläglich gescheitert."

„Sie haben vollkommen Recht. Bei allem Respekt, den ich für diesen großen Musiker empfinde, aber so ein gigantisches Werk traue ich selbst ihm nicht zu."

In Gedanken sehe ich Mozart nach der Uraufführung seiner Oper „Die Entführung aus dem Serrail" auf der Bühne der Wiener Oper stehen, wo er die stehenden Ovationen entgegennimmt. Der Österreichische Kaiser Josef II. kommt auf ihn zu ‚Bravo Mozart, ihm ist ein wahres Meisterwerk gelungen. Eine Qualitätsarbeit. Freilich hin und wieder habe ich den Eindruck: zu viele Noten. Es ist nun mal eine Tatsache, dass das menschliche Ohr im Laufe eines Abends nur eine bestimmte Anzahl von Noten aufnehmen kann. Stimmts?' Und Musikdirektor Graf Rosini-Rosenberg, der alte Arschkriecher sagt ‚Ganz Recht, Eure Majestät; genau so verhält es sich!' Und Kaiser Josef II sagt ‚Nehme er eine Note heraus und das ganze ist perfekt!' Dank meines soeben erworbenen Einfühlungsvermögens begriff ich die prekäre Situation des Musikgenies. Wenn er aus einem Stück, das nur aus einer Note besteht, eine Note herausnimmt, bleibt ja vom Werk nichts mehr übrig.

Ein erneuter Blick auf die Uhr stimmte mich optimistisch. Die Hälfte dieses opulenten Werkes hatte ich bereits genossen. Dafür nahmen meine Kopfschmerzen begleitet von einem tiefen A-Moll nun rapide zu. So ähnlich müssen sich Besucher hier fühlen, die unseren bayerischen Föhn nicht vertragen.

„Kennen Sie Fridolin Graumann?"

„Nein. Sollte ich?"

„Er wohnte gleich hier um die Ecke. Er hetzte von Termin zu Termin. Er war nämlich Vertreter irgendwo in der Lebensmittelbranche. Er war immer in Eile. Er war mit nichts und niemand zufrieden, nicht einmal mit ihm selbst. Ein ständig zitterndes Nervenbündel. Wenn der nur 5 Minuten in seiner 150qm großen Wohnung verbringen musste, bekam er Panikattacken, die so heftig waren, dass er sogar einmal den Postboten angriff. Irgendwann hat mir der arme Kerl leid getan. Ich habe ihm 14 Tage lang täglich diese Musik vorgespielt und ihn dabei meditieren lassen."

„Ist er jetzt geheilt?", wollte ich wissen.

„Aber selbstverständlich. Er kann jetzt mehrere Tage hintereinander in seiner kleinen Zelle in der Psychiatrischen zubringen, ohne gleich einen Nervenzusammenbruch zu erleiden. Dabei lächelt er selig und ist mit sich und der Welt zufrieden."

Auch die längste Viertelstunde geht einmal zu Ende und ich machte Anstalten aufzubrechen. Ich verabschiedete mich von Prof. Klinger und bedankte mich für die interessante Vorführung.

„Um Gottes Willen", entrüstete er sich, „Sie können doch jetzt nicht gehen. Sie haben ja erst „Der Mond" gehört. Das Interessanteste, nämlich „Die Erde" kommt erst noch. „Der Mond" alleine hilft Ihnen nicht weiter.

Also setzte ich mich wieder an meinen Platz, während er die CD wechselte. „Ich wette, Sie hätten es nicht für möglich gehalten, dass der Mond und die Erde bei ihrer Reise durch das Weltall den gleichen

Ton von sich geben. Die Erde wird nämlich durch ein Cis beschrieben. Das Didgerdoo, mit dem dieses Werk aufgeführt wird, ist aus einem anderen Holz gefertigt und klingt wesentlich intensiver als das erste. Sie werden staunen. Da wären sie nicht draufgekommen, stimmts?"

„Stimmt", gab ich zu, „das überrascht mich jetzt doch."

Schon prasselten die Töne von „Die Erde" aus vier, strategisch optimal positionierten Lautsprechern auf mich ein. Das intensivere Cis, war vom vorangegangenen für mich nicht zu unterscheiden, aber das lag wohl an meinem unmusikalischen Gehör. Mir gegenüber saß der Professor und stierte mit glänzenden Augen ins Nichts. Er machte auf mich einen entrückten Eindruck und ich wagte die Probe aufs Exempel. Leise schlich ich zu ihm und bewegte meine Hand vor seinen Augen auf und ab. Er zeigte keine Reaktion. Vermutlich war er eingeschlafen. Ich nutzte die Gunst der Stunde und schlich auf leisen Socken aus seiner Wohnung. Erst draußen wagte ich es, meine Schuhe anzuziehen. Ich wollte so schnell als nur möglich wieder zu mir finden und begab mich auf direktem Weg ins Zentralcafe und setzte mich an den Stammtisch, der eigentlich nur Künstlern vorbehalten ist, an dem ich aber geduldet werde und bestellte bei Resi ein Weissbier. Vielleicht hatte Resi heute auch schon „Der Mond" gehört, sie brachte mir nämlich ein normales Helles. Normalerweise hätte ich diesen Fauxpas mit einer harschen Kritik reklamiert. Aber wahrscheinlich noch unter dem Einfluss des soeben Gehörten nahm ich es stillschweigend hin und trank einen Schluck normales Bier, dabei blödsinnig grinsend und mit mir und der Welt zufrieden.

Wem die Autos hupen

Es gibt kaum einen unter uns, der sich ein Leben ohne Auto vorstellen kann. Dabei ist es aber erst gerade einmal hundert Jahre

158

her als die Autopioniere sich mit der Frage auseinandersetzen mussten. ‚Wer soll sich ein Automobil kaufen? Eine normale Familie kann sich doch so was gar nicht leisten!' Heute hat nicht nur jede normale Familie, sondern jeder normale Mensch ein Fahrzeug, das er sein eigen nennt. Erst die sündteuren Extras, die in die modernen Fahrzeuge unaufgefordert eingebaut werden, lässt die Skepsis der damaligen Pessimisten post faktum als durchaus begründet erscheinen.

Es ist eine Frage des Überlebens. Aber Väter fragen ihre Rangen an deren 18. Geburtstag heute nicht mehr, was die sich denn zum Geburtstag wünschen. Sie wissen die Antwort von vornherein, wollen sich aber nicht ruinieren, denn sie müssen auch den Rest der Familie weiterhin ernähren. Anfangs flüchteten sie sich in Suggestivfragen wie ‚Du willst doch kein Auto, stimmt's, du weißt, dass andere Dinge viel wichtiger sind! Und darum, mein Sohn, bin ich so stolz auf dich'. Die Standartantwort darauf war: ‚Alter, ich glaub du hast den Verstand verloren'.
Die Väter waren gezwungen, sich etwas Raffinierteres einfallen zu lassen. Unser Nachbar Lothar Nussbaum wandte sich an seinen Sohn Kevin, als die Zeit an ihn gekommen war: ‚Mein Sohn, du bist der Stolz der Familie und unser Ernährer, wenn wir dereinst auf die deutsche Rente vergeblich warten. Und weil wir, deine stolzen Eltern, wissen, wie wichtig Mobilität für junge Leute in deinem Alter ist, habe ich deine Mutter bekniet und sie schließlich überzeugt, und sie ist einverstanden. Aber es ist wahr. Stell dir vor, du bekommst zum 18. Geburtstag ein nagelneues Fahrrad. Bitte falle vor Freude nicht gleich in Ohnmacht.' Kevin fiel nicht in Ohnmacht. Er lief in die Garage seines Vaters und schlug Papa's Wagen mit dem Vorschlaghammer kurz und klein. Dann emigrierte er nach Tibet und konvertierte zum Buddhismus.
Als die allgemeine Situation zu eskalieren schien, setzte man sich zusammen, um zu beratschlagen, wie man die Sache wieder in den Griff kriegen könnte. Schließlich machte Herr Hirndobler, der hiesige Friseur und Hobbyforscher, den Vorschlag, dass es am besten sei,

wenn man die Rotzlöffel möglichst früh in eine Lehre schickt, wo sie lernen können, wie schwer das Geld zu verdienen ist. Dieser Vorschlag fand allgemeine Billigung und hat sich in der Praxis bestens bewährt. Außerdem konnte allgemein festgestellt werden, dass der Autowunsch der Jugendlichen von Jahr zu Jahr abnahm, bis er mit Erreichen des 25. Geburtstag kaum mehr zur Sprache kam.

Die aufgeheizte Stimmung, die wie ein bösartiger Virus um sich griff, mag auch der Grund dafür gewesen sein, warum Prof. Steinhammer, Dozent für Geschichte an der hiesigen Universität, nach dreijähriger Ehe zum ersten Mal wagte, seine Frau Heidi zu ihrem 25. Geburtstag zu fragen, was sie sich denn wünsche und sie sagte:

„Was hältst du eigentlich von einem Auto?"

„Leider", antwortete er darauf, „ ist bis auf den heutigen Tag nicht einwandfrei bewiesen, wer denn nun das Automobil wirklich erfunden hat. War es Carl Benz? Oder war es vielleicht doch der Franzose Cugnot, der bereits 1771 mit einem motorisierten Dreirad aus Holz gegen eine Mauer fuhr. Wir sollten uns einmal zusammensetzen und wissenschaftlich definieren, was ein Kraftfahrzeug überhaupt ist."

„Du Trottel, ich will nicht definieren, was ein Kraftfahrzeug ist, sondern ich will eins haben. Du musst schließlich nicht die schweren Einkaufstaschen von der Bushaltestelle nach Hause tragen, sondern ich. Also sieh gefälligst zu, dass du ein Auto für mich kaufst, oder du kannst in Zukunft die Einkäufe selber machen. Ich will auch kein teures Auto mit allem erdenklichen Schnickschnack, sondern bin auch mit einem billigen zufrieden. Hauptsache, es ist neu und seine Ausstattung entspricht dem, was heute als Standart gilt."

„Weib", gab er zur Antwort, „wissest du denn, was so etwas kostet?"

„Das ist mir scheißegal. Und jetzt geh hin und tu, worum ich dich gebeten habe!"

Prof. Steinhammer durchsuchte alle seine Geschichtsbücher, in der Hoffnung auf einen Präzedenzfall zu stoßen, der diesen Kelch noch einmal an ihm vorübergehen lassen würde. Aber die Gedanken an die Anschaffungskosten trieben ihm die Zornesröte ins Gesicht. Er wurde bedauerlicherweise nicht fündig. Er hatte die leise Hoffnung, dass der Prager Fenstersturz deshalb stattgefunden hatte, weil eine Frau ihren

Mann aus dem Fenster geworfen hatte, nachdem dieser sich geweigert hatte ihr ein Auto zu kaufen. Auch Nero hat seine Mutter nicht umgebracht, weil er immer zu Fuß gehen musste. Die beste Antwort fand er noch im Buch der Bücher. Delilah war es leid, immer auf einem Esel zu ihrem Liebhaber reiten zu müssen und bat Samson um einen Porsche. Nachdem dieser sich weigerte, hat sie ihm vor lauter Zorn die Haare abgeschnitten und Samson wurde zu einem kettenrauchenden Nervenbündel, dem Siechtum preisgegeben. Und des Geschichtsprofessors Gesicht wurde vor Schrecken bleich. Schließlich kam er mit sich selber überein, dass er die Zornesröte mit der Schreckensbleiche kombinieren müsse, um zu seinem gewohnten Teint zurückzufinden und er machte sich auf den Weg zum nächsten Autohändler. Heidi, seine Frau wollte eigentlich selber das Fahrzeug für sich kaufen, aber ihr Mann, ein Weltmann mit Provinzformat, wusste, dass sie damit hoffnungslos überfordert wäre. In Gedanken sah er sie bereits vor sich, Tränen überströmt, ihr Nervenkostüm so zerfranst wie Harpagons Werktaganzug. ‚Bitte verzeih', schluchzte sie in seinen Gedanken, ‚dass ich unsere Existenz zu Grunde gerichtet habe'. Nein, nein, er erklärte den Autokauf zur Chefsache.

Ihr erster Weg führte sie zu einem Kleinwagenhändler. In einer Ausstellungshalle wurden einige Fahrzeuge von ihrer schönsten Seite präsentiert. Über die geöffnete Motorhaube hatte sich ein Mann gebeugt und begutachtete mit Kennerblick den PS-starken Leistungsmotor. Intuitiv spürte der Geschichtsprofessor, dass dieser Mann die nötige Kompetenz besaß, um ihn zu beraten. Das Gelehrtenehepaar steuerte auf diesen Mann zu und der Professor stellte sich vor.

„Gestatten, mein Name ist Professor Steinhammer. Ich unterrichte an der hiesigen Universität Geschichte und habe schon mehrere Bücher verfasst, darunter eines, welches sich mit der Erfindung und Endwicklung des Automobils befasst. Ich bin hier, weil ich ein Fahrzeug für meine Frau suche!"

„Ich auch", sagte der andere Kunde.

Ein Verkäufer, der gerade die Einkaufshalle betrat, erkannte die peinliche Situation und machte sich sofort daran diese zu beheben.

Der Händler erkannte mit dem gewieften Blick eines Verkäufers den Kunden der gehobenen Kategorie und führte den Professor samt Frau zum preisgekrönten Vorfühlmodell. Als erstes wünschte der Professor den Motor zu sehen. Der Verkäufer erfüllte ihm gerne diesen Wunsch und öffnete die Motorhaube am Heck, weil der Motor bei diesem Fahrzeug hinten war.

„Verzeihen Sie", wandte sich der Historiker an den Verkäufer, „ich wünschte den Motor zu sehen, nicht den Kofferraum!"

„Gewiss", erhielt er zur Antwort, „der Motor ist bei diesem Fahrzeug hinten, aus Platzgründen und auch wegen der Gewichtsverteilung."

„Ach", entfuhr es dem Professor, „der ist wohl andersherum. Sieh mal Heidi, bei Autos gibt es so was auch." Und zum Verkäufer gewandt, „Tut mir leid, aber in diesem Fall kommt dieses Fahrzeug für uns nicht in Frage!"

Verkäufer: „Warum? Sind sie autophob?"; *hoffentlich versteht der Holzkopf die Anspielung auf homophob'.*

Professor: „Nein, wir brauchen ein Auto für meine Frau, zum Einkaufen. Und das hier hat ja keinen Kofferraum.", erklärte ihm der Wissenschaftler. *‚Warum fragt mich der Kretin, ob ich Angst vorm Alleinsein habe. Sieht der nicht, dass ich verheiratet bin?'*

Verkäufer: „Ich verstehe. Bitte erklären Sie mir, welche Art von Fahrzeug für Sie in Frage käme?"

Professor: „Ich bin auf der Suche nach einem Auto für meine Frau. Wir dachten an ein Stadtfahrzeug, welches in erster Linie zum Einkaufen verwendet werden soll."

Verkäufer: „Wieviel wollten sie ausgeben?"

Professor: „So um die 5000 Euro. Dafür sollte aber das Fahrzeug dann nicht älter als 3 Jahre sein."

Verkäufer (hustet verlegen): „Sonst noch was?"

Professor: „Es sollte einen ausreichend großen Kofferraum haben und", er winkt den Verkäufer zu sich heran und fährt im Flüsterton fort: „Meine Frau ist keine so geübte Fahrerin, deshalb sollte der Sicherheitsaspekt nicht unberücksichtigt bleiben."

Heidi (hustet und lächelt verlegen): *‚Du Blödmann, so gut wie du fahre ich auch!'*

Verkäufer: „Na dann wollen wir mal sehen, ob wir so ein Fahrzeug auf Lager haben." - *Wo kommst du denn her, du Klobrillenbeschwerer? Für 5000 Euro will der ein fast nagelneues Auto. Wenn der noch so einen Witz reißt, dann lache ich ihm ins Gesicht.*

Der Verkäufer führte den Gelehrten in die Halle, in der die Autos stehen, die für den Abtransport zum Schrottplatz bestimmt sind. Heidi, sieht sich auf eigene Faust um. Der Verkäufer steuerte auf eine verbeulte Monstrosität zu, die hauptsächlich aus Rost bestand.

Verkäufer: „Bei dem hier könnte ich ihnen einen guten Preis machen. Der steht mit 8000 Euro in der Liste. Aber ihnen gebe ich ihn für 4500. Er ist zwar schon 21 Jahre alt, wurde aber weniger als drei Jahre gefahren. Er stand die meiste Zeit in der Garage!"

Professor: „Ist der nicht schon sehr verrostet?"

Verkäufer: „Keine Angst, das ist nur Flugrost. Das geht beim Waschen weg. Einmal durch die Waschstraße und er sieht aus wie neu. Sehen Sie mal, wie groß der Kofferraum ist, und dabei braucht er noch nicht einmal 20 Liter Benzin."

Professor: „20 Liter! Ist das nicht etwas viel?"

Verkäufer: „Aber nein. Der hat 55 PS unter der Haube. Man könnte fast sagen, der ist übermotorisiert. Meine Frau wollte den auch so gerne haben. Aber ich habe gesagt ‚Schatzi, den kann ich dir nicht geben. Den brauch ich als Schnäppchen, um neue Kunden zu gewinnen.' Wissen Sie was? Ich mache ihnen ein unschlagbares Angebot. Weil mir Ihre Frau so sympathisch ist, überlasse ich Ihnen dieses Schmuckstück für 4250 Euro. Ist das ein Wort?"

Der Professor war noch immer etwas skeptisch. „Noch eine Frage. Verliert dieses Fahrzeug Öl?"

Verkäufer: „Nicht der Rede wert. Wenn sie 2-3 Liter pro Monat nachfüllen, dann schnurrt der wie ein Kätzchen."

Professor Steinhammer ging prüfend um das Fahrzeug herum und überlegte krampfhaft, was wohl Alexander der Große an seiner Stelle gemacht hätte. Und plötzlich kam die Erleuchtung. Alex, so nannte er den historischen Eroberer, wenn er in Gedanken mit ihm allein war, hätte diesem Wicht von Verkäufer gezeigt, dass er das Feilschen auf einem Bazar gelernt hatte. Wie lautete das Sprichwort? Drei, drei, drei, im Kaufhaus Feilscherei!

Und an den Verkäufer gewandt: „Also wenn sie mich fragen, so ist dieses Fahrzeug höchsten 3500 Euro wert und keinen Cent mehr."

Der Verkäufer krümmte sich, als hätte er einen Faustschlag in den Solarplexus erhalten und musste hyperventilieren. Es dauerte geraume Zeit, als er wieder soweit Herr über seinen Körper war, dass er sagen konnte: „OK, ich bin einverstanden."

Gerade schickten sich die beiden Männer an, das Vertragliche zu regeln, als Heidi mit festem Schritt auf sie zukam.

„Schatzi", wurde sie freudig von ihrem Mann begrüßt, „ich habe was für dich gefunden. Da drüben steht er, der Grüne ist es. Du kannst stolz auf mich sein. Stell dir vor ich habe den Verkäufer von 8000 Euro auf 3500 runtergehandelt. Gefällt er dir?"

Heidi: „Der da drüben, der Grüne? Aha! Weißt du was? Den kannst du selber fahren."

Und zum Verkäufer gewandt: „Kommen Sie bitte mit!"

Sie schritt zielstrebig voran und sowohl Verkäufer wie Gemahl folgten ihr artig. Vor einem nagelneuen Traumfahrzeug machte sie halt. Dunkelgrau-metallic stand ein Wagen der gehobenen Mittelklasse vor ihr und ließ ihre Nasenflügel vor Erregung beben. Listenpreis 32500 Euro!!

„Der da! Den will ich!"

„Schatz, willst du uns ruinieren?", entfuhr es dem Gelehrten. Erneut wurde eine gewisse Schreckensbleiche auf seinem Antlitz sichtbar.

„Du selber hast gesagt, dass ich eine so schlechte Autofahrerin bin, und du deshalb so großen Wert auf ein umfangreiches Sicherheitspaket legst. Hier lies dir einmal das Sicherheitspaket dieses Wagens durch. Oder ist dir meine Sicherheit in Wirklichkeit nichts wert?"

Verkäufer: ‚Schade, ich hätte dir den anderen gegönnt!'

Heidi zum Verkäufer: „Um wie viel ging es bei dem anderen Wagen? 3500 Euro, wenn ich nicht irre. Die werden sie uns doch sicher bei diesem hier nachlassen, oder? Das wären dann 29000 Euro. Außerdem werben Sie damit, dass sie jedem 10% Rabat einräumen. Also noch einmal 2900 Euro. Also 26100 Euro und wir sind einig."

Verkäufer: „Da muss ich erst im Büro nachfragen, ob ich das machen darf!"

Heidi: „Gerne! Fragen Sie, und sagen Sie, dass ich schon mit Auto Meier telefoniert habe, während ihr beide da draußen verhandelt habt. Bei denen kriege ich ihn für 26100 Euro."

Verkäufer: „Bin gleich zurück!" - *Diese blöde Kuh bringt mich um die ganze Provision.*

Heidi: „Vielleicht sollte ich ihrem Chef auch das Auto zeigen, dass sie meinem Mann andrehen wollten!"

Verkäufer: „Ach wissen Sie. Ich nehme es auf meine Kappe. Also gut, 26100 Euro und kein Wort mehr."

Professor: *Schade, dass ich nicht mit dem Verkäufer verhandelt habe. Ich hätte ihn sicher für 24000 Euro gekriegt.*

Der nimmermüde Erfindergeist

Jede Wette, Samuel Morse hätte sich nicht träumen lassen, welchen Stein er vor gut 150 Jahren ins Rollen gebracht hatte. Damals erstaunte seine Erfindung, mit der man über weite Distanzen hinweg, ohne menschliche Sprache, nur mit DiDi Da Da kommunizieren konnte, die ganze Welt. Heute stellt sich mehr und mehr heraus, dass er sehr leichtsinnig war und nicht berücksichtigt hatte, wo das eines Tages enden wird.

Nichts liebe ich mehr, als an einem sonnigen Tag an der Ortspitze, wo sich Inn und Donau vereinigen, zu sitzen und den Kindern beim Spielen zuzusehen. An jenem Tag hatte ich besonderes Glück. Ich hatte eine Parkbank ganz für mich allein und konnte ungestört meinen Gedanken nachhängen. Plötzlich wurde ich jäh aus meinen Träumen gerissen. Hugo Eichstetter, der fleißigste Erfinder der Region, setzte sich neben mich. Gerüchten zufolge nannte er schon über 100 Patente sein Eigen, von denen noch keines den Weg in den Handel geschafft hatte. Hugo wusste auch, warum sich seine Erfindungen so schlecht verkaufen ließen. Sein Genius war seiner Zeit weit voraus, die Leute waren eben noch nicht so weit. Ansonsten ist er ein sehr netter Kerl, der sich in unserem Cafe zu uns an den Stammtisch setzen darf.

„Diesmal hab ich es geschafft", kam er ohne Einleitung gleich zum Kern der Sache. „Meine neue Erfindung können sie nicht ignorieren. Die wird einschlagen wie eine Bombe."

„Gratuliere!", gab ich zurück, „darf ich fragen, um was es sich handelt?"

„Handy, na klingelt´s?"

„Ehrlich gesagt, nein! Handys gibt's doch längst!"

„Ha! Gewiß, Handys gibt es. Aber die Anwendungsmöglichkeiten sind noch lange nicht ausgereizt. Die Leute können damit telefonieren, fotografieren und Nachrichten schreiben, aber mehr schon nicht. Es erfordert den Scharfblick eines Eichstetters, um die unzähligen Verwendungsmöglichkeiten, die da noch drin stecken, zu erkennen. Diesmal hatte ich nämlich eine Vision, wie sie alle großen Erfinder hatten, als sie vor ihrem Durchbruch standen. Siehst du den kleinen Jungen dort drüben? Den mit dem rotweißen Pullover?"

„Ja", gab ich ehrlich zu.

„Vor meinem geistigen Auge ist er bereits ein alter Mann mit weißem Haar und grauem Bart. Mit stolzgeschwellter Brust sehe ich ihn vor seinen Enkeln, denen er verkündet: ‚Als ich noch ein kleiner Junge war, bin ich im Park Hugo Eichstetter begegnet. Könnt ihr euch das vorstellen?' und seine Enkel werden ihn dann fragen: ‚Was hat er gesagt?' und er antwortet: ‚Nichts, ich war damals noch klein und zu unbedeutend, als dass so ein Genie das Wort an mich gerichtet hätte.' Daran besteht kein Zweifel. Ich sehe es ganz deutlich."

„Bist du Erfinder oder Visionär?"

„Beides mein Freund, beides! Erfinder sind immer auch Visionäre."

„Gut, aber klär mich einmal auf. Was hast du erfunden? Das Handy kann es ja wohl nicht gewesen sein. Das gibt´s schon."

„Es geht um die Anwendungsmöglichkeiten. Ich ging neulich hier im Park spazieren und da sah ich zwei Jungen auf einer Parkbank sitzen.

Sie saßen Rücken an Rücken und ihre Haltung war ungewöhnlich angespannt. Beide glotzten blöd in der Gegend umher. Sofort war mein Interesse geweckt. Irgendwas, dachte ich bei mir, muss es geben, um diesen jungen Menschen wieder Freude am Leben zu geben, damit sie nicht mehr blöd in der Gegend umherglotzen müssen. Beide tippten etwas in ihr Handy ein und dank meiner außergewöhnlichen Beobachtungsgabe war es mir möglich zu erkennen, was sie schrieben."

„Das ist wirklich erstaunlich," musste ich ehrlich zugeben, „und was haben sie eingegeben?"

„Der Stämmige fragte den anderen, was er gerade macht. Und der Schmächtige hat geantwortet, dass er gerade auf einer Parkbank sitzt, wo ihm ein Blödmann sein dickes Kreuz in den Rücken rammt, sodass er fast von der Bank rutscht. Knall ihm eine, hat der andere geantwortet. Du weißt doch, gab der Schmächtige zurück, dass ich Pazifist bin."

„Ich bin sowieso der Meinung" unterbrach ich ihn, „dass auf Handys die Aufschrift gehört: Der Gesundheitsminister warnt. Der Umgang mit Handys kann leicht zu einem blauen Auge führen!"

„Das ist nicht komisch!"

„Zugegeben. Und das war jetzt deine Erfindung über den Umgang mit Handys?"

„Ha! Wo denkst du hin? Das war doch erst der Anfang. Plötzlich kam es über mich. Ich wagte den Griff nach den Sternen."

„Ach ja, und wie?"

„Geduld! Ich erzähl es dir ja! Im Grunde genommen, war alles völlig klar. Aber es bedurfte eines Eichstetters, um das Erreichbare in seiner ganzen Tragweite zu erkennen. Ich ging zu meinem Freund Branko, der Trainer einer Fußballmannschaft ist und zählte ihm die Möglichkeiten auf, die ein Handy bietet. Er war natürlich sofort begeistert. Ahnst du schon, worauf das Ganz hinausläuft?"

„Ehrlich gesagt, nein."

„Dir fehlt eben der nötige Weitblick. Ist es dir denn wirklich noch nicht aufgefallen, dass sich die Fußballtrainer am Spielfeldrand die Seele aus dem Leib schreien müssen, um ihre Spieler zu erreichen?"

„Richtig! Allmählich dämmert's mir."

„Ha! Wenn man mit der Nase drauf gestoßen wird, dann erkennt es jeder. Wir sind also hergegangen und haben allen Spielern ein Handy mit aufs Spielfeld gegeben. Wir spielten gegen eine Mannschaft, die wir in der letzten Saison noch 8:0 geschlagen hatten. Wir wollten kein Risiko eingehen. In der 20. Minute in etwa, hatten wir einen Freistoß und der Trainer hat Max, der den Freistoß schießen sollte, eine Nachricht geschickt, in der er ihm mitteilte, wie Max den Freistoß schießen sollte."

„Wahnsinn", musste ich zugeben, „der Freistoß hat sicher zum Torerfolg geführt?"

„Nein, leider nicht. Max brauchte zu lange, um die Nachricht zu lesen und hat wegen Spielverzögerung die rote Karte gekriegt."

„Bei Spielverzögerung kriegt man doch eigentlich nur Gelb."

„Stimmt. Aber das war ja schon der zweite Freistoß, den er schießen sollte. Ich konnte doch nicht ahnen, dass Max Legastheniker ist. Außerdem hielt sich die gegnerische Mannschaft nicht an die Gebote der Fairness. Wenn sie zum Beispiel auf unser Tor schossen, haben sie immer in die Ecke gezielt, in dessen Hand unser Torwart das Handy hielt."

„Wenn ich beiläufig fragen darf, wie ist das Spiel ausgegangen?"

„Wir haben 18:0 verloren."

„Ist deine Erfindung am Ende vielleicht doch nicht so gut?", wollte ich wissen.

„Blödsinn. Natürlich haben wir wie alle anderen auch mit gewissen Kinderkrankheiten zu kämpfen. Was soll ich groß um den Brei herum reden. Ich wäre nicht Hugo Eichstetter, wenn ich nicht sofort erkannt hätte, wo der Teufel sein Detail hin gesteckt hat. Es lag, und da gab es keine Zweifel, daran, dass der Trainer nicht 11 Spieler gleichzeitig coachen kann. Ich sah mich also nach einer Sportart um, in der es Mann gegen Mann geht und wurde auch bald fündig. Die Antwort war: Viktor. Viktor, musst du wissen, trainiert einen viel versprechenden Boxer. Während eines Kampfes hat der Trainer kaum die Möglichkeit, seinem Mann die nötigen Anweisungen zu geben. Wir haben das Handy mit einem Klettverschluss am Handschuh befestigt. Viktor hat gesehen, dass sein Mann die linke Deckung vernachlässigt hatte und schickte ihm eine SMS. Aber während sein Mann die SMS las, bekam er einen rechten Schwinger an die Schläfe, dass es ihm das Handy aus der Hand riss. Mindestens fünfmal hat Viktor seinem Schützling durchs Handy zugerufen: ‚Du musst aufstehen, Mann!'. Aber das Handy lag wohl zu weit entfernt, sodass er es nicht gehört hat. Jedenfalls ist er einfach liegen geblieben."

„Nun ja", stimmte ich ihm zu, „das bestätigt die Richtigkeit deiner Überlegung. Seine Niederlage liegt darin begründet, dass er notwendige Informationen einfach nicht erhalten hat."

„Das sehe ich genauso. Natürlich wurde ich zum Sündenbock gemacht, obwohl es auf der Hand liegt, dass der Fehler beim Klettverschluss lag. Das Handy hätte sich einfach nicht lösen dürfen."

„Schön und gut, aber was macht dich so zuversichtlich, dass deine Erfindung doch noch den erhofften Erfolg haben wird."

„Ganz einfach. Ich habe sie noch einmal modifiziert und mich dabei selber übertroffen. Plötzlich kam die Erleuchtung. Was lieben die Menschen mehr als alles andere auf der Welt?"

„Ich weiß nicht. Gesundheit, Glück, keine Ahnung."

„Unsinn", klärte er mich auf, „am meisten lieben sie es, wenn sie in Geheimnisse eingeweiht werden. Und da kam ich auf folgende Idee. Ich erfinde das Theater der Zukunft. Weg mit den Dialogen, bei denen der Zuschauer vor der Bühne sitzt und sich mit Figuren identifiziert, die er gar nicht kennt. Mir, Hugo Eichstetter, ist es gelungen, den Zuschauer zum Geheimnisträger zu machen. Mit der Eintrittskarte bekommt jeder Zuschauer ein Handy ausgehändigt. Auf der Bühne gibt es keine Schauspieler mehr, die sowieso immer nur ihren Text vergessen. Nein, dort sitzt in Zukunft ein Geheimnisverräter. Du musst dir das im Großen vorstellen, zum Beispiel Shakespeare's Hamlet: Die Leute im Zuschauerraum rufen ihn an und fragen, was Hamlet jetzt wohl macht. Und dann der unvergessliche Monolog, wenn der Akteur auf der Bühne ihnen mitteilt: ‚Er sagt gerade Sein oder Nichtsein, das ist hier die Frage'. Und die Leute werden fragen ‚Was meint er damit?' Die Spannung im Zuschauerraum wird unerträglich sein. Ich, Hugo Eichstetter hebe die Theaterkunst auf ein

neues nie dagewesenes Niveau. Die Zuschauer werden rasen vor Begeisterung. Ich erwarte jeden Moment den Anruf des Intendanten."
„Ich hoffe, dass alles so läuft, wie du dir das vorstellst." Ich versuchte, mir meine Verunsicherung nicht anmerken zu lassen.
„Aber selbstverständlich, zweifelst du etwa daran?"
Zum Glück kam der ersehnte Anruf, sodass ich auf diese Frage nicht mehr antworten musste.

- Hier Eichstetter – meldete er sich.
- Ja Grüß Sie, Herr Intendant
- Wie? Sie können mit meinem Vorschlag nichts anfangen?
- Nein, Nein, bitte hören Sie mir zu!
- Was soll das heißen, Sie werden nicht schlau daraus?
- Wünschen Sie, dass ich Ihnen meine Idee noch einmal erkläre?
- Erlauben Sie mal. So lasse ich nicht mit mir reden. Wenn Sie das Potential dieser Idee nicht erkennen, dann biete ich sie eben jemand anderen an. Gehaben Sie sich wohl.

Verständnislos schüttelte er sein geniales Haupt. Dann sprach er zu mir: „Ich bin wieder einmal meiner Zeit weit voraus. Die Leute sind eben noch nicht soweit." Dann stapfte er von dannen.
Mein Blick fiel wieder auf die Kinder. Vor allem der Junge mit dem rotweißen Pullover tat mir unendlich leid. Er wird nie seinen Enkeln erzählen können, wie er als Kind, beim Spielen im Park, dem größten Erfinder aller Zeiten begegnet ist.

Kleine Geschenke erhalten die Freundschaft

Das pietätloseste, was es gibt, ist, wenn man Freunde eingeladen hat und das Geschenk, das sie einem mitbringen, in der Regel eine

Packung Pralinen, einfach weiterverschenkt. Natürlich weiß ich, dass diese Praxis weit verbreitet ist. Aber das macht sie nicht weniger verachtenswert.

Grundsätzlich muss man die Menschen in zwei Gruppen einteilen. Die erste Gruppe, die etwas auf die Freundschaft hält, verschenkt Pralinen der Luxusklasse, die viel zu schade sind, um sie weiterzuverschenken. Die anderen, die Bemitleidenswerten, verschenken eine Tafel Schokolade, die zufällig im Sonderangebot erhältlich war. Bei diesen Geschenken machen wir gelegentlich eine Ausnahme und verschenken sie an Freunde, die wir ohnehin von der Freundesliste streichen wollten, zum Beispiel, weil sie bei ihrem letzten Besuch eine Tafel Schokolade aus dem Sonderangebot mitgebracht haben. Wir verbinden damit die Hoffnung, dass sie sich von alleine um einen anderen Freundeskreis umsehen.
Freilich gibt es noch eine dritte Gruppe, die bei einer Einladung Blumen mitbringt. Hier erübrigt sich die Frage, ob man sie weiterverschenken soll, weil sie normalerweise schon verwelkt sind, bevor man selber eine Einladung erhält.
Wenden wir uns also der ersten Gruppe zu. Sie ist es wert, näher analysiert zu werden. Gewiss, diese Leute lassen sich nicht lumpen und wissen, was sich gehört. Andererseits stellt sich die quälende Frage, ob wir ihnen wirklich so viel wert sind, dass sie so viel Geld für Pralinen der Luxusklasse ausgeben. Könnte es nicht vielleicht sein, dass sie die Pralinen selber geschenkt bekommen haben und sie an uns, um Kosten zu sparen, weiterreichen? Zwei oder drei unserer Freunde haben schon etwas Verschlagenes in ihrem Blick. Also denen würde ich es glatt zutrauen.
Was aber, wenn ich ihnen Unrecht tu? Ihr Blick ist vielleicht gar nicht verschlagen. Sie beobachten mich nur deshalb so genau, weil sie wissen wollen, ob wir uns über ihr Geschenk freuen. Natürlich freuen wir uns über ihr Geschenk. Überschwänglich sogar, um erst keinen Zweifel aufkommen zu lassen. Aber gleich nachdem sie uns verlassen haben, sind die Zweifel wieder da. Und wir werden mit der Frage konfrontiert, was machen wir mit der Schachtel Spitzenpralinen?

Selber essen kommt natürlich auch nicht in Frage, weil wir nicht sicher sind, ob sie nicht doch vielleicht weiterverschenkt wurden. Weiterverschenken kommt aber auch nicht in Frage, dazu respektieren wir unsere Freunde viel zu sehr. So etwas würden wir ihnen nie antun. Früher legten wir sie in den Schrank im Keller, weil sich die Süßigkeiten in der Kühle des Kellers länger halten.

Neulich war es wieder so weit. Wir waren gerade im Begriff unseren Wocheneinkauf zu erledigen. Tags zuvor wurden wir von Michi und Gitti eingeladen und besprachen, was wir ihnen denn mitbringen sollten. Ich war für Blumen um ein eventuelles pietätloses Verhalten kategorisch auszuschließen. Aber meine Frau machte mich darauf aufmerksam, dass die Beiden diesen Trick schon kannten und plädierte deshalb für eine Schachtel Pralinen der obersten Preiskategorie.

„Und wenn wir ihnen doch die Schachtel schenken, die wir von Klaus und Alexandra gekriegt haben?" schlug ich vor.

„Bist du verrückt", entrüstete sich die Gute. „Dass du an so was nur denken magst. Ich bin wirklich enttäuscht von dir. Schäm dich!"

Sie hatte selbstverständlich Recht. Für eine derart niedere Gesinnung ist in unserem Heim kein Platz. Ich sah das auch sofort ein. Trotzdem schien meine Frau über meinen Vorschlag nachzudenken.

„Ich hab´s!" rief sie plötzlich aus und nahm die Packung, die wir von Klaus erhielten, aus dem Schrank.

„Ich dachte, du wolltest das nicht, weil es pietätlos ist. Hast du das nicht selber gesagt?"

„Lass mich nur machen", sagte sie und setzte sich schon mal ins Auto. Auf mich wirkte ihr Verhalten irgendwie befremdlich, auch hatte ich keine Ahnung, was sie vorhatte. Na ja, dachte ich bei mir, sie wird schon wissen, was sie tut.

Als sie jedoch im Supermarkt die gleiche Schachtel Pralinen erstand, kamen mir leichte Zweifel, was ihren Geisteszustand betraf. Wir wussten nicht wohin mit dem Zeug und sie kaufte noch eine weitere Schachtel. War sie das vielleicht, als es gestern Abend einmal so gekracht hat? Ist sie vielleicht mit dem Kopf im Finstern irgendwo dagegen gelaufen?

Nachdem wir die Einkäufe im Auto verstaut hatten, nahm sie die Packung, die sie von zu Hause mitgebracht hatte und ging erneut in den Supermarkt wo sie sich an die Kassiererin wandte.

„Fräulein", sagte sie zu ihr, „mit ist da leider ein Fehler unterlaufen. Ich habe eben eine Schachtel Pralinen bei ihnen gekauft. Erst draußen auf dem Parkplatz ist mir eingefallen, dass mein Mann gestern schon eine nach Hause gebracht hat. Und zwei Schachteln kann ich nicht brauchen. Wäre es denn möglich, dass ich die Schachtel wieder zurückgebe?"

Nachdem sich die Verkäuferin an Hand des Einkaufszettels vergewissert hatte, dass wir die Schachtel wirklich hier erworben hatten, war sie damit einverstanden. Schließlich wollte sie keine treue Stammkundschaft verlieren. Anstandslos zahlte sie uns das Geld für die überzählige Schachtel zurück.

„Siehst du", erklärte mir meine Frau während der Heimfahrt, „diese Schachtel haben wir nicht geschenkt bekommen und können sie also bedenkenlos Michi und Gitti mitbringen."

Was soll ich sagen. Sie hatte völlig Recht.

Apfelspalterei

Wie bei allen Ehepaaren enden auch die Gespräche zwischen meiner Frau und mir meist in trauter Einigkeit. Fast jedenfalls. Wenn man die Details nicht berücksichtigt. Während ich der Meinung bin, dass alles in Ordnung ist, wenn nur der Kurs stimmt, scheint sie sich, wenn man schon glaubt, alles sei geregelt, in diesen Details zu verlieren. Wenn ich ihr dann vorwerfe, dass sie Nebensächlichkeiten überbewertet, bezichtigt sie mich der Haarspaltereien! Ich hasse dieses Wort.

Keine Ahnung, wie sie darauf kam. Wahrscheinlich war ein Gespräch mit ihrer Freundin Sabine schuld daran, dass meine Frau plötzlich einen wahren Heißhunger auf Äpfel verspürte. Also sprach sie wie folgt zu mir: „Du könntest mir beweisen, dass du mich noch immer liebst, indem du kurz in den Supermarkt hüpfst und mir ein Pfund Jonagold besorgst. Bist du so lieb, tust du das für mich?"
Zähneknirschend erwiderte ich, „gerne"! Obwohl von kurz rüberhüpfen keine Rede sein kann, wenn man am Land lebt und der nächste Supermarkt 10 km entfernt ist.
„Was ist das ‚Jonagold'" fragte ich sie noch, bevor ich mich auf den Weg   machte.
"Das sind Äpfel, du Dummkopf!" klärte sie mich auf.
„Müssen es unbedingt diese Jonas Gold sein, oder tun es andere auch?"
„Sie heißen Jonagold. Und du darfst nur die nehmen und keine anderen."
„Warum Apfel ist Apfel. Ist doch egal, welchen Apfel du isst."
„Pah, da irrst du gewaltig. Nur die Jonagold verleihen den Frauen die zarte Haut und einen dunklen Teint, den Männer so lieben. Du siehst, ich tu das nur für dich."
„Bist du sicher? Woher weißt du das?"
„Sabine hat es mir gesagt. Sie hat es selber in der Fernsehsendung ‚gesünder leben' gehört. Also muss es stimmen!"
Nachdem auch dieses Detail geklärt war, machte ich mich auf den Weg. Unterwegs bildete ich mir eine Eselsbrücke, um sicher zu gehen, dass ich auch die richtige Sorte besorgen würde. Jonas Gold war leicht zu merken. Jonas wurde in der Bibel von einem Walfisch verspeist. Ich musste mir also nur Walfisch merken. Kein Problem.
Als ich im Supermarkt ankam, zermarterte ich mir den Kopf, welche Äpfel meine Frau genau wollte. Ich war mir sicher, es war irgendetwas mit Gold. Für mich waren Äpfel immer nur Äpfel. Die Sorte war für mich zweitrangig, ein belangloses Detail, nichts weiter. Haarspalterei, wie meine Frau immer sagt, oder Apfelspalterei, wie ich es nennen würde. Um meinen Auftrag zumindest einigermaßen gewissenhaft ausführen zu können suchte ich mir aus all den

Angestellten den aus, der optisch den kompetentesten Eindruck machte. Er hatte bereits graues Haar, ein sicheres Indiz, dass er schon länger hier arbeitete und über ausreichend Erfahrung verfügte.

„Verzeihen sie bitte", sprach ich ihn an, „ich suche Äpfel!"

„Die sind direkt hinter ihnen."

„Ich weiß, aber ich suche eine bestimmte Sorte."

„Und welche?", wollte der Verkäufer wissen.

Verdammt! Eben hatte ich es noch.

„Es war etwas mit Gold, warten sie. Ah ja, jetzt hab ich's. Sie heißen Walfisch Gold."

„Solche gibt es nicht!"

„Stimmt, es war ja nicht der Walfisch, sondern der, der mit einem Walfisch zu tun hatte. Jetzt bin ich ganz sicher. Sie heißen Ahabgold. Sie wissen schon, der von Moby Dick."

„Die gibt's auch nicht!"

Vielleicht hätte ich mir einen jüngeren Verkäufer suchen sollen. Bestimmt war es eine ganz neue Sorte, die noch nicht lange auf dem Markt war und die der Alte nicht kannte, weil er sich so kurz vor der Rente nicht mehr auf neue Sorten umstellen wollte. Trotzdem gab ich ihm noch eine Chance.

„Wissen sie, in der Sortenbezeichnung kam auf alle Fälle das Wort Gold vor."

Meinem flehenden Blick konnte er nicht widerstehen und kramte in seiner Erinnerung was das Zeug hielt. Schließlich sagte er: „Einen Gold Delicious gibt es!"

Ich glaubte mich zu erinnern, das Gold erst an zweiter Stelle stand und fragte ihn, ob es auch einen Delicious Gold gibt, was er aber verneinte.

Vermutlich hatte er Recht und ich hatte auf Grund der Zerstreutheit, wie sie bei großen Geistern häufig vorkommt, den Namen verwechselt.

„Sie haben Glück, junger Mann, die sind diese Woche im Angebot!"

Na, das war doch ein Wort. Ich überlegte nur kurz und nahm vorsichtshalber gleich 4 Pfund, denn bei nur einem Pfund rechnet sich ja die Fahrt zum Supermarkt nicht.

Die Kassiererin verlangte dafür 10 Euro.

„10 Euro?", erschrak ich, „aber der Mann dort drüben hat gesagt, sie sind im Angebot!"

„Deshalb sind sie ja so günstig!" Ich schluckte einmal kräftig und bezahlte. Schließlich will ich auch, dass meine Freu eine zarte Haut hat und einen dunklen Teint. Wie würde die sich gleich freuen, wenn ich ihr erzählte, wie viel mir ihr Wohlbefinden wert ist. Gleich würde sie mir vor lauter Dankbarkeit um den Hals fallen.

Sie fiel mir nicht um den Hals. Sie warf nur einen kurzen Blick in die Obsttüte und sagte: „Das sind ja Gold Delicious!"

„Die wolltest du doch!"

„Jonagold wollte ich. Jonagold. Die nützen mir gar nichts. Von denen bekommt man nur Blähungen."

„Woher weißt du das?"

„Sabine hat es mir gesagt!"

Ich hatte Verständnis für sie. Ein aufgeblähter Zornanfall ist natürlich nicht so gut für den verführerischen Teint. Ich meine, für meinen Teint. Ärgerlich war es natürlich schon. Schon allein deshalb wenn ich an den Anfahrtsweg zum Supermarkt dachte. Bei einem zufälligen Blick in die Zeitung war das Rätsel gelöst. Eine nahe gelegene Gärtnerei bot Jonagold-Schösslinge zu einem sensationellen Preis an. Da in unserem Garten noch Platz für drei Bäume war erstand ich vier Schösslinge, falls mir einer eingehen sollte. Gezwungenermaßen musste ich den Vierten auf dem Grundstück meines Nachbarn Erwin Weidinger pflanzen. Aber da wir ein sehr gutes nachbarschaftliches Verhältnis pflegen, sah ich darin kein Problem, vor allem dann nicht, wenn ich ihm einen Teil meiner Ernte abtrat. Eigentlich tat ich ihm sogar einen Gefallen damit, weil er selber herumposaunte, dass er mit diesem Grundstück sowieso nur Arbeit aber keinen Nutzen hatte. Nun musste ich nur noch abwarten. Alles entwickelte sich zu meiner vollsten Zufriedenheit. Die Bäume wuchsen so schnell wie Bauernbuben während ihrer Pubertät.

Im frühen Herbst, die Bäume waren nicht mehr zu übersehen, rief mich Erwin an, ob ich vielleicht Bäume auf seinem Grundstück gepflanzt hätte.

„Da staunst du was?", gab ich zurück, „in Zukunft musst du keine Äpfel mehr kaufen, du brauchst sie nur von meinem Baum auf deinem Grundstück pflücken. Toll was?"

Erwin fand das nicht so toll, wie ich mir das vorgestellt hatte, was er durch einen Wutanfall zum Ausdruck brachte. Mit einem vernünftigen Männergespräch unter vier Augen konnte ich die Angelegenheit aus der Welt schaffen. Erwin verkaufte mir 200 Quadratmeter seiner wertvollen Erde, ein Baum braucht schließlich ausreichend Platz zum Gedeihen, für den dreifachen Marktpreis. Dann schmiss er mich aus der Wohnung, weil er mit skrupellosen Grundstücksspekulanten nichts zu tun haben wollte.

Beim Notar kam mir leise der Verdacht, ob es nicht vielleicht billiger gewesen wäre, die Äpfel doch im nächsten Supermarkt zu kaufen. Aber ich getraute mich nicht, jetzt noch einen Rückzieher zu machen. Außerdem hatte ich von der Bank ein supergünstiges Kreditangebot erhalten.

Freudig erzählte ich zu Hause meiner Frau, dass alles geregelt sei.

„Ich muss dir etwas sagen.", unterbrach sie mich.

„Ja bitte, ich höre!"

„Nun ja, Sabine war heute hier. Sie hat sich auch tausendmal bei mir entschuldigt. Aber es ist gar nicht der Jonagold, der so gut ist für eine zarte Haut und den dunklen Teint, den Männer lieben, verantwortlich ist. In Wahrheit ist es der Gloster, der für Wunder sorgt. Sabine hat sie verwechselt, weil sie beide rote Bäckchen haben."

Die vier Jonagoldbäume konnte ich nicht mehr ausreißen, sie waren bereits zu fest verwurzelt. Ich musste also vier Glosterbäume pflanzen. Nur wo? Nach einem doppelten Cognac brachte ich den Mut auf, noch einmal mit Erwin zu sprechen.

„Immer das Gleiche", schimpfte er, „wenn man einem den kleinen Finger gibt, will er gleich die ganze Hand. Aber diesmal kann ich ihn dir nicht mehr zu so einem Schleuderpreis geben. Der Garten bringt mir nämlich eine ganze Menge Geld ein, obwohl er keine Arbeit macht."

Seine Preisvorstellung trieb mir die Zornesröte ins Gesicht, aber was sollte ich machen. Ohne Gloster wäre das Leben meiner Frau keinen

Pfifferling mehr wert. Zähneknirschend nahm ich Erwins Angebot an. Der Filialleiter meiner Bank, Herr Eisenbeiss, sah das nicht so unkompliziert. Bedauerlicherweise, teilte er mir diesmal mit brauche er Sicherheiten. Ich bot ihm die vollständige Ernte von vier Jonagold Bäumen. Daraufhin bekam er einen Lachkrampf. Gleich morgen rufe ich dazu auf, dass alle Menschen Vegetarier werden. Die Äpfelpreise werden steigen und wenn er dann welche von mir will, mag ich nicht mehr. Ich werde den glatzköpfigen Maniaken einfach am ausgestreckten Arm verhungern lassen.

Die Zeit drängte, weil wir mit Erwin schon einen Termin beim Notar ausgemacht hatten. Wir haben ihm für 400 Quadratmeter den 6-fachen Marktpreis geboten und er wollte von einem Rücktritt nichts wissen. Es blieb uns nichts anderes übrig, als einen Termin mit Kasimir Listenreich zu vereinbaren. Er hatte sich durch zehn Jahre harter Arbeit den Ruf eines üblen Zinswucherers erarbeitet. Sein Werbeslogan „ich helfe auch Verzweifelten" war irreführend. „nur Verzweifelten" hätte es nämlich heißen müssen. Andere kamen erst gar nicht zu ihm. Meine Frau meinte dazu: „So schlimm ist er gar nicht. Schon allein die Tatsache, dass er überhaupt mit uns spricht, beweist doch dass er ein seriöser Geschäftsmann ist."

Sie hatte völlig Recht. Nach mehrstündigen, zähen Verhandlungen konnte ich den Zins von 8% täglich auf 8% monatlich, sofortige Tilgung jederzeit möglich, herunterhandeln. Herr Listenreich überzeugte uns außerdem, dass es vorteilhafter wäre, acht Bäume anstatt von nur vieren zu pflanzen. Das war ein ausgezeichneter Rat, Sabine schaut ‚gesünder leben' nämlich jede Woche, so dass ich ständig mit noch besseren Apfelsorten rechnen musste. Also pflanzte ich neben den vier Glosterbäumen, die für den dunklen Teint bestimmt waren, noch vier von der Sorte ‚Jonathan', weil die auch rote Bäckchen haben.

Und wieder drückte mir einer der Götter den grünen Daumen. Alle acht Bäume entwickelten sich prächtig. Nur Kasimir Listenreich machte mir Sorgen, weil er mit Nachdruck auf die Rückzahlung des gewährten Kredits beharrte. Schließlich setzte er mir die Daumenschrauben an und drohte mir mit dem Gerichtsvollzieher. Ich hatte keine andere Wahl. Ich nahm meine Frau und setzte sie vor dem Haus an einen Verkaufstisch, um die Jonagold, die sie eh nicht mehr mochte und die ich deshalb als Überproduktion betrachtete, zu verkaufen. Sie protestierte lautstark, weil es ein heißer Tag war und ich in der Eile noch keinen Sonnenschutz bauen konnte. Zum Schutz vor Austrocknung brachte ich ihr mehrere Kilo saftige Glosteräpfel.

Schon nach einer Woche, in der meine Frau die gesamte Überproduktion in der sengenden Sonne an Passanten verkauft hatte, konnten wir nicht nur die Zinsen sondern auch noch einen Großteil unseres Kredits zurückzahlen.

Sabine hatte Recht, die Verzehr der Glosteräpfel war ein Riesenerfolg. Der Teint meiner Frau verdunkelte sich rasant, wenn er auch für meinen Geschmack etwas zu sehr ins Rötliche tendierte.

Schließlich wurde auch Eisenbeiss auf unseren Erfolg aufmerksam und bot uns an, den Kredit, den wir bei einem Zinswucherer abgeschlossen hatten zu günstigen Bedingungen zu übernehmen. Zum Glück bin ich nicht nachtragend. Außerdem haben Eisenbeiss´ blonde Locken etwas vertrauenerweckendes. Nach und nach bekamen wir wieder Kontrolle über unser Leben und ich fand wieder Zeit, meiner Frau Komplimente zu machen.

„Ich muss schon sagen Liebling, der Verzehr dieser Äpfel war ein Riesenerfolg, was deinen Teint betrifft!"

„Bist du wirklich so dumm", gab sie zurück, „siehst du nicht, dass ich nur einen Sonnenbrand habe. Aber heute Vormittag war Sabine hier und hat mir erzählt, dass die Wissenschaft herausgefunden hat, dass die Wunderdinge, die man sich über die Äpfel erzählt, in Wirklichkeit von den Pflaumen kommen. Außerdem sind Pflaumen auch noch hervorragende Heilmittel bei Sonnenbrand. Für vier Bäume werden wir doch sicher noch Platz haben."

Keine schlechte Idee. Für den Mehrerlös der beiden anderen Apfelsorten, könnte ich ihr sogar ein Dach zum Schutz gegen die Sonne bauen, um den guten Ruf, den die Pflaumen in ihrer Heilwirkung gegen Sonnenbrand haben, zu unterstützen.

Vaterstolz

Klar möchte ich auch gerne ein Wunderkind sein. Alles fällt mir in den Schoß. Ohne die geringste Anstrengung würde ich durch das Leben schreiten, froh, dass ich nicht wie all die anderen im Schweiße meines Angesichts mein kärgliches Brot verdienen muss. Ich müsste nicht um jedes Wort ringen, wenn ich eine meiner Geschichten schreibe, nein die Worte würden nur so aus mir heraussprudeln und meine Leser würden mich anhimmeln und nach jedem meiner Worte lechzen. Leider ist das aber nicht so. Oft muss ich meine Geschichten umschreiben, nur um festzustellen, dass der dritte Einfall noch besser ist als der zweite, ohne dass er dabei dem vierten Einfall das Wasser reichen könnte. Und dann wird mir schlagartig bewusst, dass ich nicht nur ein ganz normaler Mensch bin sondern auch noch faul. Ich stehe vor dem Spiegel und gehe hart mit mir ins Gericht. „Ich habe keine Lust mehr umzuschreiben", herrsche ich mein Spiegelbild an. „Dein neuer Einfall ist aber besser. Viel lustiger!". „Mir doch egal, der alte Einfall war gut genug!". „Dann will es aber keiner lesen!!!" „Also gut, ich schreib's um, du Widerling!" Ich bin sowieso kein Kind mehr, und Wundererwachsene gibt es ja überhaupt nicht.

Es war an der Ecke Ludwigstraße und Grabengasse, wo ich Karl Aigner, den Vater meines Patenkindes Susi getroffen habe. Genau genommen hat er mich getroffen, und zwar mit der Kniespitze in den Oberschenkel, was hierzulande auch als Pferdekuss bezeichnet wird. Er entschuldigte sich bei mir, indem er mir mitteilte, dass er sehr in Eile sei. Außerdem kann man ihm keinen Vorwurf machen, weil er ja nicht um die Ecke schauen kann und schließlich sei es sowieso meine Schuld, weil ich als defensiver Fußgänger von Haus aus damit rechnen muss, dass mir ein eiliger Passant entgegenkommt und ich mein Schritttempo gefälligst anzupassen hätte.
Leider war der Aufprall so heftig, dass ich nicht mehr weitergehen konnte. Mein Stöhnen war seiner Meinung nach völlig übertrieben,

und ich sollte mich nicht anstellen wie ein kleines Kind. Da hätte er schon ganz andere Schmerzen ertragen müssen und dabei nicht einmal ansatzweise so gejammert.

„Ein Vorschlag zur Güte", sprach er zu mir, „wir gehen in das nächste Cafe, du lädst mich auf einen Kaffee ein, wir sprechen nicht mehr davon und nach einem Bierchen ist der Schmerz verflogen."

„Ich denke, du bist in Eile?"

„Bin ich auch. Aber für zwei, drei Bierchen ist immer Zeit." Damit hängte er sich unter und schleifte mich ins Ludwigscafe, weil die einen besonders schönen Biergarten haben. Ich fühlte mich auch irgendwie eingeladen, weil er mich gar nicht mehr losließ. Früher mussten wir, eigentlich ich, ihn immer einladen, weil er nie Geld hatte. Deshalb sangen wir dann auch den bekannten Schlager "'Eine Mark für Charly, der Charly der ist pleite", und er war dann immer etwas beleidigt. Anscheinend war er mittlerweile zu Geld gekommen und wollte etwas gutmachen.

Wir fanden an diesem Tag einen besonders schön gelegenen, freien Tisch in der hinteren Ecke und nahmen dort Platz und warteten auf unsere Hopfenkaltschale.

„Eigentlich sollte ich dir böse sein, das ist dir doch hoffentlich klar! Weißt du, wie oft Susi nach dir gefragt hat?"

Er hatte Recht. Schließlich bin ich der Taufpate seiner einzigen Tochter und ich kam sie an ihren Geburtstagen auch immer besuchen. Weil sie an ihren ersten beiden Geburtstagen noch nicht sprechen konnte, übernahm das Charly für sie.

„Schau sie dir an", sprach er an ihrem ersten Geburtstag zu mir, „wie hübsch sie ist. Wenn man ganz genau hinschaut, kann man sehen, dass sie einmal Chefsekretärin wird. Ist dir das auch aufgefallen?"

„Äh, ja."

„Schau sie dir an", sprach er an ihrem zweiten Geburtstag zu mir, „wie hübsch sie ist. Weißt du, was die einmal wird?"

„Klar", sagte ich, „die wird mal Chefsekretärin!"

„Bist du verrückt", herrschte er mich an, „die wird doch keine Sekretärin. Die wird einmal selber Chef! Ich sehe sie schon vor mir, wie sie mit ihrer kleinen erfolgreichen Firma gegen das Finanzamt ankämpft."

An ihrem dritten Geburtstag konnte sie allerdings schon selber sprechen. Und so fragte ich sie: „Na Susi, weißt du schon, was du einmal werden willst?"

„Hi, hi", sagte sie, „wenn ich einmal groß bin, dann spring ich in Pfützen."

„Aber Susilein", mischte sich ihr Erzeuger in unser Gespräch ein. Du wirst doch einmal etwas ganz anderes."

„Genau!", pflichtete ich ihm bei, „du wirst einmal eine eigene kleine Firma haben."

Da fing die Kleine zu weinen an.

„Keine Angst, mein Liebling, das hat der böse Onkel nicht so gemeint", tröstete sie ihr Vater, „eine kleine Firma will er dir anhängen, damit du dich Tag und Nacht mit dem Finanzamt rumärgern musst." Und an mich gewandt fuhr er fort: „Nein ich habe längst beschlossen, nach dem Abitur ergreift sie die Diplomatenlaufbahn. So sieht sie wenigstens etwas von der Welt und hat ihr sicheres Auskommen. Außerdem sind Diplomaten immun. Das ist sehr beruhigend für mich."

„Schau sie dir an", sprach er an ihrem vierten Geburtstag zu mir, „wie hübsch sie ist. Und dabei ist sie auch noch klug. Erst neulich hab ich mit ihr ein Gespräch geführt, was sie später einmal werden soll. Du wirst es nicht für möglich halten. Rate mal!"

„Nun ja, wenn ich sie mir so ansehe, könnte ich mir vorstellen, dass sie einmal die Diplomatenlaufbahn ergreift."

„Bitte mal jetzt nicht den Teufel an die Wand. Siehst du wirklich nicht, dass sie zu Höherem geboren ist. Die wird mal bayerische Ministerpräsidentin. Diplomatenlaufbahn? Was für ein Unsinn. Da ist sie ja ständig unterwegs und lebt aus dem Koffer. Eine Diplomatin mit ihren Fähigkeiten wird doch ständig versetzt, weil sie jeder haben will. Stell dir vor, sie wird nach Afrika versetzt. Hast du eine Ahnung, welche schlimmen Krankheiten einer dort bekommen kann?"

„Ich dachte, Diplomaten sind immun."

„Aber doch nicht gegen Krankheiten, du Verrückter. Nein ich sehe es ganz deutlich, wie sie eines Tages, Bayern zum Wohle von uns allen zu neuer Blüte verhilft."

Danach habe ich sie nicht mehr besucht, weil ich Angst hatte, dass die kleine Susi sonst Bundeskanzlerin werden muss.

Und jetzt saß ich Charly in einem kleinen Passauer Cafe gegenüber und sah mich mit dem Vorwurf konfrontiert, dass ich für meine Patentochter zu wenig Interesse zeigte. Ich sah das tränenüberströmte Gesicht eines kleinen Engels vor mir, der seinen Vater flehentlich fragte: „Walum kommt er nicht? Was habe ich ihm bloß getan?"

Mir wollte keine Antwort auf seinen Vorwurf einfallen und mein schlechtes Gewissen zwang mich, meine Augen zu senken. Ich konnte dem Blick dieser verzweifelten Vateraugen nicht mehr standhalten.

„Weißt du eigentlich, welchen psychischen Schaden du mit deinem Verhalten bei einem kleinen Kind anrichten kannst? Und nicht nur bei einem Kind. Auch an mir ist es nicht spurlos vorübergegangen. Schließlich bin ich es, der der Kleinen jedes Jahr die traurige Botschaft überbringen muss. Hast du eine Ahnung, wie es ist, wenn man als Vater in enttäuschte Kinderaugen schaut? Kinderaugen, die fragen, wo der geliebte Patenonkel bleibt und man sagen muss: ‚Mein kleiner Liebling, er hat dich nicht vergessen. Er ist eben sehr beschäftigt.' Aber dir ist es scheinbar egal, wenn an ihrem Geburtstag eine kleine Aufmerksamkeit auf dem Gabentisch fehlt, weil ich sie mir nicht leisten kann bei meinem Gehalt. Aber dir ist das egal, du musst ja nicht in ihre Augen sehen."

„Weißt du zufällig, was sich die Kleine dieses Jahr gewünscht hat?"

„Bemüh dich nicht. Wir kommen auch ohne dich zurecht. Glaubst du, ich merke nicht, dass du nur dein schlechtes Gewissen auf Kosten eines kleinen Kindes beruhigen möchtest. Dabei hätte dir Susi so gerne auf dem Klavier vorgespielt und dir ihren neuesten Schulaufsatz vorgelesen. Sportlich ist sie auch. Sie kann sogar eine Brücke machen."

„Dann müsste sie doch eigentlich Ingenieur werden."

„Das ist wieder typisch für dich, du kannst dich nur über uns lustig machen. Eine Brücke ist eine Turnübung. Du weißt schon, so nach hinten über."

„Sehr gut! Mensa sana in corpore sano!" entgegnete ich. Es ist immer gut, ein lateinisches Sprichwort zu zitieren, wenn man merkt, dass die Wertschätzung beim Gesprächspartner im Abflauen begriffen ist. Auch diesmal verfehlte es seine Wirkung nicht. Sofort machte Charly einen Schritt auf mich zu.

„Also gut", sagte er, „wenn du mich noch auf ein Bier einlädst, können wir über den Chemiebaukasten in der Auslage des Spielwarenladens in der Fußgängerzone reden."

Meinem fragenden Blick kam er mit der Erklärung zuvor: „Weißt du, zur Zeit sieht es schlecht aus mit einem Job. Ein Mann mit meiner Qualifikation tut sich da schwer, weil sich die Firmen einen Fachmann wie mich nicht mehr leisten können. Die stellen lieber einen ein, der nicht so viel kostet. Natürlich geht das auf Kosten der Qualität. Sicher ist dir schon aufgefallen, dass die Waren heutzutage immer schlechter werden."

Er hatte Recht. Von allen Seiten höre ich solche oder ähnliche Sprüche und ich brachte meine Empörung über das menschenverachtende Auswahlverfahren bei Einstellungen mehr als deutlich zum Ausdruck. Nur mit Mühe konnte ich meinen Ärger zurückhalten, als ich ihm mitteilte, dass es immer unsere Besten sind, die bei derartigen Machenschaften auf der Strecke bleiben. Gut und schön; der Chemiebaukasten in der Auslage kostete fast 100 Euro. Aber manchmal muss man sich mit den Opfern dieser kriminellen Vetternwirtschaft, welche von skrupellosen Profitgeiern praktiziert wird, solidarisieren. Ein Freund stand ohne Arbeit da. War es da nicht meine Pflicht, zu handeln? Freilich würde es nicht einfach, meiner Frau zu erklären, dass fast 100 Euro für ein Kind weggingen, das uns im Grunde genommen nichts anging. Trotzdem ließ ich mich dazu hinreißen, ihm Hoffnung zu machen und sagte: „Na ja, ich denke, die 100 Euro werden wir wohl aufbringen. Wenn damit die Karriere deiner Tochter als Chemikerin gesichert ist. Hauptsache, sie wird nicht Bundeskanzlerin. Ha, ha!"

Die Begeisterung des Vaters meiner Patentochter hielt sich jedoch in Grenzen.

„Wieso   100 Euro? Ach, ich verstehe. Du meinst den kleinen, stimmt's?"

„Ja klar. Davon reden wir doch die ganze Zeit."

„Eigentlich nicht. Weißt du, dieser Baukasten hilft nur den Kindern bis zur 4. Klasse. Kinder lernen nur die grundsätzlichen Dinge, die sie aber nicht wirklich weiterbringen."

„Und was schlägst du vor?"

„Der Bausatz, der die Kinder bis zum Examen weiterbringt, kostet lumpige 500 Euro."

„500 Euro! Bist du verrückt?"

„Wieso? Schau mal, Susi kommt jetzt in die 5. Klasse. Sie geht also noch 11 Jahre zur Schule, die Universität schon mitgerechnet. Bei den Bausätzen in der Auslage baut immer einer auf den anderen auf. Und jedes Jahr müssen die Kinder oder besser die armen Eltern dieser Kinder einen neuen kaufen. Und jeder kostet 100 Euro. Das macht insgesamt 1100 Euro. Ich wäre doch ein Schuft, wollte ich dem Wohltäter meiner Tochter nicht 500 Euro sparen. Stell dir doch bloß einmal vor, was du dir für 500 Euro alles leisten kannst."

„Irgendwie hast du Recht. Letztes Jahr wollte ich meine Frau mit einem Urlaub in Spanien verwöhnen. Aber dann musste ich feststellen, dass wir 500 Euro zu wenig hatten."

„Genau, das meine ich. Wenn du gleich den hochwertigen Bausatz kaufst, hast du 500 Euro gespart und kannst mit deiner Frau nach Spanien. Und wenn ich dir etwas sagen darf. Sie hätte es eigentlich verdient, dass du sie einmal ein bisschen verwöhnst."

Vermutlich ist das der Grund, warum ich Charly so gut leiden kann. Unser Glück liegt ihm aufrichtig am Herzen, manchmal stellt er sogar seine eigenen Bedürfnisse hintan.

„Weißt du", fuhr er fort, „ mir liegt euer Glück aufrichtig am Herzen. Manchmal stelle ich sogar meine eigenen Interessen hintan. Glaubst du nicht, dass es an der Zeit wäre, dich zu revanchieren?"

„Bei wem? Bei dir?"

„Bei deiner Frau natürlich! Spar dir die 500 Euro und mach ihr einmal eine Freude."

Allmählich bekam ich ein schlechtes Gewissen meiner Frau gegenüber und ich versprach ihm, alles was in meiner Macht steht, für die Karriere seiner Tochter zu tun, selbst wenn es Opfer kostet.

Trotzdem hatte ich ein flaues Gefühl im Magen als ich meiner Frau die frohe Botschaft überbrachte.

„Stell dir vor Liebling, ich habe eine Idee, wie wir uns 500 Euro sparen können. Das heißt, wir können im nächsten Sommer doch nach Spanien fahren! Freust du dich?"

„Und wo ist der Haken?", sie war schon immer etwas zu misstrauisch. Ich setzte mein charmantestes Lächeln auf und erklärte ihr das Ganze. Darauf klappte sie zusammen wie ein Taschenmesser und krümmte sich am Boden. Nach 5 Minuten, als sie wieder Luft bekam, fragte ich sie: „Muss ich deine Reaktion so deuten, dass du dich jetzt nicht so darüber freust?"

Es dauerte noch weitere 5 Minuten, bis ihr Blutdruck wieder unter 200 war. Dann sah sie mich scharf an und sagte: „Hast du den Verstand verloren? Wie kommen wir dazu, diesem Wechselbalg 500 Euro zu schenken?"

„Sie ist immerhin mein Patenkind!"

„Aber nur weil dein Freund Charly auf viele, viele Geschenke spekuliert hat."

„Ja vielleicht. Aber reden wir doch mal vernünftig. Bei dieser Idee sparen wir immerhin 500 Euro."

„Gut, reden wir vernünftig. Du kaufst dieser Göre gar nichts. Dann kommen zu den ersparten 500 Euro noch 500 Euro ersparte Geschenke hinzu. Dann haben wir schon 1000 Euro gespart und können uns einen Urlaub auf den Philippinen leisten."

„Aber was schenken wir der Kleinen dann?"

„Das ist mir egal, solange es nicht mehr als 20 Euro kostet."

„Also auch nicht den kleinen Chemiebausatz für 100 Euro?"

„Wenn du den Verkäufer auf 20 Euro herunter handeln kannst, meinetwegen."

„Versuchen könnte ich es ja."

„Natürlich. Aber du musst aufpassen, dass nicht zwei Männer in weißen Turnschuhen kommen, die dir die Jacke verkehrt anziehen."

Nach langem hin und her kamen wir schließlich zu der Erkenntnis, dass es am besten war, dem kleinen Hoffnungsträger einen Gutschein über 20 Euro, besonders hübsch verpackt, zu überreichen.

Endlich kam der Tag der Wahrheit. Mir war schon etwas mulmig, weil ich nicht wusste, wie Charly mit der veränderten Situation zurechtkommen würde. Gleich als er mich mit leeren Händen vor seiner Türe stehen sah, verfinsterte sich sein Blick. Also zückte ich den Umschlag und ließ ihn einen flüchtigen Blick darauf werfen. Gleichzeitig zwinkerte ich ihm zu, also wollte ich sagen: Keine Angst alter Freund, es ist alles in deinem Sinn geregelt. Es dauerte eine Weile, bis er kapiert hatte, aber dann quittierte er meine Anspielung mit zufriedenem Lächeln.

„Du hast an die Ausbildung meiner Tochter gedacht?"

„Aber selbstverständlich. Hast du ernsthaft daran gezweifelt?"

Es war kein großes Risiko, das zu behaupten. Der Anstand erlaubte es ihm nicht, die Kuverts mit den Zuwendungen vor Ende der Party, also nachdem das kalte Buffet verzehrt war, zu öffnen und da wären wir schon längst über alle Berge. Sollte er tatsächlich nicht wissen, was sich gehört und unseren Gutschein früher entdecken, wollten meine Frau und ich uns den Fluchtweg freischießen. Für zwei Zwillen und ausreichend Kieselsteine hatte ich rechtzeitig gesorgt.

Aber in seinem Vaterstolz war ihm daran gelegen uns zu beweisen, dass meine Patenschaft eine lohnende Investition war, moralisch zumindest. Daher rief er sofort nach seiner Tochter. Ich war auch gespannt, ob sich Susi vor Freude überschlagen würde, weil ihr geliebter Patenonkel nach so langer Zeit wieder aufgetaucht war. Als sie mich sah, fragte sie überrascht ihren Vater: „Papi, wer ist der Mann?"

„Aber Liebling, kannst du dich nicht mehr erinnern? Das ist dein Patenonkel."

„Haben wir und den patentieren lassen?"

„Nein, wie kommst du darauf?"

„Warum heißt er dann Patentonkel?"

„Nicht Patentonkel. Patenonkel, ohne t!"

„Was ist ein Patentonkel?"

„Ein Patenonkel ist ein Freund, der sich verpflichtet hat, ein Kind bis zu dessen Volljährigkeit zu unterstützen."

„Wie unterstützen?", fragte die Kleine nach.

„Zum Beispiel mit Geschenken, die für die Ausbildung des Kindes wichtig sind. Und deshalb ist dein Onkel Josef da, weil er weiß, dass du einmal Chemikerin werden willst."

„Aber ich will ja gar nicht Chemikerin werden."

„Was willst du einmal werden?" Meine Frau erkannte durch ihre angeborene weibliche Intuition sofort die Gelegenheit.

„Ich will einmal Krankenschwester werden."

Meine Frau verließ das Haus und war in Windeseile mit einem hübschen Geschenk zurück. Da fiel mir ein, dass wir uns für das Auto einen neuen Verbandskasten gekauft hatten, obwohl der alte noch nie gebraucht wurde. Der alte war also nicht mehr von Nöten und hervorragend geeignet, das Mädchen bei ihrer Berufsausbildung zu unterstützen, genauso wie wir es im Cafe vereinbart hatten.

Danksagung:

Ich bedanke mich hiermit bei allen, die mich zu der einen oder anderen Geschichte inspiriert haben und natürlich bei meiner Frau, die mich nicht nur zu der einen oder anderen Geschichte angeregt hat sondern auch für ihre Geduld, wenn ich keine Zeit für sie hatte, weil ich mit dem Schreiben beschäftigt war.

Mein besonderer Dank gilt Brigitte Libera, die mir als Korrekturschreiberin sehr geholfen hat.